KB000135

서정시의 미학

독일 서정시의 창작과 번역

서정시의 미학

독일 서정시의 창작과 번역

초판 1쇄 인쇄 2017년 11월 27일

초판 1쇄 발행 2017년 12월 5일

–

지은이 김재혁

펴낸이 이방원

편 집 윤원진 · 김명희 · 이윤석 · 안효희 · 강윤경 · 홍순용

디자인 손경화 · 전계숙

마케팅 최성수

–

펴낸곳 세창출판사

신고번호 제300-1990-63호

주소 03735 서울시 서대문구 경기대로 88 냉천빌딩 4층

전화 02-723-8660 **팩스** 02-720-4579

이메일 edit@sechangpub.co.kr **홈페이지** http://www.sechangpub.co.kr

–

ISBN 978-89-8411-722-8 03850

_ 책값은 뒤표지에 있습니다.

이 도서의 국립중앙도서관 출판시도서목록(CIP)은 서지정보유통지원시스템 홈페이지(http://seoji.nl.go.kr)와 국가자료공동목록시스템(http://www.nl.go.kr/kolisnet)에서 이용하실 수 있습니다.(CIP제어번호: CIP2017030810)

_ 이 책은 고려대학교 문과대학 박준구기금 인문교양총서 지원으로 출간되었습니다.

서정시의 미학

독일 서정시의 창작과 번역

김재혁 지음

세창출판사

【머리말】

서정시의 아름다움은 어디에서 나오며 서정시의 역사에서 당대마다 어떤 미학이 작용했는지 그 숲길을 따라가며 마주치는 시들의 차림새를 유심히 살펴보고, 어찌하여 그 존재가 우리에게 감동을 주는지 그 감동의 뿌리를 파헤쳐 보려는 것이 이 저술의 집필 의도이다. 시가 시답게 자신의 요구를 관철하기 위해서는 미적 구조를 가져야 한다. 미적인 것이 우리에게 감동을 주고 시의 심장소리에 따라 우리의 심장도 뛰기 때문이다. 이 미적인 것은 논리적이고 명확한 것과는 거리가 멀다. 미학은 정서적 감응과 관련된다. 생산자와 수용자 모두에게 작용하는 예술의 감응을 말한다. 독일에서 서정시는 괴테에 이르러 전대까지의 규범시학에서 벗어나 주체적인 개인을 중심으로 한 자연스럽고 생동감 있는 미학 쪽으로 나아가게 된다. 그 이전에 종교적 감성의 클롭슈토크로 대변되는, 18세기 중반 이후 새롭게 발견된 시적인 개인주의는 새로운 서정시의 돛을 팽팽하게 만들었고 시문학의 바다에 자유의 새로운 표지를 만들어 냈다.

우리가 관찰의 대상으로 삼고자 하는 것은 독일 땅에서 태어난 시들이다. 보통 시라는 것은 번역을 거치면 원문이 파괴되어 많은 손실이 발생한다고들 말한다. 이른바 시의 번역 불가능성이다. 내용이 문제가 아니라 그 내용을 싸고 있는 언어라는 고유의 외피 때문이다. 그러나 시가 번역이 불가능하다고 한다면 소위 말하는 괴테의 "세계문학" 개념은 성립 자체가 불가능하다. 모국어가 독일어가 아닌 이상 우리는 독일의 시들을 우리 땅으로 옮겨 재생, 복원하여 감상해야 한다. 그 과정에서 일어나는 다양한 이해와 해석, 수사학적 또는 미학적 전환 등이 우리의 시 이해를 풍요롭게 해 줄 것이다. 또한 이때 원시의 미학적인 것이 어떻게 우리말로 새롭게 구축될 수 있는지 알아보는 것은 해당 독일 시인의 창작 과정에 대한 고찰이며 이는 우리 시인들의 창작에도 도움을 줄 수 있으리라 생각한다. 만약 번역이 성공하여 우리 독자들에게 자주 회자된다면 그 시는 분명 우리 시문학사에 편입될 만한 충분한 자격을 획득하게 될 것이다. 괴테가 이미 말했듯이 한 나라의 시는 여러 나라의 민족어로 번역됨으로써 작품으로서 완성을 향해 나아가는 것이다. "세계문학"으로서의 입지를 획득한 작품은 그만큼 한 시대, 한 민족에 국한되지 않는 초시대성을 갖게 된다. 그렇다고 한 시인의 개성을 잃는 것은 아니다.

이 책에서는 중요한 각 시인마다 몇 편의 시작품을 중심으로 해서 다층적인 분석과 감상을 꾀할 것이다. 각각의 시가 갖는 매력의 포인트에 집중하고 그 원천을 찾아 자유롭게 산책을 할 생각이다. 잘 알려진 시가 나오더라도 번역이 새로울 것이며 또한 해석의 시각을 달리할 것이다. "인간은 이 세상에 시적으로 거주한다"고 한 프리드리히 횔덜린의 말처럼 이곳에서의 우리 존재의 이유를 시를 감상하며 누리고자 한다.

외국어로 된 시에 대한 도전은 성공할 수도 있고 실패할 수도 있다. 하지만 그 도전의 흔적은 개개의 독자에게, 시인에게 큰 밑거름이 된다. 바로 거기에서 이번 저술의 당위성을 찾으려 한다.

외국 시를 우리말로 옮기는 것이 그리 쉬운 일이 아님은 웬만큼 외국어를 공부해 본 사람이라면 누구나 다 안다. 분명하게 '이것'이라고 단정해서 말할 수 없는 경우도 많다. 원문을 본 이상 그렇게 단순하게 답하기 어렵다. 이를테면 미국에서 나온 영문판 『장자』를 읽으면 훨씬 이해가 쉬운데, 오히려 우리말로 번역된 것은 무슨 소리인지 모르겠다는 말도 가끔 듣는다. 원문이 갖는 다의성을 과감하게 덜어 내면 번역을 잘했다는 소리를 들을 수 있다. 이른바 단선적인 번역이다. 그러나 시에서는 그런 과감성을 보이기가 쉽지 않다. 특히 모호성을 생명으로 하는 현대 서정시는 더욱 그렇다. 오히려 원문이 갖는 소박함을 살리는 것이 훨씬 좋은 번역이라고 하겠다. 여기의 소박함은 원문의 토속적인 맛, 그러니까 번역을 읽는 쪽에서는 낯설게 느껴지는 맛을 말한다. 그렇기 때문에 원문의 맛을 살리기 위해 문자적 번역을 지향하기도 한다. 이때 텍스트의 종류에 따라 번역의 방향을 잡아 나가야 한다. 텍스트의 성격이 번역의 방식을 결정한다는 말이다. 하인리히 하이네 같은 경우, 그의 연애시를 번역할 때와 정치시를 번역할 때 번역자의 태도는 달라져야 한다. 진정으로 잘된 번역은 원문의 문체까지도 복원해 낸 번역이다. 그러기 위해서 시의 뒤편에 있는 시적 동기들까지 번역자는 읽어 내야 한다. 시인이 그만의 눈으로 해석한 세계를, 그 낯선 언어의 세계를 번역자는 정확성에 기반한 풍부한 상상력으로 다시 읽어 내는 것이다. 토마스 만은 소설 『마의 산』에서 요양소에 묵고 있는 사람들이 돌려가며 읽고 있는 『유혹의 기술』에 대해, "그 책은 프랑스어를 그대로 직역한 것이었는데 원문의 구조까지 살려서, 글에서 깊은 맛과 에로틱한 멋이 느껴졌다"고 말하면서 원문의 분위기에 충실한 번역이 갖는 장점을 칭송한다.

작품 해석에서 기본적으로 요구되는 것이 '시에 들어 있는 눈', 이른바 시안詩眼을 읽어 내는 것이라면 번역에서도 이 작업은 똑같이 유효하다. 작품의 굴곡과 요철이 번역에 제대로 반영되도록 하려면 먼저 작품에 대한 해석학적인 분석이 선행되어야 하고, 이어 세세한 특징들을 잡아내어 작품 전체에 대한 이해가 완결되어야 한다. 하나하나 특징을 캐가는 인지적 분석 과정이 필요하다. 시를 번역하기에 앞서 원시에서 반드시 살려야 할 요소는 무엇인지를 결정해야 한다. 이것 자체가 하나의 해석이요 창작이기 때문에 문학 번역에는 해석학과 시학이 함께 작용한다. 번역자로서 작품을 실천적으로 느끼지 못하는 한에서는 문자적 번역이라는 말은 폐기되어야 한다. 작품에 대한 실천적 이해는 정보 수집과 인식, 분석 작업과 함께한다. 이 같은 이해를 바탕으로 번역의 방향이 정해진다. 이 책은 독일의 대표적인 서정시들을 창작과 번역이라는 두 가지 시각 아래서 살펴보면서 작품의 탄생 현장으로 함께 산책하는 가운데 서정시의 이해를 돕고자 집필된 것이다. 평범하게 시작하여 독자를 깊이 있는 사유와 성찰 쪽으로 이끌고자 한다.

[차례]

제1부

독일 프랑크푸르트 괴테 생가의 서가에 꽂혀 있는 책들. 하단 가운데에 신학자이자 교육자였던 바실리우스 파버(1520-1576)가 저술한 『라틴어 사전』(왼쪽에서 네 번째)이 보인다. 고전을 공부하는 독일인들에게 이 책은 200년 넘게 으뜸가는 도구 역할을 했다. (사진 김재혁)

서정시란 무엇인가?

1.

'서정시'라는 개념을 일의적이고 명시적으로 규정하기는 힘들다. 서양에서도 서정시의 개념이 중세에 이르기까지 단일하게 존재한 것은 아니다. 그러나 서정시의 기원을 따져서 논의한다면 그렇게 어렵기만 한 일도 아니다. 왜냐하면 서정시에는 인류학적이고 인간학적인 흔적이 짙게 남아 있기 때문이다. 드라마적이거나 서사적인 것이 아닌 것이 서정적인 것이라는 분류법으로 일단 서정적인 것의 경계를 지을 수 있다. 이런 구분은 이탈리아 르네상스시대부터 도입된 것으로 보인다. 이때 드라마적인 것, 서사적인 것, 서정적인 것의 구분은 인간의 성정性情을 내포한 것으로서 이런 분류법으로 관찰한 괴테의 시학이 대표적이다. 괴테는 1819년에 쓴 글에서 이렇게 말한다. "문학의 진정한 자연형식은 세 가지가 있다. 즉 분명하게 이야기하는 형식이 있고, 열광적으로 감동하는 형식이 있으며 몸소 행동하는 형식이 있다. 그것은 서사와 서정시 그리고 드라마이다." 열광적으로 감동하는 것, 이것이 괴테가 말하는 서정시의 주된 요소이다. "주관적인 말하기로서, 내면적인 것을 강조하는 것으로서의 서정시"라고 한 헤겔의 정의는 보통 말하는 '체험시Erlebnislyrik'와 정확하게 일치한다. 헤겔은 『미학강의』에서 주체가 외계를 내면으로 받아들여 "막연한 감정을 눈에 보이게 나타내는 것"을 서정시적 주체의 발현으로 본다. 주체의 체험순간을 시적으로 표현하는 것, 그것이 이른바 서정의 요체로 평가된다. 빌헬름 슐레겔은 「시문학에 대한 서간」(1795/1796)과 「순수문학에 대한 강의」(1801-1804)에서 "서정시란 자연적인 감정을 리듬과 멜로디 같은 예술적 손질을 통해 숭고하게 만드는 것"으로 정의한다. 여기의 자연적인 감정은 걸러지지 않은 격정을 말한다. 우리가 근대적 의미의 서정시라고 할 때 그것의 근원을 독일에서는 시인 자신만의 고유한 시학을 구현하기 시작한 클롭슈토크[『서정시의 성격에 대한 생각』(1759)]에 두는 것이 합당해 보인다.

서정시는 시인의 자아와 세계와의 만남에서 태어난다. 이때 '세계'는 독일어로 'Welt'이다. 이 'Welt'는 독일어의 고어 'wer' 즉 '남자' 또는 '인간'에서 유래한다. 이것의 라틴어형은 'vir'이다. 그러므로 '세계'는 인간들이 존재하는 삶의 영역이다. 시는 주변세계와의 만남에서 생겨난다. 실존적 환경과의 마주침 자체가 하나의 세계를 형성하는 것이다. 이것은 시인의 마음속에 형성되는 세계이다. 결국 시를 쓴다는 것은 주변세계와의 정서적 만남과 헤어짐이다. 서정시는 어떻게든 시인이 이 세계와의 만남을 내면화해 가는 과정이다. 다른 말로 세계의 심장을 자기 심장 속으로 받아들이는 것이다. 이 만남은 보통 체험이라는 말로 표현된다. 세계와의 만남이 심도를 더할수록 거기에 사용되는 시적 언어는 다양하고 새롭다. 괴테는 1832년 「젊은 시인들을 위한 한 마디 말」에서 시인으로서의 자신의 삶을 회고하면서 "시적인 내용은 자신의 삶의 내용"이라고 표현한 바 있다. 이때 체험은 시인의 주관성을 나타내는 지표가 된다. 에밀 슈타이거가 말하는 서정적인 것의 주관성은 괴테의 이런 '체험시'에 기반을 두고 있다. 한 개인의 주관이 세계와 만나는 접점이 서정시가 탄생하는 순간이다. 심장 안쪽의 영혼의 흐름이 노래로 피어나면서 고유한 삶의 내용물이 승화되고 정화되는 것이다. 이때의 승화는 예술적 보편성으로의 상승과 관련된다. 이 승화의 작업이 미학적 구조를 갖출 때 절대성의 시학에 이르게 된다. 이렇게 새로운 언어를 통해 새로운 미적 세계를 구축하는 것이 서정시의 기본이다. 예술 활동은 하이데거의 생각처럼 인간을 인간답게 해 준다. 그것은 예술이 인간이 언어로써 하는 형이상학적 활동이기 때문이다.

서정시를 뜻하는 낱말인 'lyrisch', 'Lyrik'은 고대 그리스의 현악기인 '리라'에서 비롯한다. 서정시는 리라를 연주하면서 부르는 노래라는 뜻을 지닌다. 음악과 언어가 하나의 조화를 이룬 상태가 서정시의 근간이다. 형식적으로는 리듬과 박자, 행, 운, 연, 이미지 등을 사용한다. 다양한 양식적 구성을 갖고 있기 때문에 서정시는 형식적 변모의 가능성도 많다. 노래라는 이 요소는 18세기 초에 이르러 시가 갖는 또 다른 중요한 요소를 위해 자리를 양보하게 된다. 그것이 우리가 서정시라고 할 때 떠올리는 감정적 요소이다. 개인의 자유로운 감정을 표현하기 위해서는 전통적인 틀의 파괴가 필요했다. 그렇다고 시에서 음악성이 완전히 사라진 것은 아니다. 그러므로 근대 이후 '서정시'라고 하면 '음악성'과 '감정'이 하나로 묶여 있는 양식을 말한다. 니체는 이를 두고 "시인의 자아는 존재의 심연으로부터 울려 나온다"고 표현한다. 그러므로 시인의 느낌이나 생각을 멋진 음악에 달아서 높이 띄워 보여 주는 것이 서정시인 것이다. 언어의 운율적, 시적 형상화가 그만큼 큰 의미를 갖는다. 자유리듬에 의한 이 같은 영혼의 울림을 우리는 자연과 신앙을 동일한 한 폭의 그림에서 노래한 클롭슈토크의 시 「봄의 축제」(1759)에서 느껴 볼 수 있다.

2.

그렇다면 시인들은 왜 낱말을 고르고 리듬을 찾고 언어에 음향을 주는 등 수많은 형식과 장치를 갖추어야 하는 서정시를 쓰는가? 왜 굳이 음향과 이미지 같은 형식을 갖추어서 인생의 고통과 행복, 무상함과 영원함 등을 노래하려고 하는가? 서정시의 근원을 찾아 올라가 보면, 우리는 신들 또는 혼이 박힌 사물들과 마주치게 된다. 고대의 서정시에서 수없이 많이 등장하는 '부르기'는 바로 신들의 소환과 관련이 있다. 이것이 서정시에서 중요한 요소로 작용하는 '환기喚起, evocation'의 근원이다. 고대 그리스의 시 중에서 이러한 '부르기'를 보여 주는 좋은 예로 사포의 시가 있다.

아프로디테여, 화려한 옥좌에 앉은 여신이여,
제우스가 낳은 꾀 많은 딸, 그대를 나는 부른다.

사랑하는 소녀로부터 사랑의 답장을 받기 위하여 사포는 위와 같은 시로 마음을 표출한다. 신을 향한 부름은 시인 자신에게 다가올 혹은 다가왔으면 하는 은총을 지향한다. 옛 수메르, 옛 이집트, 고대 인도 문화의 모든 찬가와 기도들은 이와 같은 외침 혹은 부름으로 시작한다. 서정시의 원천이 부름의 대상으로부터 힘을 얻으려는 이와 같은 외침에 있다는 것이다. 종교적인 이런 부름의 방식은 19세기에 이르기까지 많은 세속적인 서정시에도 자리하게 된다. 그것이 하나의 시적 어법이 된 것이다. 이때 "나"는 인간적인 존재이고, "그대"는 신적인 존재로 우월한 위치에 자리 잡는다. 서정시는 이렇듯 혼자서 하는 언술행위이다. 상대의 반응이나 존재 없이 행해지는 서정시는 독자의 눈앞에 그것이 부르는 대상을 떠오르게 해 준다. 시에서 현재형이 주로 쓰이는 이유이다. 지금 이 자리에 없는 대상을 향한 '부르기'를 통해 서정시는 영험한 기운을 되살린다. 서정시에서 많이 사용되는 대상의 의인화와 정령화가 여기에 근원을 갖고 있는 것이다. 의인화는 대상을 느끼는 시인의 감정을 확장하고 독자에게 대상과 하나가 되는 듯한 환상을 불러일으킨다. 독자는 사제 같은 시인의 기도 또는 설교를 듣고 거기에 감화를 받는다. 시인은 현재 이 자리에 없는 것을 언어로써 불러내는 자이기 때문이다. 독자는 시인이 불러내는 존재나 사물을 머리에 그리며 함께 느낀다. 그렇기 때문에 서정시에서는 시적 표상이 중요한 역할을 한다. 이것을 강조하기 위해 시인은 불러내려는 대상 앞에 "보라" 또는 "들으라"라는 말을 놓기도 한다. 시 속에 자리하는 낱말 주위로는 시인의 힘을 넘어서는 신비로운 후광이 드리우는 것이다. 서정시에서는 이 같은 '부르기' 행위가 주된 역할을 한다.

서정시의 기원은 문화사적 역사성의 관점에서 볼 수도 있지만 인류학적 본성의 관점에서 볼 수도 있다. 서정시의 기원의 문제는 인류의 역사에서 창작행위가 언제부터, 어디에서 비롯하는지를 알아보는 것인 동시에 인간에게서 왜 시를 지으려는 욕구가 태동했는지를 살펴보는 것이기도 하다. 서정시의 기원은 인류의 기원과 같고, 서정시가 흘러나오는 지점은 인간의 심정의 가장 깊은 곳이기 때문이다. 서정시는 인간의 마음속 깊은 곳에 그 뿌리를 갖고 있다. 이것은 신화적 의식과 관련이 깊다. 고대 이래로 서정시는 마법의 주문과 같은 것들에 연원을 두고 있는 것이다. 신들을 불러내거나 추수에 대해 감사를 드리거나 사랑의 마법을 걸 때 바로 이 서정시의 양식이 사용되었다. 서정시는 그러므로 인류가 생각해 낸 가장 오래된 고안품 중의 하나인 것이다.

3.

서정시의 개성은 시적 자아를 구가하는 시인의 실존적, 언어적 독특성에서 발현한다. 이것은 서정시의 의미를 심오하게 만들기 위한 시인의 노력과 결부된다. 언어는 자기를 찾는 시인의 유일한 방법이다. 체험을 시적 언어로 변환함으로써 시인의 고유한 체험은 주관적이고 개인적인 차원에서 초개인적이고 보편적이며 상징적인 차원으로 상승한다. 젊은 문학청년 에커만이 기록한 『괴테와의 대화』에서 괴테는 이를 두고 이렇게 말한다.

> 모든 시는 어떤 계기에서 쓰여야 하네. 말하자면 시를 쓰는 동기와 소재가 현실로부터 나와야 한다는 거지. 그때마다의 특수한 경우가 보편적이고 시적이 되는 것은 시인의 손길을 거침으로써 비로소 가능해지는 것이네. 이런 의미에서 나의 모든 시는 그 어떤 일을 계기로 쓰였으며, 그 모두가 현실에서 자극을 받고 현실에 그 뿌리와 기반을 두고 있어. 그러므로 나는 허공에서 지어낸 시들을 존중하지 않는다네.

우리말의 '서정'은 독일어로 'Stimmung' 즉 '정취'와 'das Lyrische' 즉

'시적인 것'의 두 가지 의미를 포함하고 있다. '서정'은 장르로서의 서정시의 속성을 좌우하는 주요한 요소이다. 이 '서정'의 개념 자체는 인간학적인 메시지를 담고 있다. 서정적인 것 자체가 인간의 실존적 상황을 담지하고 있다는 뜻이다. 에밀 슈타이거는 이런 서정성을 기본적 본질로 내포한 서정시의 예로 괴테의 시 「나그네의 밤노래」를 들고 있다.

산꼭대기마다
정적이 감돌고,
나무 우듬지에서
너는 한 가닥
바람기도 못 느낀다.
새들은 숲에서 침묵하고 있다.
기다려라! 머지않아
너도 쉬게 될 테니.

Über allen Gipfeln
Ist Ruh',
In allen Wipfeln
Spürest Du
Kaum einen Hauch;
Die Vögelein schweigen im Walde.
Warte nur! Balde
Ruhest du auch.

볼데마르 프리드리히의 스케치. 키켈한산의 산장 앞에 앉아 있는 괴테. 1870년에 딸기 채집하는 사람들의 부주의로 소실되었으나 4년 뒤에 원상태로 완전 복구되었다. 이 산장 벽면에 「나그네의 밤노래」가 적혀 있다.

서정성 속에는 음악성이 함께 숨 쉬고 있고, 그 음악성의 뒤에는 운과 리듬을 갖춘 운문으로 된 언어의 흐름이 흐르고 있다. 위 시의 언어의 음악성은 슈베르트에 의해 음표로 번역되었다. 이런 언어의 흐름 속에는 시인의 자아가 숨겨져 있다. 특히 위 시처럼 시인의 삶이 그대로 표출된 경우엔 더욱 그렇다. 이 시는 독일인들이 가장 사랑하는 괴테의 시 중의 하나이다. 이 시를 읽을 때 우리말 번역으로는 되살려 낼 수 없는 느낌이 독일인들에게는 자기도 모르게 마음속으로 스민다. 독일 일메나우 시 근교, 괴테가 젊은 시절에 찾아갔던 키켈한산 작은 산장의 판자벽에 써 놓은 시로서, 그곳을 방문했던 기념으로 남긴 작품이다. 산장에서 하룻밤을 머물게 된 고적한 나그네의 홍취가 고스란히 담긴 시라고 할 수 있다.

서정시가 갖는 태생적 특징이 이 시에서 잘 드러난다. 괴테의 나이

31세이던 1780년 9월 6일이 이 시가 탄생한 날이다. 시 속에서 나그네는 고단한 낮 시간을 보내고 나서 저녁의 고요함 속에서 마음의 평화를 느낀다. 아니, 평화를 갈망한다. 당시 괴테는 바이마르 공국의 대신으로서 일메나우 지방의 광산 일을 재개하는 과정에서 고단한 업무에 시달린 상태였다. 나그네가 되어 산장 앞에서 바라보는 먼 풍경과 바람조차 일지 않는 숲의 모습, 새들의 침묵이 그의 감각에 되살아난다. 1831년 8월 27일, 죽기 얼마 전인 그의 여든두 번째 생일 전날에 괴테는 그 산장을 다시 방문한다. 이 시의 화자는 모든 것을 눈으로 볼 뿐만 아니라 직접 체험한다. 시적 화자의 체험의 영역은 그의 시선이 미치는 방향에 따라 위로부터 아래로, 자연계, 동식물계로부터 인간계에까지 이른다. 마침내 시선은 그 자신의 내면에 가서 머문다. 시인이 감각으로 느낀 것이 그대로 언어로 바뀐다. 모든 것을 체험하여 조화로운 언어의 통일체로 바꾸어 놓는 것이다. 자연의 안식은 시인 자신의 안식에 대한 염원으로 변환된다. 이 과정에서 시인이 느끼는 감정은 객관화되어 자연의 풍경 속으로 녹아 들어간다. 자연과 자아가 하나가 되는 것이다. 이 시에서 자연의 분위기는 시인의 영혼의 분위기와 동일하다. 주체와 객체가 하나의 물결 속에 섞이게 하는 용매를 슈타이거는 '정취'라고 본다. 한 편의 서정시를 위해서는 시인의 마음이 고독하게 이 정취 속에 있어야 하는 것이다. 이것의 궁극적 목표는 시인과 독자 사이의 간주관적인 감동이다. 이런 감동이 객관적이면서도 상호 거의 동일한 공간에 있듯이 느껴진다면 그 시는 성공한 시가 될 것이다.

서정성은 우리가 머리로 논리적으로 이해하는 것이 아니라 가슴으로 직접 받아들이는 것이다. 그것은 시에 음악성이 있기에 가능하다. 그 시를 읽는 독자는 시와 하나가 되는 느낌을 받게 된다. 시인의 입장

괴테가 산장 벽면에 적어 놓은 「나그네의 밤 노래」 독일어 원문 (출처 Goethezeitportal)

에서 시적인 대상과의 거리감의 부재는 독자의 입장에서는 시와의 거리감의 부재를 조성하는 것이다.

서정시에서는 음악성과 함께 감정과 정취가 살아 움직이며 언어의 마법 속에서 인간적이며 영혼적인 것이 숨 쉰다. 이때는 인간과 세계, 사물과 자아가 하나의 긴밀한 통일체로 녹아든다. 체험의 이 순간을 시인은 언어예술작품으로 만듦으로써 모든 것이 덧없이 흘러가는 강물 속에서 새로운 초월의 기쁨을 누리게 된다. 이른바 '체험시'는 이것을 다루는 것이다. 대상과 시적 화자 사이에, 시적 말하기와 화자 사이에 거리감이 없는 시가 '체험시'이다. 그렇기 때문에 감정과 정취, 느낌, 영혼이 주도적인 시이다. 이곳에 서정성의 근본이 있다.

4.

이른바 '현대 시'와 달리 전통적인 서정시의 몸짓은 어떤 것인가? '전통적'이란 무엇이고, '현대적'란 무엇인가? 하나의 흐름 속에서 이어져 내려온 과거의 것과 그 속성들을 우리는 '전통적'이라고 정의할 수 있다. 전통이라는 말은 '현대적'이라는 말과 함께 있을 때 더욱 뚜렷이 드러난다. 새롭게 생겨나는 것들 때문에 전통은 새로운 시각 속에서 다시 조명된다. 새로운 것이 없으면 옛것도 없다. 전통적인 것은 죽어 사라진 것이 아니라 지금 시점에서 현재의 것들 속에 살아 있는 것을 말한다. 서정시라고 하면 전통적이고 고전적이며 고답적이고 퇴행적인 것이 아닌가, 생각하는 견해가 있는 것도 사실이다. 그래서 '서정'을 노래한다고 하면 조금은 시대에 뒤떨어지는 것으로 여기기도 한다.

프리드리히 횔덜린(1770-1843)의 시는 그 이후에 쓰인 어떤 시인들의 시보다 더 현대적이며 심오하다. 독일 현대 서정시를 완성시켰다는 평가를 받는 릴케도 횔덜린과 낭만주의 시인 노발리스(1772-1801)의 큰 영향 아래 있음을 생각해 볼 때 반드시 그 이후 세대의 시인들이 더 현대적이라고 할 수는 없다. 횔덜린의 문학이 정점에 이르렀던 것이 1800년경의 일이니 프랑스의 보들레르(1821-1867)보다 훨씬 전이다. 보들레르의 시집 『악의 꽃』이 세상에 나온 것은 1857년이다. 횔덜린의 시에서는 현실의 감각이 상승하여 언어 자체로서 시적인 것을 표상한다. 감각적인 것이 정신적인 것으로 동시성을 갖는다. 그것은 하나의 상징성을 갖는다. 시인이 표현하는 사물의 세계 속에 그 자신의 세계관이 묻어 있는 것이다. T. S. 엘리엇이 말하는 "객관적 상관물"이다. 이 상관물이 불러일으키는 시적 환기와 암시의 힘이 중요한 역할을 한다. 시를 읽으면서 독자의 감정은 이 상관물에 반응하게 되는 것이다. 상징이라기보다는 환기력을 소유한 이미지들을 시인들은 이용한다. 이를테면 시에서 백합이 실제의 백합이 아니라 시인의 세계관을 엿보게 하는 이미지로 사용되는 것이다. 그리고 시적인 음향 역시 암시적 환기를 위해 동원된다. 이것이 극한에 이를 경우 언어 실험의 경지까지 나아가는 것이다. 이 음향의 주술성은 시의 근원이 어디에 있는지를 잘 설명해 준다. 그것은 마법의 작용과 같다. 독일의 낭만주의 시인 아이헨도르프가 사물 속에 들어 있는 신의 음향을 일깨운다는 것과 같은 맥락이다. 현대적인 서정시에서는 우리의 일상적 표상에 맞지 않는 것들이 우리의 내면에 폭약을 장치하고 우리의 정서를 폭발시킨다. 이것은 시어가 갖는 인상에서 연유한다. 환기적인 등가물들은 일의적이지 않고 다의적이다. 사실 전통적인 서정시와 현대 서정시의 구분은 이것들의 정도의 차이라고 할 수 있다. 언술의 비연관성과 이미지들의 자의성이 현대 서정시의 특징이라고 할 수 있다. 후고 프리드리히가 그의 저서 『현대 서정시의 구조』(1956)에서 '현대적인 서정시'의 특징으로 내세우는 것은, 감정적인 것을 배척하기, 수수께끼처럼 모호하게 말하기, 부조리하고 비논리적인 것을 예술적 언어로 승화하기, 정상성에서 멀리 떨어진 의도적인 언어유희로 독자를 혼란스럽게 만들기 등이다. 그러나 '현대 서정시'의 개념을 그의 견해의 틀에 그대로 맞추어야 하는가 하는 문제가 남는다. 그가 '현대 서정시'의 모델로 삼은 것은 보들레르, 랭보, 말라르메 등의 시이다. 그러므로 프랑스의 근대 시인들이 모델이다. 로망스어 문학자인 그의 생각을 일반화하여 '현대 서정시'의 기본 틀로 받아들일 것인가는 여전히 문제이다. 그가 사용한 틀에 담기지 않는 많은 부분이 남기 때문이다. 특히 서정성과 관련하여 현대 서정시를 규정하자면 더욱 그렇다. 후고 프리드리히가 한 일은 현대 시의 특징을 전통적 서정시와 구별한 것이지 그가 현대 서정시란 반드시 이렇게 써야 한다고 시학적 규정을 내린 것은 아니다.

현대인이라고 하여 '서정'의 분위기 속에 사로잡히지 않는 것은 아니다. 문학적 전통과 의도적으로 스스로를 단절시킨 이른바 '현대 서정시'만을 '서정시'의 개념에 넣을 것은 아니다. 꼭 전통과 단절하려는 시만이 존재하는 것은 아니다. 시라는 것은 기본적으로 다른 시들의 존재로부터 태어나며, '서정성'을 짙게 풍기는 현대의 시 역시 인류학적 인간 존재의 자기증명을 위하여 언제나 존립 가치를 갖는다. 오히려 이런 시들은 전통과의 연관을 손에서 놓으려 하지 않고 의식적으로 더욱 단단히 붙잡고 있다. 그러면서도 시어와 표현의 혁신을 꾀하려 한다. 이런 서정시들이 갖는 문학적 가치는 누구도 부정할 수가 없는 것이다. 인간의 실존적 위기와 인간관계의 상실 그리고 '거처할 곳 없음' 등이 회자되는 현시대에 인간 존재의 버팀목으로서의 '서정'의 가치는 더욱 두드러질 수밖에 없다. '서정'의 표현은 우리의 인간 문화가 갖는 재산이다. 그것은 인간이 수천 갈래의 역사 속에 스스로가 얽혀 있다는 생각에서 비롯한다. 또한 자신의 내면 깊은 곳에 인류의 법칙이 존재한다고 생각하며 그 심오함을 시로 표현해 보려 할 때 서정시가 나타난다. 한스 카로사(1878-1956)의 경우가 그렇다. 서정의 깊이는 마음의 깊이에서 나오는 것이다. "나의 빛을 꺼내 보여 줌으로써 다른 사람들이 가는 길에 빛을 던져 주는 것, 그것이 나의 의도였다"는 한스 카로사의 말처럼 심연에서 끌어낸 시인의 빛이 그것을 읽는 독자가 가는 미지의 길을 밝혀 준다. 현대 서정시는 전통적인 체험의 요소를 완전히 버리지 않는다. 서정시에서의 혁신은 역사적 흐름의 연속성의 관점에서 파악해야 한다.

'서정'을 표현할 경우 조심해야 할 것은 진부하고 낡은 것을 피하는 일이다. 전통적이고 정상적인 어법에서 벗어나 불협화와 비정상성, 불일치 등을 지향하는 것이 현대의 서정시에서 통용되는 기법이다. 현재 이런 시들은 우리 주변에서 얼마든지 만나 볼 수 있다. 정상적인 말뭉치를 떼어 놓아 기이화하는 기법, 소통을 막는 기법이 하나의 유행이 되었기 때문이다. 그러나 엄격히 말해서 서정시 역시 시의 화자와 대상과의 상호 소통 과정이며 시작품과 독자와의 소통을 전제로 한다. 이때의 소통은 하나의 예감처럼 다가오는 것이다. 서정시가 시로서 기능하면서 새로운 감동을 주려면, 판에 박힌 서정시의 개념과 이에 따른 형태적 구성요소에 얽매여서는 안 된다. 서정시는 서정시대로 혁명적 자기혁신의 길을 가야 한다. 그저 아름다운 허상만을 추구해서는 안 된다. 아방가르드를 표방하는 이른바 새로운 시라는 것이 선두 격 되는 시의 반복적인 유사한 발상에 기반을 둔다면 이런 시가 전혀 새롭지 못한 것과 같다. 서정시에 어떤 형식적 틀이 법적인 규정처럼 정해져 있는 것도 아니고 사막의 신기루처럼 멀리서 반짝이는 것도 아니다. 서정시란 이러해야 한다고 믿는 것 역시 미신이다. 새로운 서정시를 향한, 기존의 서정시에 대항하는 또 다른 도전이 새로운 감성의 신新서정시를 탄생시킬 수 있다. 서정시라는 것이 전통이 주는 일정한 무게와 짐을 마치 부채처럼 짊어져서는 안 되며 새로운 가치를 찾아, 새로운 감동을 찾아 자체의 무게를 덜어 내야 한다. 기존의 것들과 다른 어떤 편차와 차이를 찾아내 갖고 있을 때 그 서정시는 하나의 작품으로 작동할 수 있다. 여기의 편차와 차이는 일상적 사유방식으로부터의 차이이며 일상적 언어 운용으로부터의 편차이고 과거의 전승된 시적 기법으로부터의 거리이다. '서정'이 반드시 언어의 화용론적 소통에서만 일어나는 것은 아니다. 소통 자체를 숙고하면서 서정시에 대해 반성하는 시론적인 시 역시 '서정'을 담을 수 있다. 세밀하고 아름다운 인물화, 풍경화에서 거친 야수파를 거쳐 극단적인 추상화로 나아간 미술처럼 서정시의 현대적 전개도 이와 다르지 않다. 그 중심에서 시적 '서정'은 인간의 본원적 가치로서 늘 다양하게 변주되며 존재할 것이다. 현대 회화에서 추상화를 통해 외려 돌도끼를 손에 들었던 인류의 시원적 본질이 그려지는 것처럼.

제2부

———— 독일 바이마르 역. 18세기부터 19세기에 걸쳐 독일의 많은 사상가와 작가들이 이곳으로 모여들었다. 무엇보다 괴테가 바이마르 공국의 대신으로 일했다. 역명 '바이마르' 위에 '문화의 역'이라는 팻말이 보인다. (사진 김재혁)

시적 사유의 터전: 휠덜린의 비가 「빵과 포도주」

1.

프리드리히 휠덜린은 독일 시문학사에서 우뚝 솟은 거봉에 속하는 시인이다.[1] 그는 학교에서 배우기는 신학을 배웠으니 목사를 해야 했으나 두 번씩이나 어머니가 중개해 준 부목사의 직을 거절하고 어머니의 간절한 바람에도 개의치 않고 고달픈 시인의 길을 택했다. 그러나 시인이기 전에 그의 원래 직업은 가정교사이다. 아니다, 번역가이다. 그의 시에서 종래의 시 쓰기 방식과 다른 새로운 시도가 나온다면 그것은 아마 그가 추구했던 직역에 근거한 그리스 고전 번역의 영향이라고 봐도 될 것이다. 휠덜린의 시학을 번역의 관점에서 철학적으로 파헤친 프랑스의 번역학자 앙트완 베르만은 저서 『낯선 것으로부터 오는 시련』에서 휠덜린의 번역의 현장을 이렇게 보여 준다. 『안티고네』 중 보통 다음

1 우리 시인들 중에도 조정권과 오규원은 휠덜린에게 각별한 관심을 보였고 실제 그의 영향을 받고 있다.

과 같이 번역되는 대목이 있다. "무슨 일인가요? 어떤 말이 당신을 괴롭히고 있음이 분명하네요." 그런데 횔덜린은 그리스어의 표현적 가치를 살려 이렇게 번역했다. "무슨 일인가요? 당신은 자줏빛 생각을 곱씹고 있는 것 같군요." 횔덜린은 고뇌의 생각이 갖는 특성을 "자줏빛"으로 표현한 그리스어의 개성적인 면을 되살렸다. 이는 직역이 주는 원문 복원 효과의 측면이다. 때로 직역은 우리말을 풍요롭게 해 줄 수 있다. 풍요롭게 해 준다는 것과 모국어에 예각을 준다는 말은 거의 동일하다. 예각을 살려 주는 것이 직역의 장점이다. 이 장점을 횔덜린은 자신의 시에서도 많이 구사하는 것으로 보인다. 그의 시어나 문장 운용은 당대의 다른 시인들과 다르다. 그렇기 때문에 고대 그리스의 시 속으로 들어갔다 나온 그의 사고세계는 스펙트럼이 사뭇 넓고 표현의 깊이가 심오하다. 이것이 독자들의 심장을 자극하는 동기이다. 고대 그리스의 신들과의 만남은 현대를 사는 우리들에게 우리가 맛보지 못한 독특한 맛을 보여 준다. 고대 그리스적 악센트, 수사적 수단, 율격, 연 구성까지 횔덜린은 전통과 현대의 만남을 꾀함으로써 새로움을 창출하고 있다.

1801년 겨울에 생겨난 것으로 판단되는 「빵과 포도주」는 서정시의 하위 장르상 '비가'이다. 비가는 헥사메터Hexameter(6강격)와 펜타메터Pentameter(5강격)의 두 행이 한 조를 이루어 전개되는 형식이라는 것 외에 지금 이곳에 없는 것을, 꼭 있어야 할 것을 아쉬워하고 그리워한다는 내용적 특성을 갖는다. 그렇다면 횔덜린에게는 무엇이 아쉬움과 그리움의 대상이었을까? 이를 위해 시인의 현실 체험과 그의 영혼의 내부에서 진행되었던 미적 형상화의 과정에 주의를 기울여야 한다. 횔덜린이 생각하고 염원했던 것을 통째로 말한다면, 자신이 처한 현실의 비참함을 고대 그리스의 전성기 문화에 비추어 극복해 보자는 것, 바로 그것이다. 현실이 아플수록 비가의 음정은 높아만 간다. 현실의 부서진 모습들을 보면 저 멀리서 아른거리는 곳이 더욱더 아름답게 보이기 마련이다. 횔덜린의 현실 체험은 자연을 만나면서 보편적이고 상징적인 것으로 상승한다. 독자가 그의 시를 읽으면서 영혼이 공명하는 것을 느끼는 것은 그의 시에 녹아 있는 이 보편과 상징의 액체 때문이다. 이 액체가 독자의 심장으로 흘러들어 독자는 반응하는 것이다.

1770년생인 횔덜린 역시 괴테와 더불어 1800년을 전후로 하여 활동했던 예술시대의 시인이다. 예술에 모든 것을 걸었던 시대였고, 예술이 모든 것의 우위에 있던 시대였으며, 예술이 거의 신과 같은 지위에 다다랐던 시대였다. 예술을 위해 목숨을 걸었던 시대였다고 해도 무방하다. 괴테가 말한 교양인이란 결국 예술을 통해 자신을 도야하는, 우리식으로 말하자면 수신제가치국평천하修身齊家治國平天下의 가치를 추구했던 인간에 다름 아니었다. 문학청년 에커만이 기록한 글에서 괴테는 말한다. "하지만 우리가 타고난 자신의 경향을 극복하고자 노력하지 않는다면 교양이란 도대체 무엇이란 말인가. 성미에 맞지 않는 사람들과 무난히 지내기 위해서는 자제해야만 하고, 그것을 통해서 우리의 내부에 있는 모든 다양한 측면들이 자극을 받고 발전하면서 완성되는 것이라네." 횔덜린의 서간체 산문『히페리온』도 주인공 히페리온이 현실의 아픔을 딛고 현실의 바탕 위에서 시인으로서의 자신을 깨달아 가는 과정을 그리고 있으니 횔덜린은 "시인이란 무엇인가?"라는 큰 명제를 평생에 걸쳐 사색했던 시인이라 하겠다. 총 아홉 개의 연으로 각 3연이 하나의 단계를 이루어 총 3단계의 구성을 갖는 총 길이 160행의 이 비가 중에서 첫 번째 비가와 일곱 번째 비가를 중심으로 하여 횔덜린의 사고세계를 탐색해 보고자 한다. 「빵과 포도주」는 횔덜린의 세계를 탐색하는

프리드리히 횔덜린이 정신이상을 일으킨 후 인생의 후반(1807-1843)을 갇혀 지냈던 이른바 '횔덜린 탑'. 뾰족한 지붕 아래 다락방이 횔덜린이 기거하던 곳이다. 그의 소설『히페리온』의 애독자였던 목수 에른스트 침머의 집으로, 독일 남서부 지방의 튀빙겐, 네카어강 옆에 있다. (사진 김재혁)

길을 열어 주는 길잡이와 같다. 이곳이 그의 시적 사유의 터전이기 때문이다.

2.

횔덜린은 생전에 이 비가 전체를 인쇄하여 세상에 내놓은 적이 없다. 다만 첫 번째 비가는「밤」이라는 제목으로 1807년에 나온『문예연감』에 제켄도르프가 편집한 형태로 실렸다. 전체 비가가 빛을 본 것은 횔덜린이 세상을 뜨고도 50여 년이 지난 1894년의 일이다. 그러나 독일 시 중에서 이 시의 첫 번째 비가처럼 매혹적으로 독자의 눈을 한 도

시의 저녁풍경 속으로 끌고 들어가는 경우도 없을 것이다. 정식으로 그림을 배운 화가가 그려 낸 풍경화처럼 그림의 원경에는 황혼 속에 놓인 도시가 자리하고, 고요가 찾아든 그 도시의 작은 골목을 헤치고 횃불을 단 마차 한 대가 덜커덩 소리를 내며 멀어져 가고 있다. 도시의 소음과 냄새, 풍경들이 이어진다. 전원시 같은 분위기가 심정에 조화로움을 일으킨다.

> 도시의 사방이 잠잠하다, 불 켜진 골목에는 침묵이 깔리고,
> 　　횃불로 장식한 마차들은 덜커덩 소리를 내며 멀어져 간다.
> 하루의 즐거움을 실컷 맛보고 집에 돌아가 쉬는 사람들,
> 　　흡족한 기분으로 곰곰이 그날의 득과 실을
> 헤아리는 사람. 포도가게도 꽃가게도 텅 비고,
> 　　손으로 하던 일도 멈추었어라, 분주하던 장터도.
> 그러나 멀리 어느 뜰에선가 들려오는 류트소리. 어쩌면
> 　　거기 사랑하는 사람이 켜는 걸까, 아니면 외로운 사람이
> 멀리 있는 친구들과 청춘시절을 생각하는 걸까, 꽃향기
> 　　가득한 화단 곁에선 맑은 샘물소리 끝없이 졸졸대는데.
> 땅거미 지는 하늘에 종소리 은은히 울려 퍼지면,
> 　　야경꾼은 시간을 잊지 않고 숫자를 외쳐댄다.

「빵과 포도주」는 엄연한 '비가'이다. 그러나 첫 번째 시에 나오는 자연묘사는 너무나 아름답다. 땅거미가 지면서 인간사의 모든 것이 조용해진다. 이것을 표현하기 위해 횔덜린은 얼마나 고민했을까? 고트셰트 같은 사람이 미리 정해 놓았던 계몽주의시대의 시학의 규칙 같은 것은

그에겐 없는 것이나 다름없었다. 그의 고민의 내용은 언어 선택에 집중되었다. 아니, 그 전에 세상을 느끼는 감지방식의 변화에 무게중심이 놓였다. 시학에서 요구하는 것을 쓸 것인가, 나름의 새로운 묘사방식을 택할 것인가. 횔덜린은 이 시를 시작하면서 아주 사실주의적인 관찰에 의거한 시 쓰기로 나아간다. 독일 슈바벤 지방의 어느 도시에서 벌어지는 땅거미 지는 풍경이 마치 화가의 붓질 아래 있는 것 같다. 횔덜린식의 분위기 돋우는 말투는 일례로 "Satt gehn heim von Freuden des Tags zu ruhen die Menschen"이라는 구절에서 아주 잘 드러난다. 시의 리듬을 살리기 위해 일부 어순도 바꾸어 가며 먼저 부가적인 것들을 앞에 놓아 분위기를 조성하고 그 분위기의 주인공은 문장의 맨 끝에 놓는 구조이다. "하루의 즐거움을 실컷 맛보고 집으로 돌아가 쉬는 사람들"로 번역된다. "von Werken der Hand ruht der geschäftige Markt"("손으로 하던 일도 멈추었어라, 분주하던 장터도")라는 표현도 같은 구조를 갖고 있다. 일하는 것을 뜻하는 "Werken"이 먼저 나오고 그것의 주체인 "손"이 다음에 이어지며 "쉬고 있다"는 뜻의 "ruht"가 나온 뒤 "분주하던 장터"가 행위의 주체자로 맨 끝에 등장한다. 행위의 출처를 향해 물결이 몰리는 형태를 취하고 있어, 횔덜린이 시구절 하나에도 얼마나 주의를 기울였는지 가늠케 해 준다. 그러므로 우리는 이 시를 읽으면서 각개의 이미지와 음향들, 인식들이 서로 부딪치며 내는 큰 강물의 흐름에 귀를 기울여야 한다.

먼 뜰에서는 류트소리가 들려오고, 샘물은 철썩거린다. 종소리가 들려오면 야경꾼은 소리를 쳐 시간을 알려 준다. "야경꾼은 시간을 잊지 않고 숫자를 외쳐댄다"라는 구절에서 원문의 "gedenk der Stunde" 중 "gedenk" 즉 "무엇을 기억하여"는 이제는 사전에도 나오지 않는 고어가

된 전치사이다. 횔덜린은 시의 리듬을 위하여 낱말의 사용에 신경을 쓰고 있다.[2] 사랑하는 이는 류트를 타고, 노인은 옛 젊은 시절 생각에 잠겨 있다. 소리와 향기의 밀려듦이 화자의 감정을 자극한다. 그것은 왠지 모를 슬픔의 정조이다. 그런 시간의 흐름 속에서 어느새 밤이 되어 달이 떠오른다. 여기서부터 시적 전환이 일어난다. 전환의 분위기는 "바람 한 줄기"로부터 시작된다. 조짐이라는 말이 여기에 딱 맞는다. 바람이 불어와 작은 숲의 우듬지를 흔들어 놓음에 따라 시적 화자의 눈길은 땅에서 하늘을 향하게 된다. 낮에서 저녁으로 넘어가는 과정이 지금까지 자세하게 묘사되었다면 이제는 자연묘사 속에 약간씩 시인의 해석이 곁들여진다.

이제 바람 한 줄기 불어와 작은 숲의 우듬지를 흔들어 놓는다.
　　보라! 우리가 사는 지구의 그림자, 달이 살며시
떠오르는구나, 도취에 빠진 존재, 밤이 다가오고 있다,
　　별들 가득 품은 채 우리에겐 조금도 신경을 쓰지 않으며,
저기 놀라운 밤이, 인간들에겐 낯선 여인 같은 존재가
　　산꼭대기 위로 슬프고도 찬란하게 빛을 던지며 펼쳐진다.

마지막 문장이 인상적이다. "놀라운 밤이" "산꼭대기 위로 슬프고도 찬란하게 빛을 던지며 펼쳐진다." 밤하늘에 달도 떠오르고 별들도 부서지도록 떠서 환하기만 한데 화자는 왜 슬픈가? 이 낱말이 시 해석의 포

2 횔덜린은 고대 그리스의 시와 드라마를 독일어로 옮기면서 그리스 고어체의 느낌을 내기 위해 독일어의 고어체를 쓰기도 했으며 슈바벤 사투리를 도입하기도 했다.

인트이다. 즉 시안詩眼이다. 찬란해서 오히려 슬픈 것이 시적 화자의 마음이다. 시인의 마음속엔 애틋한 기억만이 어른거린다. 기억의 내용을 채우는 것은 고대 그리스의 풍경이다. 그 풍경 속엔 고대의 신전들이 있고 신들과 영웅들이 있으며 그곳을 채운 상서로운 에테르가 있다. 현재의 상황은 아픔이다. 소설 『히페리온』의 주인공이 현재의 아픔에 대한 탈출구를 과거 그리스의 영광에서 찾듯 횔덜린 역시 현실의 고통을 되새기는 가운데 새로운 비전을 창출하고자 한다. 그래서 고대 그리스의 영화가 다시 현실의 무대 위로 등장한다. 이때 연결고리로 사용하기 위해 횔덜린은 일상의 밤에 영성을 부여한다. 이렇게 해서 도취에 빠진 밤은 고대 그리스의 신들을 별처럼 맞을 수 있는 여름 밤하늘 아래의 멍석과 같은 것이 된다. 멍석 위에서 횔덜린의 사유세계는 펼쳐진다. 밤이라는 자연적 현상에 철학적 사유가 더해진다. 현재의 밤은 어둡지만 어둠은 망각과 새로운 기억의 매체이다. 밤은 그냥 밤이 아니라 "도취에 빠진 존재"이며 "인간들에겐 낯선 여인 같은 존재"이다. "도취"와 "낯선 여인"은 지금의 이곳과 다른 새로움을 전해 준다. 다가오는 신을 맞이하기 위해서는 현재의 밤이 밤이라는 현상적인 것에 머물러서는 안 된다. 이 다가오는 신이 새로운 시인의 도래를 알려 준다. 상상력의 작동은 신들이 사는 그리스의 하늘을 가능케 하고 현재는 없지만 언젠가는 하늘에서 신들이 내려오리라는 확신을 시인에게 심어 준다. 하지만 일곱 번째 비가에서도 시인은 아직 회의에 빠져 있다.

3.

시인은 자신의 존재를 약간 회의적으로 바라보지만 그 회의 속에는 자신의 시적 소명을 바라보는 싹이 숨어 있다. 잠언 조의 웅장한 표현으로 가득 차 있는 이 일곱 번째 비가를 우리말로 옮겨 보자.

그러나 친구여! 우리는 너무 늦게 왔다. 신들이 살아 있어도
우리의 머리 위 저쪽 다른 세계에 살고 있다.
그들은 거기서 끝없이 힘을 미치며 우리 따위엔 관심도 없다,
우리를 무척 아끼는 그들이기는 하지만.
우리가 우리의 약한 그릇으로는 그들을 아무 때나 담아낼 수 없고,
아주 가끔씩 우리가 신들의 충만을 견뎌 낼 수 있기 때문.
그러기에 산다는 건 그들을 꿈꾸는 것일 뿐이다. 하지만 방황도
수면처럼 도움이 되며, 고난과 밤은 우리를 강하게 해 준다.
그리하여 영웅들은 청동의 요람에서 튼튼하게 자라나고,
심장들은 지난날 천상의 신들처럼 강한 힘을 얻으리라.
그 뒤에 그들은 소리치며 내려오리라. 그동안 동료들도 없이
혼자서 기다리는 것보다는 잠이나 자는 편이 더 나을 것 같다.
무엇을 행하고 무엇을 말해야 할지 나는 모르겠다.
궁핍한 시대에 시인들은 무엇을 위해 존재하는가.
하지만 그대는 말한다, 그들은 성스러운 밤에 이 나라에서
저 나라로 원정을 한 주신酒神의 성스러운 사제들 같다고.

위 시에서 "친구"는 이 시를 헌정한 하인제로 보인다. 횔덜린은 그를 편지 곳곳에서 "아이처럼 순박한 정신의 소유자로 아주 훌륭한 인물"로 그리고 있다. 소설 『히페리온』의 탄생에도 영향을 끼쳤던 이 "친구"를 향해 화자는 "우리는" 시대를 잘못 타고 났다고 한탄한다. 이곳은 고

대 그리스의 화려했던 시대가 아니라는 말이다. 시의 화자는 지상에 위치하여 천상에 있는 신들을 생각한다. 그들이 자신과는 달리 그곳에 있다고 그는 확신한다. 다만 그들이 자신을 거들떠보지 않을 뿐이라는 가정이다. 그래도 신들은 그를 아낀다. 시인으로서의 자신의 위치를 알아 가기까지의 과정을 시는 서술한다. 현재는 궁핍하고 어두워 신의 불빛을 찾아볼 수 없지만, 이 어둠을 오히려 희망을 위한 배경으로 삼을 때 시인은 청동의 요람에서 자라나 훗날 강하게 세상에 나설 수 있다고 단언한다. 신들과 같은 힘을 지닌 채로. 그러나 함께할 수 있는 동지도 없을 땐 뒷날을 위해 잠이나 자 두는 편이 낫다고 생각한다. "고난"과 "밤", "방황"도 도움이 될 것이라고 믿으면서. 캄캄한 "밤"은 "고난"과 동의어이다. 이 "궁핍한 시대"에 시인의 존재가 과연 무엇인지 알지 못하지만, 그래도 친구의 말대로 생각하며 시대의 어둠을 견디고자 한다. 친구는 말한다. 시인들이란, 성스러운 밤을 통하여 세상 곳곳에 자신들의 메시지를 전하고 다니는 주신酒神의 성스러운 사제들 같다고. 시인을 지칭하는 말로 바로 앞에서는 "영웅들"이라는 표현을 썼었는데, 이곳에서는 "사제들"이라고 칭한다. 하나는 민중을 대신하여 세속에서 대표성을 지닌 존재이고, 또 하나는 신과 인간들 사이를 엮어 주는 존재로서 대표성을 갖는다. 시인은 위와 아래를 엮어 주는 중개인으로서 자신의 소명의식을 분명히 가져야 함을 화자는 말한다. 앞날을 위하여 고난을 견디어 내는 대비의 배경에 관한 말은 『히페리온』에서도 분명하게 언급된다.

세상의 불협화란 애인 사이의 다툼과 같은 것이다. 이미 싸움이 한창일 때 화해는 돋아나고, 갈라졌던 모든 것은 다시 합쳐지기 마련이다.

횔덜린 탑의 다락방 내부. 지금은 횔덜린이 쓰던 침대는 없고 횔덜린을 묘사한 그림이 벽면에 걸려 있다. 창밖으로 네카어강의 나무들이 보인다. 정신이 좀 이상해진 상태에서도 그는 자기를 찾아온 튀빙겐 대학교 학생과 함께 강변을 산책하기도 했다. (사진 김재혁)

핏줄들은 서로 갈렸다가 모두 심장으로 귀환한다. 하나 된, 영원한, 타오르는 생명이야말로 모든 것이다.

고난과 행복은 서로를 위해 존재하는 두 가지의 원소와 같다. 불협화하는 두 가지가 있음으로 해서 인간 존재는 더욱 완벽해진다. 고통이 있음으로 해서 행복은 커지니, 둘의 존재는 필수불가결한 것이다. 천상의 신들을 받아들이기 위해서는 시인들의 그릇이 충분히 커져야 한다. 서로 반대되는 것들조차 품을 수 있는 큰 그릇이 되어야 신들의 "충만"을 견디어 낼 수 있다. 시인은 언젠가 자신의 몸과 마음이 신들의 기운으로 가득 차기를 소망한다.

4.

이 비가에 등장하는 신들은 그리스의 신들이다. 횔덜린이 이 지상에서 가장 장려하고 아름답고 자유스러웠던 시대로 상정한 고대 그리스 아테네 시절의 인간과 노닐던 신들이다. 여기에 횔덜린은 기독교의 상징인 "빵과 포도주"를 결합시킴으로써 그의 세계관이 일면적이거나 단선적이지 않고 통합적이며 중층적임을 보여 준다. 그리스의 세계와 기독교의 세계가 혼합되는 순간이다. 그렇게 함으로써 사유의 세계는 더욱 심오해진다. 횔덜린이 원래 이 비가의 제목으로 삼았던 것은 "주신酒神"이었다. 시인은 의도적으로 작품의 제목을 「빵과 포도주」로 바꾼 것이다. 「빵과 포도주」는 한 편의 시로서 시인과 독자가 공명하는 공간이다. 횔덜린의 솜씨로 꾸며진 방이다. 모든 것을 정확하게 계산하여 꾸민 공간이다. 횔덜린의 말을 다시 한번 인용해 보자.

> 냉정함이 너를 떠난 곳,
> 거기가 네 열광의 한계이다.

시인 횔덜린은 냉정한 승부사이다. 아마도 그가 권투선수였다면 함부로 주먹을 날리다 제 풀에 제가 나자빠지는 엉터리 인파이터가 아니라 정교한 카운터블로를 날리는 아웃복서였을 것이다. 어디서나 냉정함을 유지해야 열광과 감동을 극대화할 수 있다. 시인은 재료를 차갑게 다루어야 한다. 멀리 눈 덮인 화산처럼 반짝이게 보이도록 만든다면 더 좋겠다. 냉정함과 열광이 반대되는 것 같지만 둘은 서로를 잘 균형 잡아 주는 양쪽의 추와 같다. 그러면서 냉정함과 열광의 날갯짓으로 우리의 영혼은 하늘 높이 날아오르는 것이다. 횔덜린은 운율과 음절 수, 리

밖에서 본 횔덜린 탑과 네카어강 (사진 김재혁)

듬 운용의 방식까지 철저하게 계산하여 독자를 홀리는 방식을 택했다.

비가 「빵과 포도주」는 하나의 그릇이다. 시적 정열로 가득 차 넘치는 술잔이다. "포도주"는 열정과 도취의 다른 이름이다. 일종의 환유이다. 이 빵과 포도주는 신들이 남긴, 아직도 너희를 생각하고 있다는 일종의 위안의 정표이자 궁극적으로 잠에 빠진 민중을 깨워 줄 각성제이다. 빵과 포도주는 시인이 만들어 내는, 시대를 위한 치료제이다.

젊은 예술가의 삶:
괴테의 「프로메테우스」와 「가니메데스」

1.

독일 바이마르 근교 일름탈에 있는 괴테(1749-1832)의 가르텐하우스에 가면 괴테가 젊은 시절에 살던 집 뒤쪽 정원 북단에 돌로 된 조각상이 하나 있다. 이름하여 '행운의 돌'이다. 이 돌을 보고 있노라면 괴테가 젊은 시절에 쓴 시 「프로메테우스」와 「가니메데스」가 자연스레 떠오른다.

2.

프로메테우스

제우스야, 네 하늘이나
구름안개로 덮어라,
엉겅퀴의 목이나 따는

「행운의 돌」 또는 「아가테 티케의 제단」, 1777년 4월 설치(바이마르 일름탈, 괴테의 가르텐하우스 소재) ⓒ wikipedia

「행운의 돌」. 겨울에는 돌을 보호하기 위해 판자로 에워싸 놓는다. 뒤편에 보이는 것이 가르텐하우스이다. 집 내부는 아주 소박하게 꾸며져 있다. 2층에 괴테가 사용하던 서재와 응접실이 있다. (사진 김재혁)

아이처럼 힘 한번 써 봐라,

참나무나 산꼭대기에다.

그래도 나의 이 땅일랑

건드릴 생각 마라,

이 오두막도, 네가 지은 게 아니니,

그리고 나의 이 화덕도 말이다,

이 활활 타는 불꽃을 갖고 싶어

너는 배 아파 죽겠지만.

나는 태양 아래 너희 신들보다
불쌍한 것들을 모른다!
너희는 근근이
남의 동냥이나
기도의 입김으로
너희의 권위를 먹여 살리지.
너희는 진작 굶어 죽었을 거다,
만약에 아이들이나 거지들이
헛꿈을 꾸는 바보들이 아니라면.

내가 아직 어렸을 땐
세상물정을 잘 몰라서
헤매던 이 눈길
태양을 향했었지, 그 너머에
나의 비탄을 들어 줄 귀나,
억눌린 자를 보듬어 줄
나와 같은 가슴이 있을까 하여.

거인들의 오만불손에 맞서
싸울 때 도와준 게 누구였지?
누가 나를 죽음에서,
노예 상태에서 구해 주었지?

네 스스로 모든 걸 이루어 내지 않았나?
성스럽게 타오르는 심장아!
그런데 젊고 착하게 타오르는 네가,
속아서, 저편에 잠들어 있는 자에게
구원의 감사까지 보냈더란 말이냐?

나보고 너를 존중하라고? 뭣 때문에?
네가 짐 진 자들의
고통을 덜어 준 적이 있더냐?
네가 불안에 떠는 자의
눈물을 닦아 준 적이 있더냐?
나를 이렇게 사나이로 벼려 준 것은
전능한 시간과
영원한 운명이 아니던가,
나의 주인이자 너의 주인인?

혹시 넌 말이야,
내가 이 삶을 증오하여
황야로 도망칠 걸로 생각했냐?
피어나던 소년의 꽃꿈들이
다 만개하지 못했다고 해서?

나는 여기 앉아서 인간들을 만든다,
내 모습 그대로,

나와 똑같이 생긴 종족을,
고통스러워할 줄도, 울 줄도 알고
즐길 줄도 알고 기뻐할 줄도 아는,
하지만 너 같은 건 아랑곳하지 않는 종족을,
나와 같은!

올림포스산 아래에서 누군가 소리를 빽빽 지르고 있다. 거의 울부짖는 수준이다. 얼굴을 자세히 보니 프로메테우스이다. 올림포스산의 꼭대기에서는 제우스가 옥좌에 앉아서 내려다보고 있다. 프로메테우스는 왜 저러는 걸까? 뭔가 화가 단단히 난 모양이다. 그러니 이 시를 우리말로 옮길 때 화가 난 화자의 상태를 살려 주어야 한다. 말투도 제우스를 향해서 하는 것이지만 조금은 깔보는 투가 좋겠다. 네가 나한테 해 준 게 뭔데? 내가 고통받을 때 도와주기나 했어? 이런 식의 말들을 마음껏, 목청껏 지껄이고 있는 화자의 심정을 반영해야 한다. 이는 자신의 것을 주장하기 위한 싸움이다. 명령을 하는 주체가 제신의 왕인 제우스가 아니라 거인 중 하나에 불과할 뿐인 프로메테우스이다. 프로메테우스라는 이름은 그리스어로 'Προμηθεύς' 즉 '앞날을 볼 줄 아는 자'라는 뜻을 담고 있다. 앞날을 내다보는 자가 제우스가 아닌 프로메테우스인 것이다.

이 시는 원문에 쓰인 독일어 자체로 보았을 때 상당히 난삽해 보인다. 속에서 치미는 감정이 적절히 분배되지 않고 하늘을 치는 듯한 형상이다. 그중 하나가 거듭되는 "du" 즉 "너"의 사용이다. 가장 먼저 제우스 자체가 "너"로 불리기도 하고, 프로메테우스 자신의 "심장" 자체도 "너"로 불린다. 잘 구별해야 한다. 그리고 반복되는 수사적 질문들이 큰 역할을 하는데, 질문은 스스로를 향하거나 아니면 제우스를 향한다. 그렇기 때문에 번역시에 질문의 뉘앙스를 잘 살려야 한다. 냉소의 기운이 질문 속에 들어 있기 때문이다. "너"라는 표현을 씀으로써 시의 화자는 대상과의 거리를 좁혀 아주 막역하게 비난을 하고 아주 자연스럽게 자신의 능력을 칭송한다.

시의 형식은 찬가이다. 원래 찬가는 신들을 찬양하는 노래이다. 그러나 이 시는 찬가가 아닌, 올림포스 신들에 대한 힐난의 노래이다. 질풍노도에 잘 맞는 시형식이다. 이 시를 괴테는 질풍노도의 강령처럼 생각했다. 프로메테우스는 이 시절을 대표하는 인물이다. 그는 신들의 권위를 비웃고 신랄하게 경멸한다.

이 시는 1774년, 괴테가 자신을 도와주고 충고를 해 주던 샤를로테 폰 슈타인 부인(1742-1827)을 위해 필사하여 선물한 시로 원래는 1772년에서 1774년 가을 사이에 작성되었다. 그리스 신화에서의 프로메테우스는 제우스의 명령에 거역하여 인간들에게 불을 훔쳐다 준 죄로 코카서스산의 바위에 묶인 채 독수리에게 간을 물어뜯기는 벌을 받다가 나중에 다시 제우스의 뜻으로 헤라클레스에 의해 풀려나 올림포스산으로 돌아와서 신들의 조언자가 된 인물이다.

프로메테우스와 관련된 신화 중에서 괴테는 신들에게 저항하는 요소만을 뽑아서 자신의 메시지를 담고 있다. 그것은 저항과 불, 그리고 인간의 창조라는 3단계로 이어진다. 전래된 권위에 대한 도전이 질풍노도의 주된 테마이다. 질풍노도는 이성과 오성에 대해 감정의 우위를 강조하는데, 이 강조의 방식으로 주로 쓰이는 것이 자연현상의 비유이다. 자유롭고 창조적인 행동으로, 그리고 자아실현으로 나아가는 길에 방해가 되는 사회적 폐해나 모순은 예술가들에겐 좌시할 수 없는 대상이 된다. 질풍노도 시기의 시에 등장하는 많은 신화적 인물들은 예술가들의 다른 이름이다.

이 시의 화자는 프로메테우스로서 시 전체가 그의 독백으로 이루어져 있다. 그러나 그의 독백은 독백 그 자체로 끝나지 않고 앞에 하나의 대상을 설정하고 있다. 그것은 바로 하늘에 있는 신 제우스이다. 그는 제우스를 "너"라고 부른다. 제우스를 향하여 자신의 생을 나름대로 꾸려 가겠다는 자체 독립성을 주장한다. 제우스를 당장 아이에 비유하여 땅바닥으로 권위를 끌어내린다.[3] 엉겅퀴나 뜯으라는 말이다. 엉겅퀴는 들에 피는 야생화이다. 화가 난 아이들이 뜯어서 길에다 뿌리는 꽃이다. 엄마한테 혼난 아이가 분풀이로 하는 행동이 엉겅퀴의 목이나 따는 일이다. 이런 유치한 행동을 프로메테우스는 제우스에게 해 보라고 한다. 프로메테우스의 말은 처음에는 조롱 조로 이루어지다가 후반부에 접어들면 확신으로 변한다. 프로메테우스 자신이 인간을 만드는 신적인 존재가 되는 것이다. 여기서 질풍노도적인 측면이 부각된다.

초반을 지나면서 나오는 것은 엄격한 대비법이다. 다름 아닌 신의 영역과 인간의 영역의 엄격한 분리로서 프로메테우스는 제우스에게 하늘에나 머물라고 요구하면서 땅은 자신의 것이니 건드리지 말라고 소리친다. 그의 목소리에는 화해를 불허하려는 단호함이 들어 있다. 이때 제우스의 것과 자신의 것을 구별하는 데는 특히 많이 쓰인 소유격들이 큰 역할을 한다. 소유대명사 "너의dein"와 "나의mein"의 사용은 영역을 분명히 나누려는 화자의 의도를 반영한다. 제우스의 "너의 하늘"에 대해

3 이 대목은 훗날 프리드리히 니체가 『차라투스트라는 이렇게 말했다』에서 주장한 "신은 죽었다"는 말을 연상시킨다.

그는 “나의 땅”, “나의 오두막”, “나의 화덕” 등을 엄격하게 대비시킨다. 이것들은 인간이 이루어 낸 문화적 유산들이다. 이때 인간의 대표로 프로메테우스가 서 있다.

시적 화자는 제우스 신이 약하고 힘없는 사람들의 존재로 인해 그 “권위”를 연명한다고 폭로함으로써 신의 권위를 정면으로 부인한다. 즉 신은 그를 필요로 하는 사람들이 있음으로 하여 상대적으로 존재할 뿐이라는 것이다. 목숨을 연명하는 게 아니라 “권위”를 연명한다. 신을 믿는 사람들이 없으면 신도 없다. 사람들이 신에 의존하는 것이 아니라 신이 사람들에게 의존한다. “동냥”과 “기도의 입김”은 이를 위한 대표적인 환유이다. 믿음이나 신앙이라고 했을 때보다 구체성과 적합성이 더 두드러진다. 이제 어린아이가 뭔가를 깨달은 어른이 된다. 거지나 어린아이는 혼자서는 삶을 수행할 수 없는 무기력한 존재의 상징이다. 남의 도움이 필요하다. 여기서 벗어난 프로메테우스는 제우스에게 도전한다.

4연과 5연에서 프로메테우스는 여러 수사적인 질문을 한다. 이 수사적인 질문들은 비난의 강도를 높이는 역할을 한다. 신들이 도대체 한 일이 뭐가 있느냐는 것이다. 아픔을 낫게 해 줬느냐, 아니면 적어도 누그러지게 해 줬냐. 해 준 게 없으니 존경할 필요도 없다는 말이다. 질문마다 경멸과 분개가 묻어난다. 3연에서 6연까지는 프로메테우스의 어린 시절과 과거를 말해 준다. 괴테의 신조어인 “Blütenträume” 즉 “꽃꿈”은 지극히 질풍노도적인 표현으로 시적 화자의 감정이 극도에 달해 있음을 암시한다.

이 세상에서 신들처럼 빈한한 자들은 없다고 그는 확언한다. 이에 반해서 프로메테우스 자신은 남의 도움을 필요로 하지 않는다. 그 힘을 그는 그 자신의 “성스럽게 타오르는 심장”에서 얻는다. 자신을 지켜 준 것은 남들이 아니라 바로 자신의 “심장”이다. “심장”은 계몽주의의 오성과 대비되는 감정이 물씬 묻어나는 질풍노도의 핵심어이다. “타오르는” 이라는 표현은 프로메테우스의 격앙된 감정을 잘 표현해 준다. 잠에 빠져 아무것도 모르는 채 있는 저편의 존재 즉 제우스와 대조를 이룬다. 프로메테우스는 신들과 최소한 동등하든지 그들보다 오히려 더 우위에 있다. “성스럽게 타오르는 심장”이라는 표현이 이 시의 중앙에 위치한다. 이 심장 속에 프로메테우스의 정신과 영혼이 살고 있다. 여기서 우리는 질풍노도의 기본 개념인 ‘천재’를 떠올리게 된다. 자기 자신, 초월적 세계 그리고 자연과 조화를 이루며 거의 신과 같은 능력을 지닌 존재를 이 시기에는 천재라 불렀다. ‘천재’에 대해서는 칸트가 『판단력비판』에서 개념적 특징을 잡아 설명하고 있다. 미적인 것은 일상의 평범한 것을 넘어선다. 어떤 미도 미리 계산된 규칙에 의하지 않는다. 주관 속에 존재하는 자연이 어떤 미의 규칙을 창출해 낸다는 것이다. 이 주관의 총체를 천재라 일컫는다. 규칙들의 틀을 깨부수는 데 천재의 기본적 특징이 있다. 그렇기 때문에 질풍노도기의 천재를 ‘독창적 천재’라고 한다. 천재는 가장 시초적이면서 남에겐 모범이 될 만해야 한다. 프로메테우스는 주체성이 두드러진 인물이다.

질풍노도의 천재의 특징은 바로 이 타고난 주체적 재능에 있다. 주체적 재능이라는 말에서 일단 모든 의존 관계에 대한 배척의 의미를 간파할 수 있다. 또한 타고난 재능은 창조성과 연관된다. 그런데 프로메테우스의 창조성은 일반적인 창조의 의미를 초월한다. 왜냐하면 그는 “인간”을 만들기 때문이다. 그렇기 때문에 그의 가슴에 “성스럽게”라는 부사가 붙는 것이다. 성스럽다는 것은 신적인 본질을 표현할 때 쓰이는 말이므로 그 역시 신적인 지위를 차지한다는 뜻이 된다.

그렇다고 그가 본래의 신적 본질을 부인하는 것은 아니다. 왜냐하면 그는 진정한 권위를 인정하고 있기 때문이다. 그가 말하는 진정한 권위의 구현자는 다름 아닌 "전능한 시간"과 "영원한 운명"이다. 제우스 역시 여기에서 벗어나지 못한다. 프로메테우스를 하나의 사내로 "벼려 준 것"은 "시간"과 "운명"이다. 제우스에게 반항하기로 하면서 프로메테우스에겐 인간을 만들어 낼 수 있는 힘이 생긴다. 그렇다면 프로메테우스가 진짜 창조의 신처럼 진흙으로 사람을 빚을 수 있는가? 우리는 여기에 대해서 아니라고 대답해야 한다. 왜냐하면 창조를 한다는 프로메테우스의 주장 역시 제우스에 대한 반발에서 연유하는 것이기 때문이다. 프로메테우스의 독립성은 이후 인간 존재들에게 자립적으로 무언가를 해낼 수 있는 가능성을 부여한다. 여기에 바로 질풍노도의 또 다른 특징인 인간주의가 자리 잡고 있는 것이다. 마지막 연의 마지막 행은 "wie ich" 즉 "나와 같은"으로 끝난다. "나"에 대한 자긍심이 그만큼 크다.

고독 속에서의 창조정신을 강조하는 입장에서 보면 프로메테우스는 곧 창조적 예술가의 상징이 된다. 진정 천재적인 창조의 인간은 현실의 모든 구속과 제한을 깨부수며 오히려 운명의 망치질로 인해 강해진다. 당대의 성행하는 관습적 틀을 괴테는 벗어나려 한다. 시의 자유로운 리듬은 주인공의 끝 간 데 없는 자유로움을 표현한다. 예술가의 자기집중과 자기만의 영역 확보가 이 시의 테마이다. 젊은 괴테는 프로메테우스를 통해 시인으로서 자유로운 자기주장을 하고 있는 것이다. 여기서 젊은 문학청년 에커만에게 들려준 여든 살의 노시인 괴테의 말은 사뭇 의미심장하다.

지금이나 옛날이나 마찬가지로 예술가가 하는 일은 자신이 그것을 만들었을 때 가졌던 기분 속으로 우리를 빠져들게 하는 것이네. 예술가의 자유로운 기분은 우리를 자유롭게 하지.

3.

가니메데스

붉은 아침햇살 속 그대는
사방에서 나를 환히 비추는구나,
봄이여, 내 사랑이여!
수천 겹의 사랑의 환희로
나의 심장을 향해 밀려드노니
그대의 영원한 온기의
성스러운 느낌이여,
한없는 아름다움이여!

그대를 이 두 팔로
끌어안고 싶어라!

아, 그대의 가슴에
안겨 있으면서도, 애태우노니,
그대의 꽃들과 그대의 풀이
나의 심장으로 밀려드누나.

그대는 내 가슴의
불타는 갈증을 식혀 준다,
사랑스러운 아침바람이여,
그때 나이팅게일이 안개 계곡에서
사랑으로 나를 부르는구나.

나, 가리라, 나, 가리라!
어디로? 아, 어디로?

위로, 위로 올라가려네.
구름들은 두리둥실 아래로
내려오네, 구름들은
몸을 구부리네, 애타는 사랑,
나를 향해, 나를 향해!
너희들의 품에 안겨
위로,
끌어안으며 끌어안기네!
위로,
그대의 가슴을 향해,
자비로운 아버지시여!

가니메데스(그리스어로 'Γανυμήδης' 즉 '기쁨으로 빛나는 자'라는 뜻)는 트로이왕의 아들로 인간들 중 가장 아름다운 미소년이었다. 그의 모습에 반한 제우스는 독수리 모습을 하고 지상으로 내려와 그를 유인하여 올림포스산에 데려다 놓고 신들의 술심부름을 하게 하였다. 오늘날로 치면 바텐더 역할을 한 것이다. 그의 존재는 렘브란트, 루벤스 같은 화가들의 중요한 소재가 되었다.

위 시에서 괴테는 이 신화적 인물에 대해 전혀 언급하지 않고 있다. 제목만 “가니메데스”로 붙였을 뿐이다. 신화에서는 제우스가 독수리로 변해 지상으로 내려와 가니메데스를 낚아채 가지만 시에서는 화자인 가니메데스가 자발적으로 신의 세계를 향해 올라간다. 가니메데스는 분명 인간이다. 인간이 신과 대면을 하는 것이다. 인간과 신의 대면, 그것이 이 시의 중심 테마이다.

괴테는 전래된 가니메데스의 모습에 영향을 받지 않고 가니메데스를 신의 사랑을 꿈꾸는 존재로 그리고 있다. 그리고 괴테에게는 모든 것을 포괄하는 신적인 힘이 늘 궁극적인 것이요 우월한 것이다. 따라서 가니메데스라는 인물에서 신과 인간의 합일을 본다. 이 시작품은 괴테 자신

——— 렘브란트, 「독수리에게 붙들린 가니메데스」(1635)

——— 루벤스, 「가니메데스의 납치」(1611-1612)

에 의해 앞의 「프로메테우스」와 대비되는 것으로 해석된다. 프로메테우스가 신으로부터의 독립을 꿈꾸면서 하늘과 땅의 엄격한 분리를 요구했다면, 가니메데스는 신과의 합일을 기원하는 것이다. 인간의 영역을 벗어나 신적인 영역으로 구름처럼 오르는 것은 괴테의 『파우스트』 마지막 대목에서 갖은 운명의 고뇌를 겪은 파우스트가 구원을 받아 구름을 타고 천사들의 합창을 들으며 하늘나라에 오르는 것과 비슷한 분위기이다.

이 시에 나타나는 자연의 구성요소들 하나하나는 그러므로 신의 구체적 현현이다. 그렇기에 이것들과의 합일은 곧 신과의 신비주의적 합일을 의미한다. 시적 자아는 자연과의 합일을 에로틱한 결합 관계로 본다. 이것은 "끌어안으며 끌어안기네"라는 능동과 수동이 하나로 합체된 구절에서 가장 효과적으로 표현된다. 일방적이지 않고 쌍방적이며 주고받음이다. 시의 화자는 "봄"을 "내 사랑"이라고 부른다. 자연 속에서 자연을 느끼는 화자의 절실한 감정을 잘 보여 준다. 자연의 포근한 품에 안긴 화자는 사랑을 느낀다. 사랑을 느끼기에 그냥 상태가 아니라 하나의 애정의 대상이 된다. 여기의 화자는 젊은 괴테이다. 이 시절 사랑의 환희가 가슴속으로 밀려 들어오는 것을 자연의 비유보다 더 적절히 표현할 도구가 어디에 있겠는가. "수천 겹의 환희"는 그것을 적절히 드러내는 표현이다. 행복이 너무나도 강렬해 가슴이 터질 것만 같다. 아름다움이나 행복이 그것을 느끼고 있는 화자를 파괴할 듯하다. 독수리로 변한 제우스가 아니라 근원으로서의 신을 향한 열망이, 피어나는 자연 속에서 저절로 일어난다. 신을 향해 다가가고 싶은 심정이 생기는 배경이 봄이다. 그는 자연의 광휘에 둘러싸여 있다. 주위의 자연이 부르지만 그는 어디로 갈지 모른다. 그래서 "어디로? 어디로?"라고 속으로 외친다. 봄날의 자연 속에서 시의 화자는 포근함을 느끼며 신의 입김 속에 있다는 생각을 갖는다. 자연과 인간의 합일 장면은 무엇보다 『젊은 베르테르의 슬픔』의 '5월 10일 자 편지'에 잘 묘사되어 있다. 위 시의 분위기와 거의 다르지 않다. 자연의 크고 작은 모든 사물과의 친근함을 가슴의 도취의 물결 속에서 묘사하고 있다.

> 5월 10일
>
> 놀랍도록 상쾌한 기분이 내 온 마음을 사로잡았네. 내가 온 가슴으로 즐기고 있는 이 달콤한 봄날의 아침들처럼 말일세. 나는 이렇게 혼자서 내 인생을 즐기고 있다네. 나와 같은 영혼들을 위해 생겨난 듯한 이 고장에서. 나는 너무나 행복하다네, 친구. 이토록 평화로운 삶의 감정 속에 침잠해 있다 보니 나의 예술이 안 될 지경일세. 나는 그림을 그릴 수 없네. 선 하나도 말일세. 하지만 내가 지금 이 순간보다 더 위대한 화가였던 적은 없네. 내 주위의 계곡에서 안개가 피어오르고 높이 떠 있는 태양이 내 숲의 뚫을 수 없는 표면에 머물며 고작 몇 가닥의 햇살만이 깊은 성소 안으로 간간이 스며들 때면, 나는 떨어지는 시냇물 옆 키 큰 풀숲에 누워 땅에 몸을 바짝 붙인다네. 그러면 수천의 다양한 작은 풀들의 모습이 눈에 들어오지. 풀 줄기들 사이에서 우글거리는 작은 세계와 온갖 땅 벌레와 날벌레들의 형언할 수 없는 무수한 모습들을 내 가슴에 더욱 가까이 느끼노라면 자신의 모습에 따라 우리를 창조하신 전지전능하신 분의 존재와 우리를 영원한 환희 속에 띄워 주고 감싸 주시는 자애로우신 분의 입김을 느낀다네. 친구여, 내 눈앞에서 땅거미가 지고 나를 둘러싼 세계와 하늘이 마치 사랑하는 여인의 모습처럼 완전히 내 영혼 속에서 평화롭게 쉴 때면 나는 그리움에 사로잡혀 이렇게 생각하곤 한다네. — 아, 네가 이것

을 다시 표현해 낼 수는 없을까. 네 안에 넘치도록 가득 차서 이토록 따스하게 살아 있는 것들을 종이 위에 생생하게 살려 낼 수는 없을까. 그리하여 종이가 네 영혼의 거울이 되도록. 마치 네 영혼이 무한한 하느님의 거울이듯이. — 친구여, 그러나 나는 그로 인해 종말을 맞을 걸세. 나는 그 찬란한 모습들의 힘 앞에 굴복할 수밖에 없다네.

신이 곧 자연이고 자연이 곧 신이다. 범신론적인 견해이다. 시에는 시적 화자의 절절한 그리움을 나타내는 표현들이 눈에 많이 띈다. "애태우노니", "내 가슴의 불타는 갈증" 등이 그것이다. 자연과의 합일은 공간적으로 시적 자아가 "위로" 올라가고, "구름들"이 "아래로" 내려오는 형식으로 이루어진다. 이 모든 것은 접속법에 의해 비현실문으로 표현된다. 그러나 마지막 연에서 합일은 구체적으로 성취된다. 시적 자아는 만물을 관장하는 "자비로운 아버지"의 가슴에 몸을 맡긴다. 자연은 곧 신의 목소리이고 가니메데스는 그 부름에 따르는 것이다. 괴테는 가니메데스라는 인물을 통해서 신과의 합일에 대한 열망을 육체적으로 그리고 눈에 보이도록 묘사한 것이다. 구름이 사랑을 연결시켜 주는 매개체이다. 웅장한 자연의 힘 앞에 화자는 적극적인 몸놀림으로 답한다.

행복을 부르며 계곡으로 오라는 나이팅게일의 울음소리는 애타는 그리움의 절정을 의미한다. 나이팅게일은 여기서 사랑의 여인으로 가니메데스 즉 젊은 괴테에게 어서 자기에게로 오라고 손짓한다. 멀리 안개 계곡에서 그를 부른다. 사방에서 이렇게 자기를 찾아오라 손짓하고 외쳐대므로 가니메데스는 대답하지 않을 수 없다. 그는 답한다. 나는 가리라, 나는 가리라고. 그러나 어디로 가야 하나? 그때, 위로 올라간다고 두 번에 걸쳐 화자는 답한다. 이렇게 해서 시인은 지상의 영역에서 초지상의 영역으로 초월하는 것이다. 신적인 영역으로 넘어가기에 비현실 소망문이 쓰인다. 애절한 그리움의 궁극적 대상은 자비로운 아버지이다. 이 시는 외적으로 보면 자연을 노래한 시이지만 내용상으로 보면 사랑의 시이다. 사랑의 손짓을 해 오는 열정적인 봄, 사랑을 노래하는 나이팅게일, 자애로운 아버지, 인간의 애절한 사랑에 몸을 구부려 답하는 구름까지 모두가 사랑에 취해 있다. 만물 속에 사랑이 숨 쉰다. 사랑은 화자를 도취에 빠지게 하는 약물과 같다. 구체적 인간의 대상이 나오지는 않지만 심리적으로 당시에 괴테가 느꼈던 사랑의 감정을 잘 표현한 시이다. 시에 많이 나오는 종교적인 용어들은 사랑의 합일을 강화한다.

이 시 역시 「프로메테우스」와 마찬가지로 질풍노도에 속한다. 리듬이나 운의 형식이 지극히 자유롭다. 미리 규정된 시학의 규칙에 얽매이지 않는다. 질풍노도의 핵심이 되는 말인 "심장"이 등장한다. 천재사상 역시 엿보인다. 가니메데스 역시 프로메테우스와는 다른 방향에서의 예술가적 천재상이다.

4.

「프로메테우스」와 「가니메데스」는 1774년에 발표되었다. 이 두 편의 시를 함께 보아야 하는 이유를 우리는 이 글 모두冒頭에서 꺼냈던, 괴테가 자기 집 정원에 만들어 놓은 조각상에서 찾을 수 있다. 조각상의 이름은 「행운의 돌」 또는 「아가테 티케의 제단」이다. 티케(그리스어로 'Τύχη'는 '행운'을 뜻한다)는 고대 그리스 신화에 나오는 여신이다. 일름탈에 집과 정원을 갖게 되고서 1년 뒤인 1777년 4월 괴테는 정원의 북단에 조각상을 만들어 놓는다. 1777년 4월 5일 일기에 괴테는 "아가테 티케를 완성하다"라고 적어 넣는다. 그 전에 1776년 12월 25일에는 라이프치히 시절의 스승이었던 아담 프리드리히 외저에게 이 조형물의 건립과 관련하여 편지를 쓴다. 이 조형물은 기하학적 형태를 띤 두 개의 구조물이다. 독일에서 사물의 형체를 흉내 내지 않은 완전 기하학적 조형물의 효시에 속한다. 지름 73센티미터의 돌로 된 공이 가로 세로 높이 각각 90센티미터의 입방체 위에 놓여 있다. 바이마르 사람들은 그 돌을 "행운의 돌"이라고 부르고, 괴테는 그의 일기에서 그 조각을 행운의 여신 "아가테 티케"라고 했다.

이 조각상의 의미는 전통적인 예술의 상징을 따른다. 조형물을 가지고 새로운 시도를 했다기보다는 어떤 상징성에 쉽게 다가갈 수 있게 한 것이다. 입방체는 탄탄하게 서 있는 구조물로서 영속성을 나타내고, 반면 공은 흔들림, 비영속성을 상징한다. 이 정도의 상징성은 예술사에서 쉽게 찾아볼 수 있다. 탄탄하게 존재를 받쳐 주는 것은 「가니메데스」의 봄날 빛살과 같은 영속적인 것이고, 기분 내키는 대로 행동하고 자기주장을 강하게 내세우는 것은 불로 된 공과 같은 「프로메테우스」의 존재에 다름 아니다. 끝없이 나대며 어디로 튈지 모르는 것이 바로 프로메테우스적 젊은이의 충동이다.

"티케"는 운명의 여신으로 행복과 불행을 섭리한다. 그런데 움직이고 흔들리는 이 우연의 여신이 탄탄한 입방체에 의해 안정화되어 있다. 괴테에게 조각상의 의미는 분명했다. 바로 1년 전에 프랑크푸르트에서 바이마르로 부름을 받았고 그곳에서 놀라운 여인 샤를로테 폰 슈타인 부인을 알게 된 것이다. 괴테보다 일곱 살 연상으로 대공 아우구스트의 시녀장이었던 그녀는 그의 '영혼의 벗'이 되었다. 흔들리는 것은 괴테의 영혼이었고, 그것을 받쳐 준 것은 그녀였다. 질풍노도의 공처럼 늘 요동치는 그를 그녀는 듬직한 대석이 되어 튼튼하게 잡아 주었다. 돌 조각상은 슈타인 부인을 위한 생일선물이었다. 그리고 또 그녀를 향한 괴테의 사랑의 정표였다. 그러면서 정원이 딸린 집에서 행복하게 잘 살고 있는 자신의 마음의 표현이었다. 두 가지 요소가 함께 들어 있는 이 조각상은 괴테에겐 서로 대립되는 것의 조화를 이끌어 주는 상징이었다. 슈타인 부인은 그에게 다음과 같은 말을 전해 주었는데, 그 조각상은 늘 이 말을 그에게 연상시켜 줄 것이었다. "권력과 한계, 자의와 법, 자유와 절제, 움직이는 질서, 우위와 결핍 등의 이 아름다운 개념이 당신을 드높이 기쁘게 해 주기를 바라요." 이 조각상은 괴테에게는 마음의 안정을 가져다주는 상징이었다. 삶에서나 예술에서나 이런 고전적인 미의 이상과 신조를 믿었던 것은 괴테가 추구했던 예술의 본질을 말해 주는 것이다. 이렇게 균형을 추구함으로써 괴테는 굴레 벗은 젊은 격정을 극복하여 균형 잡힌 창조력을 유지할 수 있었다. 창조력만을 자유롭게 추구할 때 존재는 위험해지기 때문에 마음의 평정과 순수함을 유지하려는 자세 또한 필요했던 것이다. 예술가의 존재는 내면으로 들어가 자신을 찾는 과정과 외부로 나가 세계와 하나가 되는 과정을 필요로 한다.

5.

괴테는 「프로메테우스」와 「가니메데스」를 함께 한 쌍으로 발표하였는데, 「프로메테우스」의 과격한 논지로 신학적인 논쟁을 피해 가기 위한 의도도 있었겠지만 그 본질적인 이유는 괴테가 가진 세계관에서 연유하는 것으로 보인다. 괴테는 『시와 진실』 제8권에서 다음 같이 말한다. "피조물 전체는 근원적인 것으로부터의 이탈과 본래의 것으로의 회귀일 뿐이다." 이 내용을 구체적으로 그의 시에 적용시켜 보면, 근원적인 것으로부터의 이탈은 프로메테우스처럼 신적 존재로부터 독립을 요구하는 인물에, 그리고 근원적인 것으로의 회귀는 가니메데스처럼 삼라만상과의 합일을 추구하는 인물에 해당된다. 괴테는 이것을 "독립"과 "탈자아"로, 나중에는 "심장수축"과 "심장이완"이라는 말로 바꾸어 표현하였다. 심장수축과 심장이완은 심장이 하는 일의 두 가지 국면을 이른다. 예술가의 존재원칙 역시 여기에 근거한다. 괴테의 존재방식이자 시인으로서의 존재방식이다. 심장수축은 괴테의 천재사상과 연결되며 이는 프로메테우스로 대변된다. 기존의 권위로부터의 완벽한 독립을 추구하는 존재로서의 프로메테우스는 젊은 괴테의 분신이다. 반면, 예술가로서 진정한 폭과 깊이를 가지려면 세계와의 합일이 또 하나의 전제가 된다. 세계 속으로 들어가야 세계를 알고 그것을 묘사할 수 있기 때문이다. 프로메테우스나 가니메데스는 한 예술가가 지녀야 할 서로 다른 존재방식이라 할 것이다. 결국 이 두 인물은 괴테의 작업 구상원칙에 속하는 것으로 서로 간에 긴밀하게 연결되어 그의 천재모델의 기본 카테고리를 이룬다. 닫힘은 시를 쓰는 상태를 의미하지만, 그 전에 세상을 향한 열림의 마음이 또한 시인을 시인으로 만들어 주는 것이다.

시를 쓴다는 것은 구체적인 것으로부터 추상화의 과정을 한 걸음 한 걸음 걸어가는 것을 말한다. 사실을 그대로 기록하는 것이 아니라 축약하고 고도로 농축하는 작업이다. 괴테는 자신의 현실적 경험들의 실제를 프로메테우스라는 인물과 가니메데스라는 인물에 투사하여 농축된 '엑기스'를 시에 옮겨 놓았다.

제3부

카스파르 프리드리히, 「안개 바다 위의 방랑자」(1818). 낭만주의적 그리움의 정서가 안개 바다를 바라보는 방랑자의 보이지 않는 시선과 뒷모습에 고스란히 드러난다. 프리드리히는 독일 초기 낭만주의자들과 뜻을 함께했다.

마법의 시인 노발리스와 세계의 낭만화

1.

1912년, 독일 표현주의를 대표하는, 자신 역시 요절할 운명이었던 시인 게오르크 트라클(1887-1914)은 자기보다 100년도 넘게 선배 되는 전기 낭만주의 시인 노발리스(1772-1801)를 추모하여 이렇게 노래했다.

노발리스에게

어두운 땅속에 거룩한 이방인이 쉬고 있다.
신은 그의 부드러운 입술에서 비탄을 거두었다,
한창 꽃피울 시절에 쓰러졌으니.
한 송이 푸른 꽃이 되어
그의 노래는 컴컴한 고통의 집에 살아남았어라.

이 시를 읽으면 묘한 기분이 든다. 같은 운명의 시인들 간에는 알지

프리드리히 에두아르트 아이헨스, 「노발리스」(1845)

못할 끌림이 있는 걸까. 스물여덟의 나이로 세상을 뜬 "거룩한 이방인" 노발리스와 거의 비슷하게 자신의 시 속에서 늘 고향집 후박나무 아래 푸른 그늘처럼 서곤 하던 트라클 역시 스물일곱의 나이로 "컴컴한 고통의 집"을 떠났다. 둘 다 사랑 때문에, 사랑으로 인한 고통 때문에 고통을 잊기 위하여 마약을 가까이 했으며 그것이 생명을 단축하는 결과를 낳았다. "한창 꽃피울 시절에" 쓰러진 노발리스를 향한 이 운명의 노래는 트라클 자신의 운명의 노래가 되었다. 그러나 "신은 그의 부드러운 입술에서" 비록 "비탄"을 거두어들였지만 노발리스의 "노래"는 "한 송이 푸른 꽃" 즉 한 점의 생명을 향한 그리움이 되어 여전히 이승에 살아 있다. 트라클의 노래도 마찬가지이다. 여동생과의 근친상간으로 인한 양심의 가책 때문에 트라클에게는 이승이 "컴컴한 고통의 집"이 아닐 수 없었다.

게오르크 루카치는 노발리스를 일러 "노발리스야말로 낭만파 중에서 유일하게 진정한 시인이다. 그의 안에서만 낭만주의의 전체 영혼이 노래가 되었다"라고 평했다. 프랑스 상징주의 시인들의 시나 시론을 보다 보면 노발리스가 말했던 낭만주의 시론의 흔적을 곳곳에서 발견하게 된다. 그가 근대 유럽 시에 끼친 영향의 정도를 가늠해 볼 수 있는 척도가 아닌가 한다. 현대성을 갖춘 그의 문학은 키츠, 포, 토마스 만, 호프만스탈, 브로흐, 벤 등에 많은 영향을 끼쳤다.

2.

계몽주의적 세계관에 물들어 있던 당시의 규범시학을 노발리스는 다음과 같은 시를 강령 삼아 담대하게 타파하고자 했다.

숫자와 도식이 이제 더 이상
모든 피조물의 열쇠가 아니라면,
노래하거나 입맞춤하는 사람들이
석학들보다 더 많이 안다면,
세상이 자유로운 삶 속으로,
본래의 세상으로 되돌아간다면,
그리하여 다시 빛과 그림자가
하나 되어 진정한 맑음에 이르면,
그리고 우리가 동화와 시에서
영원한 세계사를 인식한다면,
그러면 신비스러운 한 마디 말 앞에
모든 뒤틀린 존재들은 사라지리라.

Wenn nicht mehr Zahlen und Figuren
Sind Schlüssel aller Kreaturen
Wenn die, so singen, oder küssen,
Mehr als die Tiefgelehrten wissen,
Wenn sich die Welt in's freie Leben
Und in die Welt wird zurück begeben,
Wenn dann sich wieder Licht und Schatten

Zu ächter Klarheit werden gatten,

Und man in Mährchen und Gedichten

Erkennt die ewgen Weltgeschichten,

Dann fliegt vor Einem geheimen Wort

Das ganze verkehrte Wesen fort.

원래 이 작품은 노발리스의 소설 『푸른 꽃』 제2부에 들어갈 시였다. 그러나 작품이 미완성으로 남음으로써 이 시는 하나의 독립된 시로 읽히게 되었다. 낭만주의의 모토를 알려 주는 강령과 같은 시이다. 자연의 내부로 들어가고 우주의 세계로 접근하기 위해 고트셰트(1700-1766)[4]나 레싱(1729-1781) 같은 계몽주의 작가들이 가장 중요한 수단으로 본 것은 지식과 합리성, 수학 그리고 물리학이었다. 이것을 노발리스는 "숫자와 도식"이라는 말로 응축해서 표현한다. 낭만주의자는 어떤 원칙이나 도식에 얽매이지 않는다. 낭만주의자는 이 세계에서 하나의 커다란 균열을 본다. 이 균열로 인해 세계가 "숫자와 도식" 즉 이성의 세계와, 감정과 신비스러운 것의 세계로 나뉜 것이다. 낭만주의자는 이 균열을 봉합하고 싶어 한다. 균열을 봉합하는 데 낭만주의자가 힘으로 삼은 것은 무한한 것을 향한 끝없는 그리움이다. 끝 간 데 없이 미치는 그리움의 눈길은 세계의 치유와 서로 반대되는 요소들의 화합을 바란다. 이 눈길은 하나의 지향점으로 먼 곳에, 아니 무한한 곳에 모든 것의 조화를 설정하고 있다. 푸른 바다나 푸른 하늘처럼 먼 곳에서

4 고트셰트가 쓴 시 중에는 평범한 소시민의 일상을 노래한 시들이 많다. "부부는 일심동체라고/사람들은 말하지만,/그들은 분명 한 쌍이라네./티격태격 싸울 때면" 같은 격언 조의 시도 그중 하나이다.

보면 곧 손에 잡힐 듯이 아름답게 푸른빛으로 반짝이지만 가까이 가면 없어지고 마는 신기루와 같은 지향점이다. 노발리스는 그리움을 향한 방랑의 이 지향점으로 "푸른 꽃"을 위치시킨다. 작가 리카르다 후흐(1864-1947)는 인간의 삶 일반에 연관시켜 "푸른 꽃"을 이렇게 말한다.

> 푸른 꽃은 자신도 모르는 채 누구나 찾고 있는 그 무엇이다. 그것이 신이든, 영원이든 아니면 사랑이든.

이성을 앞세운 계몽주의자들은 이성과 합리성을 만능열쇠로 여겼다. 그 열쇠만 있으면 세상에 열지 못할 문이 없을 것으로 생각했다. 신이 만들어 낸 "피조물"은 어느 것이나 다 알아낼 수 있다고 자신했다. 그러나 노발리스는 말한다. "석학"보다 더 많이 아는 것이 "노래"하는 자나 "입맞춤"하는 연인들이라고. 시와 사랑이 오히려 만물을 알아내는 열쇠이다. "진정한 맑음"이란 무엇인가? 계몽주의의 빛은 반쪽짜리 빛이다. "진정한 맑음"은 "빛"과 "그림자"가 짝을 이룰 때 만들어진다. 한층 승화된 맑음이다. 이질적인 것, 대조적인 것, 이상과 현실의 통합을 꾀했던 노발리스의 사고가 명시적으로 표현된 구절이다. "빛"과 "그림자"가 서로 상반되는 것 같지만 서로 합쳐져 진정한 맑은 빛을 만들어낼 때 우리는 진정한 자유를 찾고 진정한 세계를 만난다. 그것을 노발리스는 창조하는 영혼에서 찾는다. 구체적으로는 시와 동화가 참된 인간의 역사를 증거할 수 있다고 본다. "영원한 세계사"는 인간의 이성에 의해 나뉘지 않은 태초의 혹은 원초의 세계를 의미한다.

창조적 자아가 중심에 위치하여 서로 다른 다양한 요소를 시 속으로 끌어들여 세상을 시화詩化한다. 이 시화에는 무엇보다 신비스러운 말이 갖는 음악성이 한몫한다. 언어가 지닌 의미 내용보다는 언어의 상징적인 암시 효과에 비중을 두어 현실의 제한을 탈피하고자 노력한다. 언어가 갖는 음향적 힘에 포인트를 둔 것이다. 프랑스 상징주의의 뿌리가 여기서 설핏 보인다. 위 시에서 앞의 다섯 개의 조건절 즉 "wenn"("이라면") 문장은 낭만주의 문학의 특성을 지칭하며 마지막 두 행의 주절은 낭만주의 문학이 추구하는 진정한 "신비스러운 한 마디 말" 앞에서 무슨 일이 벌어지는지를 구체적으로 알려 준다. "신비스러운 한 마디 말"에 해당하는 원문 "Einem geheimen Wort"를 보면 "한 마디"가 대문자로 되어 있음에 유의해야 한다. 이 한 마디 말은 거의 신이 태초에 한 말과 맞먹는 말인 것이다. 숫자와 도식으로 대표되는 학자와 합리성의 세계를 벗어나 노래하고 입 맞추는 사랑의 자유로운 세계로 들어가면, 즉 세상의 빛과 그림자를 나누고, 이성과 감성을 구분하고, 모든 것을 분석하려는 과학에서 벗어나 모든 것을 통합적으로 다루는 시와 동화의 세계로 돌아가면, 지금까지 본질을 거꾸로 보고 잘못되었던 세상이 본래의 모습을 되찾으리라는 것이다. 이때 시와 동화로 대변되는 시문학은 진리를 담는 문학적 그릇으로 다가온다. 시는 첫 행의 "숫자와 도식"으로 시작하여 맨 끝 행의 "모든 뒤틀린 존재들"로 끝나면서, 수미상관식으로 계몽주의적 이성의 폐해를 알리고 있다.

당시의 낭만주의자들의 입장에서 합리성과 도구적 이성이 주도권을 잡고 있던 당대는 모든 것이 갈라져 있는 분열의 시대로 보였다. 본질이 상실된 시대가 그들의 시대였다. 그들의 대안세계는 인간과 자연, 신이 조화롭게 살았던 이른바 "황금시대"였다. 이들은 물질보다는 정신에 무게를 두고 표피적인 지식보다는 사람들의 혼이 살아 있는 것으로서의 민담이나 민요에 관심을 가졌다. 그렇다면 "황금시대"란 어떻게 설명되는가? “신비스러운 한 마디 말”에 의해 불리어 나오는 것은 “황금시대”이다. 노발리스의 소설 『푸른 꽃』 제1부에서는 “황금시대”를 노래하는 어느 시인의 등장을 다음 같이 알린다.

> 그때 갑자기 누구의 목소리인지 모르지만 아름답고 부드러운 소리에 의해 정적이 깨졌다네. 그 소리는 늙은 참나무들이 서 있는 곳에서 들려오는 것 같았다네. 모두들 그쪽을 바라보았다네. 소박한 이방인 차림의 젊은이 하나가 서 있었다네. 그는 류트를 손에 들고 조용히 노래를 계속했다네. 그러나 왕이 그를 향해 눈길을 던지자 그는 깊이 허리를 숙였다네. 그의 목소리는 더없이 아름다웠다네. 그리고 그의 노래에는 낯설고 놀라운 빛이 서려 있었다네. 그의 노래는 세상의 근원에 대해, 별들과 식물, 짐승 그리고 인간의 생성에 대해, 자연의 전지전능한 교감에 대해, 아주 먼 옛날의 황금시대와 그 시대를 다스렸던 사랑과 시문학에 대해, 증오와 야만의 등장에 대해, 이것들과 자비로운 여신들과의 싸움에 대해, 그리고 다가올 미래에 이 여신들이 궁극적으로 승리하는 것에 대해, 슬픔의 종말과 자연의 소생 그리고 영원한 황금시대의 회귀에 대해 이야기했다네.

윗글에서 “자비로운 여신들”은 “사랑과 시문학”을 뜻한다. 구체적으로는 문학의 뮤즈를 말한다. 윗글의 묘사의 대상이 되는 인물은 다름아닌 오르페우스이다. 시와 노래는 오르페우스가 불러 세상을 다스리고 순화하는 매체이다. 오르페우스는 따라서 “황금시대”의 메시아이다. “황금시대”란 인간과 자연이 하나 되는 낙원과 같은 곳이다. 여기서 오르페우스가 바로 “신비스러운 한 마디 말”을 행하는 존재이다. 그의 이 한 마디 말에 의해 동물과 식물 그리고 돌멩이까지 마법에 걸리고 야수까지도 얌전해진다. 오르페우스야말로 마법의 시인의 원형이다. 시적 창조의 순간이 세상을 덮고 있던 현상의 덮개를 벗겨 내고 비밀을 알아채는 순간이다.

3.

다음은 소설『푸른 꽃』의「헌시」로, 영감을 주는 뮤즈를 향해 바친 시이다. 예술과 삶이 하나 되는 존재방식을 추구하고자 한 노발리스의 기치가 엿보인다. 여기서 "그대"로서 시적 화자의 말 상대가 되는 대상은 '사랑하는 여인'을 총칭한다. 특히 시인의 첫사랑인 조피를 암시한다.

그대는 내 가슴속에 고귀한 충동을 일으켜,
내게 드넓은 세계의 깊은 속을 보여 주었네.
그대는 믿음 깊은 손길로 나를 잡아 주어,
나 세찬 폭풍우 속에서도 흔들리지 않았네.

그대의 예지는 소년을 돌보았으며
소년을 데리고 동화 같은 초원을 누볐네.
그대, 이 세상에서 가장 마음씨 고운 여인이여,
그대는 소년의 젊은 가슴을 날뛰게 만들었네.

왜 나는 자꾸만 이 지상의 고통에 매달리는가?
이 마음과 생은 영원히 당신의 것이 아니던가?

이 세상에서 당신의 사랑만이 내 은신처가 아니던가?

그대를 위해 이 한 몸 고귀한 예술에 바치고 싶네,
그대, 내 사랑아, 그대 날 위해 뮤즈가 되어,
내 시문학의 조용한 수호신이 되어 주오.

서시답게 소설 전체가 흘러갈 방향을 잡아 주는 역할을 한다. 주인공 하인리히 폰 오프터딩겐이 다양한 경험을 쌓으면서 시인으로 성장해 가는 과정을 그리고 있는 소설이라 서시 역시 이 각도에서 관찰하면 큰 무리가 없다. 하인리히 폰 오프터딩겐은 음유시인으로 13세기에 볼프람 폰 에센바흐와 경연을 벌였다가 패했다는 전설의 인물이다. 소설 속 주인공의 뮤즈는 그의 사랑이기도 하다. 사랑이 곧 뮤즈라는 말이다. 사랑을 통해 시인은 시의 나라로 들어서서 환상의 세계로 여행한다. 무한성을 추구하는 낭만주의의 기본 충동에 맞게 시인은 애인의 비호 아래 무한의 세계를 탐험할 것을 희구한다. 그의 방랑에서 만나는 모든 경험과 사람들, 이야기들은 시인의 성숙을 위하여 존재하며 그를 보필한다. 낭만주의자들은 자신들의 의식에 한계를 미리 그어 놓지 않는다. 프리드리히 슐레겔이 "낭만주의 문학은 점진적으로 앞으로 나아가는 보편문학이다"라고 정의한 것과 같은 맥락이다. 모든 것이 가능한 것이 낭만주의 문학이다. 한계를 부수고 자신을 떨쳐 버리고 더 큰 세계로 나아가기 위해 낭만주의자는 끝없는 자기탈피와 탈바꿈을 꾀한다. 이 땅에 대한 불만과 다른 초월적 세계에 대한 열망이 낭만주의를 낳은 것이다.

이 시를 번역하면서 신경을 쓴 부분은 원문의 리듬에서 살아 있는 무한을 향한 움직임을, 그 "고귀한 충동"을 우리말 문체에 실어 보이는 것이었다. 내적인 율동의 무한한 흐름을 시가 내적으로 갖도록 하는 일이 문제이다. 이를 위해 제3연의 수사적 질문 같은 경우, 제3행은 동사를 명사로 바꾸어 가며 번역을 하였다. 내적인 것, 무한한 것에 무게를 둔 시인의 생각을 위하여 첫 연의 "Tief ins Gemüt der weiten Welt"는 원래대로 번역하면 "드넓은 세계의 마음 깊은 곳"이 되겠지만, "드넓은 세계의 깊은 속"으로 하여 "Gemüt"를 "속"으로 옮겼다. "속"이 갖는 우리말의 의미를 확산적으로 이용해 보았다. 또한 독일어에서는 구문상 주문장과 부문장의 주어가 다르게 나와도 읽을 때 크게 문제가 없지만, 우리말로 읽으면 이해와 리듬상 상당한 갈지자를 초래하기 때문에 이런 부분은 흐름의 통일을 기해 주문장의 주어로 다듬어 번역했다. 이는 노발리스가 추구하고자 한 '낭만적 포에지'의 본질을 선포하는 강령적 시의 내재적 흐름을 따르기 위함이다. 그 안에 들어 있는 역동성과 활력성의 복원이 번역 작업의 관건이다. 낭만주의에서는 시어의 음악성이 큰 역할을 하므로.

4.

여기서 노발리스의 사랑 조피 폰 퀸(1782-1797)을 이야기하지 않을 수 없다. 그를 진정한 시인으로 만들어 준 것이 바로 그녀와의 만남이다. 둘의 첫 만남은 1794년 11월 17일 독일 그로이센 지방의 한 마을인 그뤼닝겐에서 있었다. 노발리스의 나이 22살이었고, 조피는 12살이었다. 노발리스는 그 만남의 첫 15분이 그의 인생을 결정지었다고 동생 에라스무스에게 쓴 편지에 알렸다. 그녀의 열세 번째 생일날인 1795년

조피 폰 퀸의 초상

3월 17일에는 두 사람만의 약혼식이 있었다. 1795년 11월에 그녀는 중병에 걸렸다. 잠시 회복되는 듯했지만 5월과 6월 사이의, 당시 사정상 세 번에 걸쳐 마취제도 없이 해야 했던 힘든 수술도 소용없이 그녀는 1797년 3월 19일에 세상을 뜨고 말았다. 그녀의 병명은 결핵이었다.

그녀가 죽자 노발리스는 꽃을 들고 그녀의 무덤을 수시로 찾아갔다. 세상을 떴다고 그녀를 더는 못 본다는 생각은 하지 않았다. 그는 아예 무덤가에 가서 살았다. 무덤을 순례지로 삼았으며 그 결과 그곳은 신비스러운 장소가 되었다. 마음속에서 이미 완전하게 이상화시켜 놓은, 이제는 거의 성인의 위치에 오른 그녀를 향해 그는 끝없이 기도를 올렸다. 그런 가운데 그녀의 환영을 보기도 했다. 노발리스는 그녀의 죽음에 이어 자살할 생각을 하기도 했다. 그 뒤 다른 처녀 율리 폰 샤르팡티에(1777-1811)와 다시 약혼을 하기도 했으나 노발리스 역시 1801년 3월 25일 조피와 같은 병으로 세상을 뜬다. 죽어서 재회하는 형태로 노발리스가 따라 죽은 격이다. 그의 죽음은 행복하고도 희망에 찬 죽음이었다.

노발리스 시문학의 시학적 강령이 되는 시들은 여러 편이 있다. 그의 시는 시로써 낭만주의를 대표한다. 그의 인생은 한마디로 낭만적 인생행로였다. 그의 작품만큼이나 짧고 단편적이었으니. 일찍 죽은 애인 조피 폰 퀸의 무덤 곁에서 겪은 체험은 그의 「밤의 찬가」에 그대로 기록되었다. 빛이 없는 어둠의 공간인 밤은 경계를 뛰어넘는 초월의 공간이 된다. 죽은 애인과 합일하는 공간이자, 구원의 공간이며, 사랑과 시로써 죽음을 극복하는 공간이다. 그의 「밤의 찬가」는 무한을 향해 이렇게 노래한다.

5.

밤의 찬가 2.

아침은 언제나 다시 올 수밖에 없는가? 지상의 폭력은 결코 끝나지 않는가? 상서롭지 못한 분주함이 밤 속에 서려 있는 천상의 흔적을 갉아먹는다. 사랑의 신비로운 제물은 영원히 타오를 수는 없는가? 빛에는 시간이 할당되어 있지만, 밤의 지배는 시간과 공간을 초월한다. — 잠의 지속만이 영원하다. 성스러운 잠, 밤에 바쳐진 존재는 결코 이와 같은 지상의 일상 속에서는 행복하지 않으리라. 바보들만이 너를 잘못 알고 잠에 대해서는 아무것도 모른다. 그들이 아는 것은 진정한 밤의 그 어스름 속에서 네가 우리를 동정하여 던지는 그림자뿐. 바보들은 포도송이의 황금물결 속에서도, 편도나무의 향유 속에서도, 그리고 양귀비의 갈색 즙 속에서도 너를 느끼지 못한다. 그들은 알지 못한다. 보드라운 처녀의 젖가슴 주위로 떠돌며 자궁을 하늘로 만들어 주는 이가 바로 너라는 것을. 그들은 또한 옛날이야기 속에서 네가 하늘을 열면서 나타나, 죽어서 복된 자들의 집으로 열쇠를 가져다준다는 사실도 알지 못한다. 네가 그 같은 한없는 비밀을 침묵하고 있는 사자使者라는 것을.

노발리스 문학의 정점으로 칭송되는 작품이다. 노발리스의 생전인

1800년에 낭만주의의 기관지 『아테네움』에 발표되었다. 총 여섯 장으로 이루어진 찬가는 시와 산문을 담고 있다. 두 번째 찬가에 이르면 첫 번째 찬가의 열정은 식어 버린다. 밤이 가고 아침이 시작되매 화자는 어쩔 수가 없다. 낮이 되면 고요함은 깨지고 분주함이 주인이 된다. 시의 화자는 분명히 알고 있다. 제한된 낮의 세계에 비해 밤의 세계는 무한하고 공간을 뛰어넘는다는 것을. 밤은 밤 자체로서보다는 하나의 상징으로서 죽은 애인을 만나는 공간이며 사랑을 나누는 방이다. 애인이 죽고 무덤가에서 지내며 밤을 통하여 애인과 만났던 시인에게 훤히 밝아 오는 낮은 또 다른 방향으로의 전회를 꿈꾸게 한다. 그는 낮에도 밤을 만날 수 있기를 소망한다. 시 속의 "너"는 밤의 동반자인 "잠"이다. 잠을 통해 애인을 만날 수 있으므로 낮에도 이 같은 "성스러운 잠"에 취할 수 있기를 화자는 바란다. 간밤에 애인과 함께했던 그 느낌을 화자는 간직하고 싶어 한다. 정신을 혼미케 하는 쓴 편도유나 노발리스가 애인의 죽음 뒤 자주 가까이했던 아편("양귀비의 갈색 즙")을 통해 잠을 만날 수 있다. 1798년의 일기에 노발리스는 이렇게 적었다. "아무런 희망도 없고 모든 게 나쁘기만 하니 내게는 쓴 편도유와 아편만이 남아 있다." 그로부터 2년 뒤에는 알 수 없는 어떤 진통제를 먹고서 이렇게 쓴 기록도 있다. "그러고 나면 세상이 한순간 달라진다. 아주 슬펐던 기분도 누그러지고 … 모든 희망이 깨어난다." 낭만주의 문학이 데카당스를 바탕으로 한 천재와 광기의 근대적 예술을 연상시키는 배경이다. 노발리스는 약물로라도 죽은 애인을 만나기 위해 "성스러운 잠"을 청하고자 한다. "성스러운 잠"이란 우리가 생각하는, 플라톤식의 이데아세계의 환영에 불과한 한밤중의 잠 같은 것이 아니다. 이것을 화자는 진정한 잠의 "그림자"라고 표현한다. "성스러운 잠"은 진정한 잠이다. 이런 잠

속의 사랑의 결합에서 화자는 자유로움과 해방을 맛본다. "자궁을 하늘로 만들어 주"기 때문이다. 잠은 많은 것을 가능케 해 준다. 잠을 통해 죽은 자들의 나라로의 여행("죽어서 복된 자들의 집")도 가능하다. 잠은 그러므로 죽은 자들의 나라로 가는 문이다.

이렇듯 낭만주의의 핵심 체험은 죽음에 대한 동경으로 요약된다. 이것은 낭만주의자들이 동경의 대상으로 삼았던 중세의 가톨릭세계에서 연유하는 사고이다. 노발리스는 죽음에서 종말을 보지 않고 오히려 여기서 무한성을 향한 계기를 발견한다. 그것이 현실적으로 불가능하기 때문에 그는 잠에서 그러한 요소를 찾고 있다. 시에서 낮을 제한적인 공간으로, 밤을 무제한한 공간으로 나누면서 화자는 궁극적으로 밤의 세계를 칭송한다. 궁극적으로 낭만주의자는 현실의 자기를 넘어서 진정한 자아를 찾기 위한 '탈바꿈'과 '자기변신'의 추구를 목표로 한다.

6.

우리가 현대 시를 논하면서 보통 '시적 변용'이라고 하는 것을 노발리스는 '세계의 시화詩化' 또는 '세계의 낭만화'라는 말로 대신한다. 시인의 사명은 세계를 독자에게 열어 보이는 데 있다. 그것을 그는 낭만화라고 한다. 낭만화를 통해 우리는 세상의 원래 의미를 재발견할 수 있다. 노발리스는 이렇게 말한다. "낭만화란 다름 아닌 질적 강화를 의미한다. 이런 과정을 통해 격이 낮았던 자아가 높은 자아로 바뀐다. 비천한 것에 고상한 의미를, 평범한 것에 신비스러운 모습을, 이미 잘 알려진 것에 미지의 품위를, 유한한 것에 무한한 외관을 부여한다면, 그렇게 해서 나는 낭만화하는 것이다." 세계의 낭만화는 도식화나 규칙화가 아니라 사물을 자유롭게 놓아주면서 정신으로 되살리는 것이다. 되살리는 것뿐만 아니라 무언가를 가미하는 것이 낭만화이다. 한마디로 하면 평범한 사물에 숭고하고 신비한 옷을 입히는 작업이다. 그것은 사물의 신비와 인생의 심오한 의미를 개인에게 찾아 주려는 철학적, 인식론적, 문학적 몸짓이다. 고전주의와 거의 같은 시기에 태동한 낭만주의는 이 대목에서 예술적 현대성이라는 면을 앞세워 고전주의와 갈린다. 낭만화에는 정신의 활동이 바탕을 이룬다. 노발리스의 표현대로 "우리의 기관들의 자유롭고 능동적이고 창조적인 사용"을 전제한다. 낭만주의 정신은 자연의 만물에 깃들어 그곳에서 새롭게 피어나고자 한다. 거기에는 지고한 이상을 향한 창조적인 힘과 눈길이 곁들여진다. 궁극적으로는 현실주의적 이상주의를 지향하는 것이다. 그렇기에 낭만주의 시에서 '-처럼'이라는 뜻의 접속법을 자주 만나게 되는 것이다.

자연은 시인의 정신으로 되살려 낼 때 진정으로 존재한다. 이것이 바로 노발리스가 말하는 "질적 강화"이다. 자연에 정신을 가하여 무언가를 만들어 낼 때 자연은 비로소 자연으로 존재한다. 이때 중요한 것은 '마법적이며 활력적인 사유능력'이다. 마법이란 '감각세계를 자유자재로 다루어 내는 솜씨'이다. 낭만주의의 계명誡命은 문학과 비평을 넘어서 예술과 학문까지도 낭만화할 것을 요구했다. 낭만화에는 낭만주의자가 꿈꾸는 미학적 이상이 숨 쉬고 있다. 이 이상은 진정으로 혁명적이었다. 이러한 낭만적 포에지의 현실화된 이상으로 낭만주의자들이 고대의 신화뿐만 아니라 '성서'를 모델로 삼았음을 생각하면 낭만주의의 미적 이상이 무엇이었는지 이해가 된다.

시적 순수함의 세계:
후기 낭만주의자 아이헨도르프

1.

고독한 여인

날이 어두워지면, 나 숲속에 눕겠어요,

숲에는 나뭇잎이 부드럽게 살랑대고,

별들의 외투를 펼쳐서

밤은 나를 덮어 주겠지요.

시냇물은 내게로 다가와

벌써 자니? 하고 묻겠지요.

나는 자지 않고 오래도록 깨어

나이팅게일의 노래를 듣겠어요.

내 머리 위 나무 우듬지들이 흔들리면,

온밤이 짤랑 소리를 낼 거예요,

오로지 내 가슴속의 생각들뿐이에요,
아무도 깨어 있지 않을 때 노래하는 것은.

Die Einsame

Wär's dunkel, ich läg im Walde,
Im Walde rauscht's so sacht,
Mit ihrem Sternenmantel
Bedeckt mich da die Nacht.
Da kommen die Bächlein gegangen:
Ob ich schon schlafen tu?
Ich schlaf nicht, ich hör noch lange
Den Nachtigallen zu.
Wenn die Wipfel über mir schwanken,
Es klinget die ganze Nacht,
Das sind im Herzen die Gedanken,
Die singen, wenn niemand wacht.

이 시는 후기 낭만주의자 요제프 폰 아이헨도르프(1788-1857) 시문학의 가장 큰 특징을 그대로 담고 있다. 그것은 바로 길이의 짧음과 소박함이다. 소박하고 단순한 이런 시적 구조를 가지고 시인은 고독한 여인의 마음의 정경을 그녀의 고요한 소망과 함께 풀어 보이고 있다. 자연의 요소들 중 고요한 것들만이 그녀의 내면을 표현해 준다. 숲은 살랑대고 시냇물은 졸졸댄다. 밤은 잠들지 않고 남아서 여인의 영혼을 깨워 준다. 온밤이 그녀와 함께 지새우며 나이팅게일의 노래에 귀를 기울인다. 온 세상이 다 잠이 들어도 그녀의 영혼만은 깨어 생각에 잠겨 있다. 그 분위기의 가볍지 않음을 표현하기 위해 시인은 독일어의 "베[w]" 음을 첩용하여 보여 준다. 말소리의 울림이 영혼에 울림을 전해 준다. 낭만주의 시인은 낱말의 뜻만으로 승부하지 않고 소리가 연상시키는 음률의 분위기에 기댄다. 이렇게 마음이 고요하고 차분해질 때 시인은 존재의 근원에 가 있다.

시적 화자인 여인의 의식의 흐름을 반영하여 원문의 어순을 손상하지 않는 범위 내에서 우리말로 옮겼다. 이것은 필자가 번역에 임할 때 늘 지지하고 관철하려는 관점이다. 원문의 흐름을 뒤죽박죽으로 만들어 놓고 우리말로 예쁘게만 장식한 번역은, 페르시아 양탄자를 분해한 채로 밀수하여 아무렇게나 새로 엮어 놓아 원래의 그림이 보이지 않게 된 것과 같다. 양탄자 문양에 살아 있는 호랑이의 그림이 썩은 사체가 되어 곳곳에 흩어진다. 원시의 운어韻語들의 쌍을 보면 "sacht"와 "Nacht", "tu?"와 "zu", "schwanken"과 "Gedanken", "Nacht"와 "wacht"가 시의 중심에 위치하여 흐름을 좌우하고 서로 조응하며 이미지를 창출한다. "부드럽게sacht"와 "밤Nacht"은 밤의 고요한 분위기를, "너tu?"와 "기울여zu"는 자는 줄 알았지만 나이팅게일의 노래에 귀를 기울이고 있는 화자를, "흔들리면schwanken"과 "생각들Gedanken"은 나무의 우듬지가 바람에 흔들릴 때 생각들은 잠들지 않고 깨어 노래를 하고 있음을 각각 잘 표현해 준다. 이것이 위 시에서 쓰인 운어들의 역할이다. 이것까지 우리말로 재현하지는 못하지만 이것을 의식하고 우리말로 옮긴다면 번역의 내용 속에 그런 시적 화자의 영혼의 움직임이 밸 수 있다고 생각한다. 그렇기 때문에 독일어 문학작품을 우리말로 옮길 때 어순을 되도록 살려 가며 원시의 애틋함을 복원하려 하는 것이다. 그만큼 언어 자체에는 힘이 잠재해 있다. 잠재해 있는 언어의 힘을 아이헨도르프는 이렇게 노래한다.

마술지팡이

모든 사물들 속에는 노래가 잠들어 있다,
이들은 그곳에서 줄곧 꿈만 꾸고 있어,
그러다가 세상은 노래하기 시작한다네,
네가 한 마디 주문을 던지는 순간.

단 4행으로 이루어진 위 시의 제목은 "마술지팡이"이다. 불과 네 줄로 시의 비밀을 말해 주고 있다. 세계는 누군가의 손이 닿기 전까지는 그냥 대상으로서의 세계일 뿐이다. 마술지팡이를 들고 다니는 사람은 누구인가? 사물들 속에는 "노래"가 숨어 있다. 잠들어 있다. 잠들어 꿈을 꾸며 꿈을 부풀려 나가는 존재가 사물들이다. 잠들어 있기 때문에 사물들의 노랫소리를 들을 수 없다. 이 사물들을 일깨워 주는 한 마디 말이 필요하다. "열려라, 참깨!" 같은 것 말이다. 땅속에 숨어 있는 보물을 땅 밖으로 캐내는 사람이 바로 시인이다. 사물들의 노래를 들으려면 보편적인 언어능력이 필요하다. 자연의 언어, 신의 언어를 해독하는 것이 여기서는 시 쓰기이다. 시인의 시어 한 마디가 외부세계를 잠에서 깨워 본질적인 존재로 만들어 준다. 다시 말해 본래 부여받은 일을 하게 하는 것이다. 그것은 자신의 존재를 노래하는 일이다. 시인의 한 마디 말에 온 세계가 노래한다. "네가 한 마디 주문을 던지는 순간Triffst du nur das Zauberwort"에서 "Triffst"를 우리말로 "던지는"으로 옮긴 까닭은 여기에 시인이 표현적 강세를 넣었기 때문이다. 그렇다면 아이헨도르프가 자신의 시로써 불러낸 풍경들을 살펴보자.

2.

그리움

별들은 황금빛으로 반짝였다,
나는 외로이 창가에 서서
적막한 마을, 머나먼 곳에서 들려오는
우편마차의 뿔피리소리를 들었다.
내 몸속 심장이 불타올라
나는 남몰래 생각했다.
아, 내게도 함께 여행할 사람이 있다면,
이 찬란한 여름밤에!

젊은 직공 두 사람이
산비탈을 따라 지나갔다,
고요한 고장을 방랑하며 부르는
그들의 노랫소리가 들려왔다.
숲들이 나지막이 살랑대는
아찔한 바위 절벽의 골짜기와,
바위틈에서 캄캄한 숲으로 떨어지는

샘물을 그들은 노래했다.

대리석 조각상을 노래했고,
바위 위, 정자들도 어둠에 싸여 가는
수풀만 무성한 정원들을 노래했고,
달빛 젖은 궁전을 노래했다,
거기 소녀들은 창가에 기대어 엿듣지,
류트의 가락이 잠에서 깨어나고
샘물이 잠에 취해 졸졸댈 때면,
이 찬란한 여름밤에.

아이헨도르프의 대표작인 이 시를 읽다 보면 고등학교 국어시간에 배웠던 박목월의 시가 생각난다.

윤사월

송화松花 가루 날리는
외딴 봉우리

윤사월 해 길다
꾀꼬리 울면

산지기 외딴 집
눈 먼 처녀사

문설주에 귀 대고
엿듣고 있다

봄바람 부는 적막한 산중, 외딴 봉우리 중턱에 호젓이 자리 잡은 산지기의 외딴집, 윤사월이 낀 어느 봄날, 꾀꼬리소리가 들리면 산지기 딸은 눈은 멀었지만 귀는 밝아 그 소리를 따라 어디론가 마음을 날려 보내고 싶다. 고요 속에 바깥에서 들려오는 소리가 처녀의 마음에 불을 지른다. 꾀꼬리는 여름새로 한국에 찾아온다. 먼 데서 온 손님이다. 처녀는 꾀꼬리를 본 적은 없다. 다만 지난해에 들었던 그 맑은 울음소리를 기억하고 있을 것이다. 눈이 보이지 않아 오히려 소리를 잘 듣는 처녀는 꾀꼬리소리에 묻어 오는 다른 세상의 소리까지 들을 것이다. 모든 것이 소리로 변해 들려오는 그녀의 귀에 어쩌면 멀리 이국의 파도소리가 들려올지도 모른다. 마음은 그러면 그곳으로 달려간다. 박목월의 「윤사월」은 한두 마디 시어로 산촌풍경을 크게 묘사하고 그 안에 문설주에 기대어 바깥을 엿듣고 있는 처녀의 모습을 위치시켜 우리에게 한 폭의 동양화를 선사하고 있다. 읽는 이의 시각과 시 속 듣는 이의 청각이 극도로 섬세하게 동원된 이 시의 기본 심상은 그리움이다.

이어 위 시를 읽으면서 떠올리지 않을 수 없는 그림이 하나 있다. 바로 낭만주의 화가 카스파르 프리드리히의 「창가의 여인」이다. 이 그림은 1818년에서 1822년 사이에 그려진 작품이다.

그림은 가구가 거의 없이 텅 빈 방에 서서 창밖을 내다보고 있는 여인을 보여 준다. 실내의 바닥이나 벽에는 아무런 장식도 보이지 않고 모든 것이 창밖을 내다보는 여인의 뒷모습에 집중된다. 자세로 미루어 그녀는 방에 혼자 있다. 창문의 아래쪽 열린 덧문으로 바깥풍경 속 돛

카스파르 프리드리히, 「창가의 여인」

단배들의 돛대가 보인다. 배의 돛대와 창틀의 십자 모양으로 이루어진 기하학적 구도가 강한 인상을 풍긴다. 나무들도 보인다. 창문의 위쪽으로는 푸른 하늘과 몇 점의 구름이 보인다. 먼 하늘의 색조가 아득하다. 몇 점 구름이 관찰자의 시선을 먼 곳으로 이끈다. 가까이 있는 여인은 흰 옷깃이 달린 주름 잡힌 녹색 옷을 입고 있다. 흰 양말과 실내화를 신고 있고 쪽진 머리엔 큰 빗을 하나 꽂고 있다. 초록과 잿빛, 갈색이 섞인 옷 색깔이 방의 분위기와 어울린다.

이 그림의 모델은 화가 프리드리히의 부인 카롤리네 봄머(1793-1847)이다. 그림 속 그녀의 어깨 너머로 우리의 시선을 끄는 것은 바깥풍경이다. 그녀가 바라보고 있는 것을 우리도 보고 있다. 엘베강 풍경이 보인다. 비좁은 실내에서 광활한 바깥을 내다보는 것은 전형적인 낭만주의적 시선이다. 낭만주의에서 중요시하는 것은 창문이다. 창문은 밖을 향한 접근을 가능케 해 준다. 속박을 떨친 내적 해방을 향한 소망을 표현하는 것이다. 창문은 두 세계의 접점이다. 그림에서 안쪽은 어둡게 칠해져 있고 밖은 밝은 빛으로 그려져 있다. 안쪽은 차가운 톤이고 바깥쪽은 부드럽고 따스한 색조를 띠고 있다. 대조되는 두 세계가 더욱 두드러진다. 창문 안쪽은 짙은 색으로 그려지고 창문 너머 먼 곳은 옅은 색으로 채색되어 그림을 보는 사람의 시선이 저절로 밖을 향하게 된다. 방은 제한된 지상의 삶을 상징한다. 자기가 발을 딛고 있는 방보다는 바깥세계의 초월적인 분위기를 지향함으로써 방 자체는 그림 속 인물에게 낯설게 느껴진다. 그림 속에는 낭만주의의 요소가 다 들어 있다. 작업에 집중하기 위해 화실에 아무것도 장식하지 않았던 신비주의적 화가 카스파르 프리드리히의 영혼은 낭만주의 시인 아이헨도르프와 아주 유사한 모습을 보인다. 평범한 묘사 속에 낭만적인 깊은 뜻이 자리하도록 화가 프리드리히는 사물들을 절묘하게 배치하고 있다.

3.

1834년에 발표된 아이헨도르프의 「그리움」은 『시인과 그의 친구들』이라는 장편소설 중에 들어 있으며 낭만주의의 전형적인 시로서 세 개의 연으로 이루어져 있다. 각 연은 각각 8행이다. 압운 형태를 보면 abab cdcd 형태의 교차운을 갖추고 있다. 한 연이 8행이지만 기본 틀은 4행이 한 연을 이루는 전통적인 민요조에 의지하고 있다.

시의 화자는 창가에 서서 바깥에서 들려오는 소리에 귀를 기울이며 먼 곳을 향해 눈길을 던지고 있다. 때는 여름밤이다. 광활한 하늘에는 별들이 반짝인다. 그때 불현듯 뭔가 가슴에 치밀어 오르는 게 있다. 이 뜨거운 감정과 그리움을 시인은 시로 그려 보이고 있다. 화자는 실내에 있다. 반면에 모든 일은 바깥에서 벌어지고 있다. 그가 서 있는 곳은 고독의 공간이다. 그림의 틀처럼 그는 장벽 안에 갇혀 있다. "창"은 서양화에서처럼 그와 외부세계를 연결시켜 주는 다리와 같다. "먼 곳Ferne"이 "먼weite"이라는 형용사로 더욱 강조된다. 이 "머나먼 곳"이야말로 낭만주의의 대표적 모티프이다. 그때 들려오는 우편마차의 뿔나팔소리는 어디론가 떠나고 싶은 생각을 심장에 꽂는다. 가슴은 활활 타오른다. 몸속에 불이 난다. 마음이 탄다. 콕콕 찌르는 아픔이다. 그것을 시인은 "내 몸속 심장이 불타올라"라고 표현한다. 그러나 그것을 내놓고 표현하지는 않는다. 그저 마음속으로, "남몰래 생각했다." 독일어 접속법 2식은 소망문을 만든다. 내게도 함께 여행할 사람이 있다면, 이라고. 그러나 그런 사람이 없다. 성취의 길은 너무나 멀다. 그다음엔 "아"라는 탄식의 외침이 그리움과 가슴 아픔을 강화시켜 준다.

제2연에 들어가며 방랑하는 두 젊은 직공이 등장한다. 시의 화자는 산모퉁이를 돌아가는 이들과 함께 집을 떠나고 싶다. 일정한 직업 훈련을 마치면 도제들은 일자리를 찾아 방랑을 시작한다. 이곳저곳으로 자유롭게 떠돈다. 화자는 이들에게서 어디에도 얽매이지 않은 자유로움을 본다. 산모퉁이를 돌아가는 이들의 모습을 화자는 시각적으로 본 것으로 묘사한다.

두 젊은이는 노래를 부른다. 노래는 그 자체로서 낭만주의의 가장 큰 요소이다. 노래는 일반적인 말과 달라서 듣는 이의 가슴속을 헤집어 놓는다. 먼저 젊은이들은 자연을 노래한다. 그 노래 속의 자연은 아름답기만 하지는 않다. 그들은 숲들이 바람에 흔들리는 아찔한 바위 절벽의 골짜기를 노래하고 바위틈으로 나와 어두운 숲으로 떨어지는 샘물을 노래한다. 이 노래의 내용은 시의 화자가 가지지 못한 것들이다. 화자의 소망상이기도 하다. 어서 외로움을 떨쳐 버리고 멀리 거친 자연으로 떠나고 싶은 마음을 드러내 보여 준다. 모험에의 열망이다. 집에서 바라보는 별빛 반짝이는 하늘처럼 고요한 자연이 아니라 뭔가 거칠고 어두운 자연을 화자는 보고 싶어 한다.

제3연에 들어서도 두 젊은이가 부르는 노래가 시의 내용을 이룬다. 두 청년은 자신들이 방랑하면서 본 것들, 경험한 것들을 노래한다. 이번엔 순수한 자연이 아니라 사람의 손으로 만들어진 것들이 등장한다. 대리석상, 정자, 정원 그리고 궁전 등등. 여기의 그림처럼 묘사된 풍경은 비현실적이며 낭만주의적인 색채가 강하다. 시적 화자의 상상력이 가미되었기 때문이다. 현실의 방을 떠나고 싶은 화자의 소망의 반영이다. 화자가 가고 싶은 곳은 시가 꽃피는 나라이다. 괴테가 『빌헬름 마이스터의 수업시대』에서 노래한 "그대는 아나요? 레몬 꽃 피는 나라를?"로 시작되는 「미뇽의 노래」가 떠오르기도 한다. 자연과 시가 하나로 어울리는 미지의 땅을 화자는 그리워한다.

시의 끝부분에는 소녀들에 대한 언급이 나온다. 이 소녀들 역시 시의 화자처럼 창가에 서서 꿈꾸듯이 무언가를 기다린다. 이들이 창가에 기대어 기다리는 것은 류트소리이다. 시의 화자의 입장이 두 젊은이가 부르는 노래 속의 소녀들에게 전이된 것이다. 두 젊은이가 부르는 노래는 화자의 마음을 바깥으로 끌어당긴다. 박목월의 「윤사월」에서 꾀꼬리의 울음소리가 그렇듯이. 이들의 노래를 듣고 시의 화자는 상상력을 전개한다. 낭만주의자의 그리움에는 지금 여기서 성취하지 못하는 것에 대한 아쉬움이 진하게 묻어 있다. "찬란한 여름밤"은 그러나 시인의 가슴을 뛰게 만든다.

전원적 자연을 향한 동경 속에는 현실도피의 성향이 묻어 있으며 이는 구체적으로 중세를 이상화하는 경향으로 나아간다. 이를 시적으로 실현하기 위해 시인은 시각과 청각을 모두 동원한다. 막 시작된 산업화로부터의 도피이자 나폴레옹전쟁의 폐해로부터의 탈출이 낭만주의 문학의 계기였다.

4.

"그리움"이라는 제목을 달고 있는 이 시는 낭만주의 정취시의 모든 구성요소를 다 갖추고 있다. 테마상으로나 양식상으로 이 시는 낭만주의 시의 모범이라고 할 만하다. 그것은 먼저 낭만주의 시에서 선호된 낱말들과 분위기의 사용에 의해서 뒷받침된다. 별빛과 달빛, 우편마차의 뿔피리소리와 류트소리('류트'라는 말은 아랍어에서 유래한다. 아랍어로 "al-'ūd"는 "목재"를 뜻한다. 즉 나무로 된 몸통을 말한다. 여기에 현을 걸어서 악기를 만들었다. 류트는 중세의 음유시인들이 가지고 다니던 악기이다. 여기서 우리는 중세를 향한 낭만주의의 동경과 당시 서서히 시작되고 있던 산업화의 물결에 반대하던 분위기를 감지할 수 있다), 바람결에 숲이 살랑거리는 소리, 아찔한 바위계곡과 바위틈에서 숲의 밤을 향해 떨어지는 샘물이 있는 기이한 풍경 등. 잡초로 우거져 가는 정원과 어두워 가는 정자, 달빛에 젖은 궁전들과 대리석상 역시 낭만주의에서 전형적으로 사용했던 요소들이다. 낭만주의적 감정을 나타내는 낱말들. 우수와 동경, 회상 등. 무상의 개념. 버려짐과 고독의 세계. 여기서 이 세상에서 사라진 악마적인 힘의 세계의 비밀을 알 수 있다.

이 시의 시적 화자는 창가에 고독하게 서 있다. 그의 분위기는 고요하고 몽환적이다. 외적으로는 그렇다. 창가에 서 있는 것은 아이헨도르프의 세계 전반에서 찾아볼 수 있는 하나의 상징이다. 창가에 서서 바깥을 내다보고 있다는 것은 무엇인가? 그것은 다름 아닌 먼 곳에 대한 동경이다. 우리는 여기서 우선 시적 화자가 외부세계를 향해 감각을 완전히 열어 놓고 있다는 데 주의해야 한다. 즉 그의 감각은 무한한 자연의 공간과 신비스러운 삶을 향해 열려 있다. 그러나 그는 외부세계가 아닌 방 안에 아직 발을 그대로 두고 있다. 이것은 아직 그가 인간질서의 협소함 속에 한쪽 발을 딛고 있음을 반영하는 것이다. 즉 그는 바깥을 향하려는 욕구와 안쪽에 머물고 싶어 하는 욕구 사이의 중간 지역에 서 있는 것이다. 철학자 오토 프리드리히 볼노의『인간과 공간』에서 보면, "인간은 자신의 은둔 공간에서 외부세계를 눈에 담고 싶은 욕망을 느낀다."

광활한 세계를 내다보던 시적 자아에게 내면의 눈이 뜨이면서 그는 다른 먼 세계를 향해 눈을 돌린다. 그러나 시를 전체의 각도에서 보았을 때 시적 자아는 몸은 안에 있지만 마음은 이미 외부를 향해 마음껏 날려 보내고 있다. 여기서의 외부란 낭만적으로 정화된 세계를 의미한다. 다른 말로 하면 동화와 꿈의 세계이다. 따라서 이 시는 현실의 제한성을 벗어나려는 욕구의 반영이다. 시적 화자는 한가로운 순간을 누리고 있다. 그것은 성찰을 위해서 중요한 전제이다. 그가 추구하는 세계는 동화와 꿈의 세계이다. 낭만주의적 주관주의는 청각적, 시각적 인상들을 수용하는 데 집중한다. 방랑, 방황, 여행 등에 대한 요구가 낭만주의의 기본 정서이다. 그리움 때문에 시적 화자의 심장은 "불타오른다."

먼 곳에 대한 동경이 엿듣는 자의 기본적인 영혼의 상태를 규정짓는다. 시인은 한 곳에 정착하는 것에 반대하여 지속적인 장소의 변경을 바람직한 것으로 본다. 엿듣고 보는 것은 다른 대상에 대한 가슴의 개방을 뜻한다. 이것은 무한한 것, 비현실적인 것, 환상적인 것, 신비적인 것, 놀라운 것 따위를 향해 마음을 열어 놓는 것을 뜻한다. 아이헨도르프의 시에는 아직 문명의 빛을 받지 않은 시적 순수함이 촉촉이 남아 있다.

5.

달밤

하늘이 땅에 가만히
입맞춤하면,
반짝이는 꽃물결 속에서
땅은 하늘을 꿈꾸는 듯했네.

바람이 들판을 누비면
이삭들은 조용히 물결쳤고,
숲들은 나직이 소곤댔네,
그리도 별빛 맑던 밤.

그때 나의 영혼은
활짝 나래를 펼치고서
고요한 대지 위를 날았네,

마치 집으로 돌아가듯이.

Mondnacht

Es war, als hätt' der Himmel

Die Erde still geküßt,

Daß sie im Blütenschimmer

Von ihm nun träumen müßt'.

Die Luft ging durch die Felder,

Die Ähren wogten sacht,

Es rauschten leis die Wälder,

So sternklar war die Nacht.

Und meine Seele spannte

Weit ihre Flügel aus,

Flog durch die stillen Lande,

Als flöge sie nach Haus.

시 「달밤」은 1837년에 생겨난 작품이다. 근본적으로 그의 다른 작품들처럼 시적 화자가 외계를 바라보는 시선을 그리움의 정서에 담아 제시하고 있다. 내용상으로 눈에 띄는 것은 신화적, 종교적 암시이고 시의 전반에 스미어 있는 고도로 계산된 음악성이다. 총 3연에 각 연은 4행으로 되어 있고, 안과 밖 두 연이 속의 한 연을 감싸고 있는 형식이다. 각

연은 정확하게 한 문장으로 끝난다. 일종의 완결구조이다. 각 시행은 세 번의 강격이 들어가 있는 약강격 리듬을 갖추고 있다. 이런 섬세한 음악적 구조가 로베르트 슈만에 의해 작곡되는 계기가 된다. 슈만의 곡은 시의 분위기에 맞게 흐르는 음으로 하늘과 땅의 결혼을 유연하게 표현하고 있다. 조화로운 흐름 속에서 아무 걱정 없는 영혼은 마치 집으로 날아가는 듯한 분위기에 젖어 있다. 이를 반영하기 위해서 시인은 비현실 접속법 문장을 쓰고 있다. 1연과 3연이 동일한 문장구조로 비현실적인 세계를 현실의 발판 위에서 쳐다보는 화자의 모습을 담고 있다. 'als (ob)' 즉 '마치 무엇인 것처럼'의 문장구조가 그것이다. 그리움이란 삶의 현실과 다른 무언가를 향한, 만족할 수 없는 그 무엇을 향한 욕구이다.

이 시를 읽으면서 자꾸만 떠오르는 것은 다리와 계단이다. 간혹 결혼식의 부케도 생각난다. 이 시를 읽는 사람은 땅과 하늘의 결혼식장에 하객으로 참석한 것과 같다. 하늘과 땅이 하나가 된다. 지상적인 것과 초지상적인 것의 결합이다. 보통 여기서 고대 신화 이야기를 떠올린다. 우라노스는 하늘의 신, 가이아는 땅의 신인데, 이 둘의 결합으로부터 그리스 신들이 탄생한다. 이 결합은 "입맞춤"으로 표현된다. 시의 화자는 봄바람에 꽃잎이 마구 날리는 광경을 보고 하늘과 땅의 입맞춤을 상상하고 있다. 신조어 "꽃물결Blütenschimmer"이 두드러진다. 화법조동사 "müßt"("하지 않을 수 없다")를 쓴 것은 어떤 필연성을 표현하기 위함으로 보인다. 하늘과 땅의 필연적인 관계를 끌어내고자 함이다.

이 시에서 중요한 것은 읽는 사람에게 감흥을 주는 전체적인 분위기이다. 낭만주의에서는 시어의 분위기를 통한 감흥의 환기가 중요하다. 시에 쓰인 낱말들에서 이를 확인할 수 있다. 광대무변한 인상을 주는 땅과 하늘, 숲과 들판이 있으며, 부드러운 움직임을 표현하는 동사들, 그리고 고요함을 부여하는 부사들이 그것들이다. 접속법 2식, 즉 가정법은 화자가 자연현상을 보면서 상상의 나래를 펼치고 있음을 드러내 보여 준다. 초자연적인 현상의 묘사는 문법적인 도움을 받아야 한다. 하늘과 땅 사이로 부는 바람은 자연적인 것과 초자연적인 것 사이를 채워 주는 매개체이다. 하늘엔 별들이 빛나고 바람은 서늘하게 불어 시적 화자는 마음이 청아해짐을 느낀다. 이삭이 무르익은 들판을 가로질러 바람이 날아갈 때 시적 화자의 "영혼"도 함께 날아간다. 그런데 영혼은 지금 서 있는 곳이 아니라 "집으로" 날아가는 것 같다. 속세의 관점에서 보면 죽음을 의미하겠지만 종교적인 관점으로 읽으면 하늘나라를 뜻한다. 결국은 자신이 나온 곳으로 돌아가는 것이다. 그곳이 그의 고향이다.

6.

아이헨도르프는 『시학의 근본 개념』의 저자인 문예학자 에밀 슈타이거에 의해 가장 서정적인 것을 구가한 시인으로 평가된다. 그의 서정성은 단순성과 소박성에서 연유하는 것으로 이야기된다. 독일의 민족정신을 시에서 표현한 시인으로, 나폴레옹에 대항한 해방전쟁에 장교로 참가했던 전력을 내세워 진정한 독일 시인으로 떠받들어진 오해의 역사에서 벗어나 그의 시는 시 그 자체로 평가받아야 한다. 이런 관점에서 에밀 슈타이거의 서정성 논의는 유효하다. 아이헨도르프가 구사하는 자연 이미지들 속에는 깊은 정신적 함의가 감추어져 있다. 시어들 하나하나에 상징성이 깃들어 있다는 말이다. 물질적인 현세를 떠나 초월적 세계를 그리워하는 시인이 사용할 수 있는 매체가 언어뿐이므로 그 언어에 상징성을 실어서 자신의 내적 감정을 표현할 수밖에 없는 것이다. 아이헨도르프 시에 쓰인 자연 이미지들의 고유성은 어디에 있는가? 이 질문에 답하는 것은 그의 시와, 바로크 시인들의 정형화된 시가 구별되는 지점이 어디에 있는지에 대해 답하는 것과 같다. 얼핏 보면 그의 시는 17세기 바로크 시인들이 시에서 구사했던 자연 이미지들과 다를 것이 없어 보이기 때문이다. 그러나 얼마 안 되는 그의 시어들이 펼쳐 놓는 영혼의 무대는 그 자체로 이승을 넘어 또 다른 세계를 보게 만든다. 여기에 그의 시어들의 상징성이 내재한다. 그의 시에는 음악성과 함께 영상성이 원형의 세계를 찾아가는 길에 일반전초 노릇을 한다. 이 일반전초 뒤를 틀을 갖춘 시어들의 부대가 따른다. 원형의 세계는 그가 평생을 추구했던 기독교의 에덴과 같은 것이다. 다른 말로 하면 신이다. 그러므로 그의 시는 자연을 묘사하는 것처럼 하면서 영혼의 광장을 그리워하는 것이다. 아이헨도르프의 시어 하나하나는 초월의 하늘로 올라가는 계단 하나하나와 같다. 자연 자체와 그것을 표현한 언어 모두 아이헨도르프에게는 하나의 유기적 상징체로 작용한다. 불구적인 삶이 놓여 있는 감각세계와 이상적인 초월세계를 연결해 주는 다리가 그것들이기 때문이다. 지상의 소리는 문자를 타고 천상에 가서 울린다. 이것이 소위 말하는 '상응'이다.

낭만주의자 아이헨도르프에겐 '여기, 이곳'으로는 충분치 않다. 오히려 그에겐 이곳에 없는 것, 현재적이지 않은 것이 관심의 대상이 된다. 영혼의 자유와 무한성을 추구하는 낭만주의에서 이것을 다루는 것은 당연한 일이다.

제4부

프리드리히 실러의 책상과 그가 쓴 글들. 독일 바이마르 소재 실러 박물관 (사진 김재혁)

사물과 성찰: 실러의 「종의 노래」

1.

프리드리히 실러(1759-1805)의 「종의 노래」는 많은 뒷이야기를 거느리고 다니는 작품이다. 한 편의 서정시로 보기엔 좀 긴(총 19개의 연에 전체 425행) 이 시작품만큼 독일과 독일적인 것에 대한 독일적 사고를 잘 보여 주는 작품도 없을 것이다. 독일이 하나의 통일국가를 이루기까지 역사의 굴곡을 겪을 때, 그때마다 한 편의 국민적인 시로서 역할을 맡았던 작품을 하나 들라면 아마도 서슴없이 이 시를 말할 수 있을 것이다. 이 시와 관련하여 끝없이 생산되어 나온 인접예술의 다양한 해석들과 패러디들은 그것을 잘 말해 준다. 삽화가들은 서로 다투어 자신의 안목으로 해석한 삽화들을 내놓았고, 많은 드라마작가들과 음악가들도 여기에 가세했다. 또한 여러 제조업의 종사자들은 그들 나름대로 실러의 「종의 노래」의 어조와 어법을 빌려서 비누나 커피, 시계, 책, 소시지 제조 같은 자신들의 업종을 홍보했다. 그만큼 실러의 이 시에 쓰인 어구들은 지금도 일상에서 많은 사람들의 입에 부지불식간에 오르내리고 있다. 게오르크 뷔히만이 1864년에 출간한 『날개 달린 말. 독일인의 인용의 보고』라는 책에서만도 「종의 노래」에서 대략 40개의 인용구절을 가져오고 있다. 지난 2005년에는 불프 제게브레히트가 『실러의 종이 울려 퍼지게 한 것』이라는 책을 통해 실러의 이 작품이 독일 사회에서 불러일으킨 반향의 정도와 갈래를 정리하여 내놓기도 했다. 이 모든 것은 실러의 이 시가 지닌 힘의 영향이라 하지 않을 수 없다. 독일에서 이 시가 지녀 온 무게와 반향과 달리 우리나라에는 실러의 「종의 노래」가 크게 알려져 있지 않다. 「종의 노래」의 전문을 작품 순서대로 완역하면서 그 과정에서 문제시되는 부분을 검토하고 주해와 해설을 시도하려는 것이 이 글의 목표이다.

요즘과 같은 특별한 기술적 편리함이 없던 시절에 종을 만드는 일은 한마디로 엄청난 고역이었다. 고된 작업을 통해 무딘 주물을 가공해서 하늘에 맑은 소리를 퍼뜨리는 종의 제조 과정은 시인에겐 매력적인 소재가 아닐 수 없다. 종을 만들기 위해서는 일련의 복잡한 과정을 거쳐야 한다. 먼저 거푸집을 만들어야 하고, 쇳물을 끓여 알맞게 성분을 섞어야 한다. 이 쇳물을 거푸집에 부어 식힌 다음엔 표면 가공을 해야 하고 부착물을 만들어 붙여야 한다. 공업화, 기계화된 작업이 아니라 일일이 수작업으로 하는 일로서의 종 주조 과정은 시적 창조의 과정과 다를 것이 없다. 실제 이 시는 종의 노래이면서 시인의 노래이기도 하다. 종은 하나의 예술품이기도 하기 때문이다. 이 시는 내면의 깊은 감정과 생동감 있는 표현 그리고 예술적 절제가 하나 되어 움직이는 창조의 현장을 잘 보여 준다. 실러는 역사의 유장함과 개인의 삶의 무상함, 그 속의 예술의 영원함을 종을 주조하여 하늘에 울려 퍼지게 하는 과정 속에서 노래하고 싶었을 것이다. 전체 작품의 음조를 보면 극적인 테마의 부분에서는 음조 역시 격하게 흘러가고 행복하고 평화로운 가정의 분위기를 묘사할 때에는 거기에 상응하여 시적 표현들 또한 조용하게 이어진다. 실러는 「종의 노래」를 통하여 개인의 인생과 역사의 흐름을 한 편의 교향곡처럼 작곡하여 우리 눈앞에 보여 준다.

2.

실러는 종을 만드는 주물공장과 인연이 깊었다. 어릴 적에 같은 반 친구가 종 만드는 주물공장집 아들이라서 그 집에 드나들며 종 만드는 과정을 구경할 기회가 있었다. 이때 주물공장에서 종을 만드는 사람들이 쓰는 말투나 전문어도 일찍부터 접하게 되었다. 그곳에서 본 일련의 과정이 시에 그대로, 논문 쓰듯이 논리적으로 정확하게 들어간 것은 아니다. 시인은 작업 과정 중에서 직관적으로 자신이 하고자 하는 이야기와 대상을 결합시킨다. 그렇기 때문에 올바른 번역을 위해서는 종을 만드는 과정에 대해 충분히 숙지해야 한다. 건너뛰며 서술한 부분들이 이해에 어려움을 주기 때문이다. 최근에는 각종 영상을 통해서 종을 짓는 과정을 직접 접할 수 있다. 독일에서 종을 제작하는 과정은 중세나 지금이나 별 차이가 없고 오히려 전통을 유지함으로써 종 특유의 음향을 유지하려 한다. 여기서 대개의 종 제작이 종교적 의식을 동반함을 확인할 수 있다. 그만큼 종은 인간의 삶과 밀접하다는 뜻이다. 1791년 4월 10일 친구 크리스티안 고틀로프 쾨르너에게 쓴 편지에서 실러는 이렇게 밝힌다. "시를 쓰기에 더없이 좋은 소재를 하나 찾아냈네. 아주 좋은 순간에 쓰려고 비축해 두었네." 이 소재가 바로 종 만드는 과정과 관련됨은 의심할 여지가 없다.

서양에서 문화사적으로 인간의 삶의 역사와 긴밀하게 하나가 되어 살아온 사물 중 하나가 아마도 종이 아닐까 한다. 이렇게 인간의 삶을 종과 함께 녹여 넣은 실러의 「종의 노래」는 오래전부터 우리말로 옮겨 보고 싶었던 작품이다. 시인이 질풍노도의 시기를 이미 극복한 뒤에 발을 들여놓은 고전주의 시기의 작품답게 이 시 속에는 조화로운 인생을 향한 메시지가 담겨 있다. 종과 인생과 사회를 한 양탄자에 놓고 그림으로 그린 작품이다. 이 작품을 번역하면서 내내 내 가슴속을 떠나지 않은 책의 한 구절이 있다. 네덜란드의 역사가 요한 하위징아가 쓴 『중세의 가을』 중에서 중세의 삶을 규정했던 요소를 규명한 대목이다.

> 하지만 생활의 모든 소요를 지배하고 모든 것을 고요와 질서로 감싸는 한 소리가 있었으니, 곧 교회 종소리 그것이었다. 교회 종소리는 누구나 알 수 있는 톤으로 기쁨과 슬픔, 평온과 위험을 알려 주는 영감이었다.

종소리 하나하나마다 이름을 붙여서 말하던 시절의 이야기이다. 종소리는 하나의 신호이자 교구 내의 사람들을 위한 일종의 영혼의 비스킷 같은 것이었다. 좋은 뜻으로는 그렇지만 공포를 자아내는 악의 종소리도 있었다. 아무튼 종소리는 공동체 내의 사람들을 하나로 맺어 주었다. 들에서 일하다가도 사람들은 교회 종소리를 듣고 마을에 무슨 일이 생겼는지를 다 같이 알았다. 무엇보다 한 사람의 일생이 종소리를 통해 상징적으로 표현되었다. 태어나서 세례를 받고 견진성사를 받고 결혼을 하고 죽을 때까지 모든 것은 교회의 종으로 표현되었다. 종에도 인간의 삶처럼 생명이 부여된다. 종소리는 삶과 죽음, 행과 불행, 전쟁과 평화, 혼돈과 질서 사이에서 인간의 삶에 동행하는 하나의 상징적 존재이다.

3.

실러의 「종의 노래」는 1799년에 나온 『1800년을 위한 문예연감』에 발표되었다. 이 시의 모토로 “나, 산 자들을 부르고/죽은 자들을 슬퍼하며/번개를 부숴 버린다”라는 말이 적혀 있다. 실제 이 문구는 「종의 노래」를 쓰기 위해 실러가 참고했던 크뤼니츠 백과사전에 들어 있다. 라틴어로 “Vivos voco./Mortuos plango./Fulgura frango”라고 되어 있다. 이 모토 속에 이미 많은 이야기가 들어 있다. 인생의 흐름에 따라 종소리가 들리고 결국 죽으면 인생은 조종을 따라 죽음의 세계 속으로 넘어간다. 독일 민담에 따르면 종소리가 번개를 잡아먹는다고 한다. 그래서 “번개를 부숴 버린다”라는 표현이 나온다. 종소리는 내리치는 번개를 막아 주는 부적이 된다. 나쁜 재앙을 종소리가 물리친다는 말이다.

제목을 “종의 노래Das Lied von der Glocke”라고 붙인 것은 많은 생각을 불러일으킨다. 일단은 독일의 무협지라고 할 수 있는 대표적인 영웅서사시 「니벨룽겐의 노래」가 떠오른다. 독일 민족 고유의 영웅심과 운명과의 처절한 대결이 잘 드러난 작품이다. “노래”라고 할 때 그 대상을 칭송한다는 뜻도 되지만, 과거 하나의 문학 형태로서의 구전적 성격을 알려 주기도 한다. 「롤랑의 노래」가 영웅 롤랑을 칭송하면서 그에 대한 전설이 구전되었음을 전해 주는 것이듯. 원래 실러는 제목을 “종 주조공들의 노래”라고 붙이려 했다. “종 주조공들의 노래”에서 “종의 노래”로 바꾸는 과정은 주인공이 종을 만드는 일꾼들로부터 종으로 바뀌는 과정을 보여 준다. 실러는 이 시를 지으면서 뭔가 국민문학 같은 것을 생각했던 것 같다. 원래 이 시의 착상에 대해서 그는 자랑스럽게 남들에게 속내를 내비치곤 했다. 그에 걸맞게 이 시가 1896년 토마스 침머만에 의해 영어로 번역되어 나왔을 땐 세계 각처로부터 열광적인 반응이 쏟아졌다. 사람들은 출판사로, 번역자에게로 열정적인 편지를 보냈다.

4.

실러가 착상을 얻은 뒤 10년 넘게 마음속에 지니고 다니다가 마침내 작품으로 완성시킨 것이 「종의 노래」이다. 실러는 1788년에 루돌슈타트라는 곳에 머물면서 교외에 있는 종 주조공장을 자주 찾아갔다. 그곳에 드나들면서 종의 주조 과정에 대한 이해도를 사뭇 높였다. 실제 시를 본격적으로 완성시킬 생각을 하게 된 것은 1797년의 일이다. 이해에 실러는 작품을 완성시키려 했다. 괴테와 아주 친밀하게 당시의 시절을 보내고 있던 실러는 괴테에게 이런 편지를 보냈다. 1797년 7월 7일의 이야기이다. "이제 내가 쓰려던 종 주조꾼들의 노래에 착수했습니다. 어제부터 크뤼니츠의 백과사전을 들여다보고 있는 중입니다. 여기서 얻는 게 아주 많아요. 이 시는 정말 내게 간절합니다. 아마 몇 주는 소요될 겁니다. 시를 쓰기 위해서는 여러 가지 다양한 분위기가 필요하기 때문이지요. 대규모 작업이 될 겁니다." 여기의 다양한 분위기는 종 주조와 관련된 것을 파악하는 것과 관련된다. 시에 삽입할 자신의 생각이 아주 많고 또 그것을 성취하기 위한 야망도 크다는 것을 위의 편지글이 알려 준다. 시의 탄생 시기가 프랑스 혁명이 일어난 지 채 10년이 되지 않은 시점이라는 것도 시가 갖는 테마의 흐름을 짐작게 해 준다. 몇 가지 일로 이 시를 쓰는 작업은 다시 나중으로 연기되었는데, 쉽게 마무리 짓지 못한 걸로 보아 실러가 이 시에 얼마나 큰 의미를 두었는지 미루어 짐작할 수 있다. 아마도 당시에 실러의 머릿속에는 이 시의 중요 테마가 이미 들어 있었을 것 같다. 8월 30일 자 괴테에게 쓴 편지에서 실러는 작업이 자꾸만 미루어지고 있는 데 대해 착잡한 심정을 갖지 않고 오히려 스스로를 독려하는 말을 한다. "이 대상을 아직도 1년 더 가슴속에 따뜻하게 품고 다녀야 한다면, 결코 사소한 사명이 아닌 이 시 쓰기 작업은 오히려 더 진정으로 성숙해질 것이라 생각합니다." 대작을 완수하기 위한 시인의 결심이 어땠는지 잘 드러나는 대목이다. 1799년 9월에 다시 루돌슈타트에 체류하게 되면서 실러는 다시 종 주조장을 찾아가 한쪽 구석에 앉아 직공들이 일하는 모습을 눈여겨보면서 자신의 시에 구체성을 확보하고 뮤즈의 신과의 접선을 통해 작품의 완성을 이루어 낸다. 실러는 1799년 9월 15일에 예나로 다시 돌아와 괴테를 만났고, 괴테와 함께 있는 동안에 시를 완성했다. 『문예연감』에 싣기 위해 시를 송고한 것이 1799년 9월 30일의 일이다.

5.

이 시가 발표되었을 때 독서계의 반응은 어마어마했으며 그 메아리의 방향도 다양했다. 빌헬름 폰 훔볼트는 이렇게 말했다. "「종의 노래」는 당신의 모습을 내게 다시 생생하게 떠올려 주었습니다. 정말 독창적이고 이루 말할 수 없이 천재적인 작품입니다. 몇몇 대목에서 정말 깊은 감동을 받았습니다." 인간 교육의 가치와 국가 존재에 대한 생각을 많이 했던 훔볼트의 입장에서는 실러의 시 안에 내재되어 있는 그런 구절들에 감동을 받았을 것이다. 실러의 처제인 카롤리네 폰 볼초겐은 그녀의 글(1830)에서 실러의 이 노래가 독일인들이 가장 좋아하는 시가 되었다고 이렇게 단언한 바 있다. "누구나 이 시에서 감동적인 삶의 음향을 발견하고, 인간의 보편적 운명을 가슴 저리게 느낀다." 괴테는 실러가 죽었을 때 그의 죽음을 애도하여 「실러의 종에 대한 에필로그」라는 제목의 글을 썼다. 괴테도 실러의 대표작으로 「종의 노래」를 생각했음을 알 수 있다. 반면 비판의 소리도 없지 않았다. 시적 묘사에서 종을 때려 울리게 하는 추가 없다고 사람들은 말했다. 추 없이 무슨 소리가 나느냐는 것이었다. 그보다 낭만주의자들은 실러가 시에서 묘사해 놓은 가정의 가치라는 도덕군자 같은 소리에 어이없다는 반응을 보였다. 시민으로서의 삶이란 조화에 바탕을 두어야 한다는 말이 터무니없다는 것이었다. 무엇보다도 그것을 위해 감정을 절제하고 사유적인 것을 앞세운 것이 우스꽝스럽게 여겨졌다. 물론 실러의 세계관에서 가치상으로는 미와 도덕이 주된 추구의 대상이다. 젊은 낭만주의 그룹의 일원이던 카롤리네 슐레겔 같은 사람은 이 시를 읽다가 "화창한 오후에 의자에서 굴러떨어질 지경이었다"고 비아냥댔다. 실러의 이 시를 두고 많은 패러디가 나오기도 했다. 낭만주의자들과 고전주의자들의 사고관이 극명하게 갈리는 순간이다. 시를 두고 옹호하는 측과 비아냥대는 측으로 양분되었다. 익명의 어떤 사람은 그냥 줄여서 "땅에다 구덩이를 파라/쇳물을 부어라/종을 꺼내라/딩동댕!" 이렇게 패러디한 경우도 있었다. 그러다 보니 이 시는 전 국민적으로 다 아는 작품이 되었다. 오히려 국민적인 시가 되었다. 교양인으로서의 보편적 삶의 모습을 시각적이고 음악적인 도구를 통해 효과적으로 보여 주고 있기 때문이다. 독일 통일이 있었던 1871년

—— 루트비히 리히터의 목판화. 「종의 노래」의 모토 부분

에는 이 시가 전국적으로 낭송되기에 이르렀다.

시 자체가 이미지가 강한 몇 가지 이야기로 되어 있어 삽화가들은 기꺼이 이 시를 자신들의 작품 소재로 삼았다. 루트비히 리히터(1803-1884)가 제작한 목판화 16점은 시의 장면을 해석하여 각각의 제목을 달고 있다. 알렉산더 폰 리첸마이어(1839-1898)의 삽화 역시 이 시를 다룬 대표적인 작품으로 간주된다.

6.

이 시에서는 일꾼들을 향해 독려하는 문체와 한 사람의 일생을 묘사하고 또 사회적 사건을 묘사하는 문체가 번갈아 가며 쓰이고 있다. 장인이 말하는 부분은 일정한 리듬을 갖고 있지만(총 열 개의 연에 각 연은 8행, 각 행마다 4강의 강약격 시행), 종 주조에 따른 연상과 성찰 부분(총 아홉 개의 연)은 자유롭게 리듬이 이어져 시인의 상상이 대상에 따라 유연하게 전개되었음을 알 수 있다. 종을 만들면서 쓰던 일꾼들을 향한 장인의 말투가 시에 그대로 반영된 것으로 보인다. 이렇게 본다면 종을 주조하는 장인의 어투는 전통적인 길드 직공들의 노래 즉 'das Zunftlied'에 가깝다고 할 것이다. 그래서 종 짓는 장인은 눈에 보이는 듯한 어투로 종 짓는 광경을 우리 눈앞에 보여 준다. 반면 여기에서 촉발된 시인의 상상은 보다 자유로운 궤적을 그린다. 번역에서도 하나는 장인의 말투로, 성찰을 제시하는 것은 시인의 말투로 해야 적절할 것으로 여겨진다. 장인의 말투는 일꾼들과 자신이 하는 일을 향한 독백 투가 적당하다. 종을 짓는 과정은 일로서라기보다는 하나의 창조 과정으로서 시인에게 인식된다. 여기서 우리는 실러가 추구했던 '사유의 시' 즉 'Gedankenlyrik'을 만난다. 이런 '사유의 시'에서는 시인의 성찰과 철학적, 세계관적 가치가 '체험의 시Erlebnislyrik'와 달리 중요하게 전면에 등장한다.

이 시에서는 종의 주조 과정과 한 인간의 인생경로가 중첩되어 시의 리듬을 타고 있다. 시의 흐름에 따라 시인의 사고가 교직交織하며 종횡으로 이어진다. 여기에 독일어가 우리말로 바뀌는 과정까지 더해진다. 실러가 종 만드는 과정을 보고 거기에 자신의 상상력을 잇댄 것을 눈앞에 그려 보면서 즉 원문의 시각화 작업을 거쳐 우리말로 옮겨야 한다.

7.

튼튼하게 벽을 두르고 땅속엔
점토로 구운 거푸집이 자리했다.
오늘은 종을 만들어 보세.
이보게들, 자 어서, 일을 하세.
　　이마에선 땀방울이 뜨겁게
　　줄줄 흘러내려야 하네.
작품이 장인을 말해 주는 법,
하지만 축복은 위에서 온다네.

시인은 먼저 종을 만들기 위해 구덩이 속에 설치해 놓은, 점토로 구운 종 모양의 거푸집에 주목한다. 쇳물을 부어 종을 만드는 일이 이어서 해야 할 주된 작업이다. 첫 구절, "튼튼하게 벽을 두르고 땅속엔/점토로 구운 거푸집이 자리했다"는 웬만한 독일 사람이라면 자기도 모르는 사이에 입에 밴 말이다. 그만큼 이 시의 많은 구절들이 독일어 사전에 들어가 지금도 영향력을 발휘하고 있다. 과거에 학교에서 교양 교육의 일환으로 학생들에게 실러의 이 시를 외우도록 시켰기 때문이기도 하다. 첫 구절처럼 시에서는 종을 만들기 위해서 그 전에 들어가는 단계들은 생략되어 있다. 종 만들기 단계의 굵직한 부분만을 실러는 취해 오고 있다. 질서를 잡은 틀의 확고함과 안정성 추구의 서막으로 "튼튼하게 벽을 두르고"라는 구절이 시의 맨 첫머리에 자리한다.

실러는 장인이 작업을 주도해 가는 모습을 보며 교향악을 지휘하는 악장을 떠올렸을 수도 있으며 시인 자신의 모습을 떠올렸을 수도 있다. 그 노력을 가장 잘 표현한 구절인 "작품이 장인을 말해 주는 법"은 "Soll das Werk den Meister loben"을 옮긴 것이다. 직역하면 "작품이 장인을 칭송해 주어야 한다"이다. 작품의 완성도가 높으면 굳이 장인이 나서서 내가 얼마나 훌륭한 작품을 만들었는지 강변하고 나서지 않아도 작품이 장인을 알아서 칭송해 준다는 뜻이다. 모든 예술작품이 그렇듯 예술가들은 작품으로 말한다. 이것은 이마에서 땀이 줄줄 흘러내리는 것을 감내하면서 일한 결과이다. 그리고 진정한 축복은 하늘이 해 준다.

우리의 이 진지한 작업을 위하여
거기 어울리는 말이 있으면 좋지.
우리 일에 좋은 말이 곁들여지면
일은 일사천리로 진행된다네.
우리 한번 이제 잘 눈여겨보세,
우리의 연약한 힘이 만들어 내는 것을.
딱하기 짝이 없구나, 열등한 사람,

자기가 뭘 만드는지 알지 못하는 사람.
인간을 인간답게 만들어 주는 것은,
인간에겐 오성이 주어져 있어서,
가슴속 깊은 곳에서 느낀다는 것이지,
자기 손으로 만드는 게 뭔지를.

장인은 종 만드는 작업을 하면서 아무 말도 하지 않는 것이 아니라 일을 위해 좋은 말을 곁들이고자 한다. 종을 만들어 가는 작업 도중에 거기에 적당한 이야기를 곁들여, 종 만드는 작업이 단순히 종 만드는 것에 국한되지 않고 철학적 가치까지 내포하고 있음을 알려 준다. 손으로 뭔가를 만들어 이 세상에 애당초 없던 것을 만들어 내는 장인의 작업에 스스로 큰 가치를 부여하고 있다. 장인답게 일의 전체 과정을 꿰고 있다. 그것을 오성의 작용으로 본다. 절대적으로 잘 계산하여 만들어야 제대로 된 종이 태어날 수 있다. 이것을 장인은 혼자 이야기하는 것이 아니고 직공들에게 호소한다.

전나무 장작을 넣어라,
바짝 마른 것이 좋다,
압축된 불꽃이 세차게
탕구湯口를 뚫고 들어가도록.
　　구리 죽을 끓여라,
　　주석을 집어넣어라!
끈적끈적한 주종鑄鐘 쇳물이
제대로 흐르도록 해라.

제3연은 쇳물을 끓이는 과정을 보여 준다. 거푸집 바로 앞에 있는 주로鑄爐에 주석과 아연 덩어리를 집어넣어 쇳물을 만들어야 한다. 쇳물을 만들기 위해서 먼저 가마에 불을 땐다. 가마에 전나무 장작을 집어넣는다. 바짝 마른 것이 좋다. "탕구Schwalch"는 주로의 입구로, 가마의 아궁이를 닫으면 이 탕구를 통해 압축된 불꽃이 안으로 들어가 안에 집어넣은 쇳덩이를 녹인다. 가마의 온도를 1000도 이상으로 유지해야 한다. 쇳물을 녹여 만드는 과정에서 주석을 첨가해야 한다. 쇳물은 끈적끈적한 상태가 되어야 한다. 쇳물은 구리와 주석의 혼합물이다. 때에 따라서는 여기에 놋쇠를 첨가하기도 한다. 구리를 먼저 넣고, 주석이 구리보다 더 잘 녹기 때문에 주석을 나중에 넣는다. 땅속에 묻어 놓은 거푸집 바로 옆에서 쇳물을 만드는 작업이 진행된다.

담을 두른 이 깊은 구덩이 속에서
불의 도움으로 손들이 짓는 것이
저 높은 탑의 종루에 매달려
큰소리로 우리를 증언하리라.
이후로도 오래 남아
많은 이들의 귓전을 때리리라.
슬픔에 빠진 자와 함께 울어 주고
예배의 합창에 장단 맞추리라.
여기 이 지상의 인간에게
변화무쌍한 운명이 가져다주는 것,
그것은 이 금속 왕관에 와 부딪쳐
그 소리 경건하게 울려 퍼지리라.

종이 인간의 삶을 위해 갖는 역할을 아주 시적으로 표현한 연이다. 이 글의 초두에서 하위징아의 말을 빌려서 한 내용이 위 시구에 그대로 다 들어 있다. 서구 사회에서 교회의 종이 갖는 의미에 내해서는 아마도 사람들 간에 생각이 공통되었던 것 같다.

흰 거품들이 부글부글 끓는다.
멋지군! 쇳덩이가 녹아 흐른다.
어서 탄산칼리를 집어넣어라,
쇳물이 빨리 흐르도록,
　　그리고 거품이 생기면서
　　고루 잘 섞여야 한다,
쇠가 깨끗하고 순수할 때
그 소리 맑고 풍요롭게 울린다.

종이 인간의 운명과 어떻게 동반자의 관계를 맺는가, 이것이 여기서 말하는 내용이다. 지극히 보편적인 성찰을 담고 있다. 그것을 시인은 종이 “저 높은 탑의 종루에 매달려/큰소리로 우리를 증언하리라”라고 말한다. 인간의 파란만장한 인생에는 교회의 종소리가 늘 동반한다. 이로부터 시인의 성찰은 더 넓은 곳을 향한다. 아니 거룩해진다. 경건하다는 표현 속에 그것이 들어 있다. 종을 만드는 쇳물은 제대로 잘 섞였을 때 흰 거품을 일으킨다. 이때 거장은 탄산칼리를 첨가한다. 탄산칼리는 쇳물이 잘 흐르고 구리와 주석이 잘 섞이게 하는 작용을 한다.

종소리는 기쁜 축하의 울림으로

사랑스러운 아기를 맞이한다네,

아기는 잠의 품에 안기어서

인생의 첫 걸음마를 뗀다네.

아기의 어둡고 밝은 운명은

아직 시간의 자궁 속에 쉬고 있고,

어머니의 부드러운 사랑과 보살핌이

아기의 황금빛 아침을 지켜 주네.

세월은 쏜살같이 도망친다.

소년은 소녀를 뿌리치고서

삶 속으로 세차게 달려 들어가

방랑의 지팡이를 짚고 세상을 유람하다가

낯선 모습으로 고향집으로 돌아온다네,

그리고 멋지게 젊음의 광채를 뽐내니

마치 드높은 하늘에서 내려온 것 같네.

그때 그는 처녀가 서 있는 것을 보고

예의 바른 얼굴을 붉게 물들이네.

순간 말할 수 없는 그리움이 젊은이의

가슴에 덮쳐 와, 젊은이는 당황한다네,

그의 두 눈에서는 눈물이 솟고,

형제들의 거친 진영에서 도망치네.

상기된 얼굴로 그는 그녀의 뒤를 좇고,

그녀의 인사에 행복감을 느끼며

들판에서 가장 예쁜 꽃을 찾아서

그의 사랑을 그 꽃으로 장식해 주네.

——— 루트비히 리히터의 목판화. 「종의 노래」 중 '귀향'

오! 다정한 그리움, 달콤한 소망이여,

첫사랑의 황금의 시간이여,

크게 뜬 눈은 하늘을 바라보고,

마음은 행복감에 젖네.

오! 영원히 푸르게 남으라,

젊은 사랑의 아름다운 때여!

인간이 지상에 울리는 첫 울음소리는 종소리와 함께한다. 무엇보다 세례식엔 교회의 종이 축하의 메시지를 전한다. 어머니의 포근한 사랑은 아이를 안전 속에 머물게 해 준다. 하지만 세월은 쏜살같이 흘러, 아이는 직공이 되어 집을 떠난다. 집을 나가 외부세계와 접촉하는 가운데 남자아이들은 남자로서 성숙해진다. 반면 여자아이들은 집에 남아 처녀로 성장한다. 그의 마음을 붙잡아 이끄는 것은 다름 아닌 사랑이다. 이 시에서 중요한 테마를 형성하는 것이 바로 이 사랑이다. 사랑은 이 시의 주요 테마이면서 가정을 일으켜 세우게 해 주는 매개체이다. 처녀와의 사랑은 결혼으로 이어진다. 그런 정경을 실러는 당시의 남녀 관계의 기본적 정서 즉 부끄러움의 카테고리 안에서 묘사한다.

관管이 벌써 노랗게 변하는구나!

여기 이 작은 쇠막대를 담가 봐서

쇠막대에 윤기가 자르르 흐르면

쇳물을 부을 때가 된 것이다.

자, 일꾼들아, 어서 움직여라,

혼합물의 흐름을 확인해 봐라.

꺼칠한 것과 무른 것이 잘 달라붙으면,

일이 제대로 되고 있다는 표시이다.

이 연은 용해된 쇳물을 검사하는 과정을 보여 준다. 여기의 "관"은 주로에 달린, 열고 닫을 수 있는 공기파이프를 말한다. 대략 12시간이 지나서 이 공기파이프가 누런빛을 띠기 시작하면 거푸집에 쇳물을 붓는 작업을 할 수 있다. 또 하나의 실험법은 막대를 혼합된 쇳물 속에 담갔다가 꺼냈을 때 막대에 반질반질한 막이 묻어나는지를 확인하는 것이다. 이것은 구리와 주석이 제대로 잘 결합되었다는 표시이다.

엄격한 것과 부드러운 것,

강한 것과 연한 것이 쌍을 이룰 때,

훌륭한 소리가 나는 것이라네.

그러므로 영원히 하나가 되려는 자,

마음과 마음이 맞아야 한다네!

망상은 짧고 후회는 길지.

신부들의 곱슬머리에는 사랑스레

처녀들의 화환이 나부낀다네,

청아한 교회 종소리가

빛나는 잔치에로 초대할 때면.

아! 인생의 화려한 축제는

인생의 5월의 마감을 부른다네.

허리띠와 더불어, 면사포와 더불어

루트비히 리히터의 목판화. 「종의 노래」 중 '사랑의 행복'

아름다운 망상도 두 동강 난다.

열정도 도망쳐 버리고!

"엄격한 것과 부드러운 것,/강한 것과 연한 것이 쌍을 이룰 때,/훌륭한 소리가 나는 것이라네." 종을 만드는 과정에서 서로 상반되는 것이 결합하는 것은 결혼의 융합을 알려 주는 알레고리이다. 이런 결합은 궁극적으로는 포기를 동반한다. 사랑할 나이가 되어 처녀의 머리에 꽃과 면사포가 씌워질 때 인생의 화려한 축제는 시작되는 듯 끝나 버린다. 결혼과 더불어 망상도 끝난다. 열정도 식어 버리고. 망상은 짧고 후회는 길다. 세월은 흘러 결혼한 두 남녀는 각각의 역할을 수행해야 한다. 남자들은 남자답게 일해야 하고 여자는 여자답게 집안을 돌봐야 한다. 실러의 묘사는 당시 남녀가 분담하여 맡았던 역할을 시적으로 잘 표현하여 보여 준다. 삽화가들은 이 장면을 가장 즐겨 그렸다. 당시의 모범 가정에 호소하기에 이만 한 제재도 없었을 듯하다.

사랑은 남아야 하리,

철 지나 꽃은 시들어도

열매는 맺어야 하리.

사내는 밖으로 나가야 하리,

험난한 삶 속으로

가서 일하고 애써야 하리,

작물을 심고 뭔가를 만들고,

꾀를 내거나 빼앗아야 하리,

행운을 잡기 위해서라면

내기를 걸고 모험을 해야 하리.
끝없는 재화가 밀물처럼 몰려와,
곳간에는 값진 재산이 넘치고,
창고는 늘어나고, 저택은 확장되리라.

집안을 돌보는 사람은
정숙한 안주인이라네,
아이들의 어머니,
그녀는 집안 곳곳을
어질게 다스린다네,
딸들에겐 가르침을 주고,
아들들을 잘 통제하네,
그녀의 부지런한 손놀림
멈추는 법 없어,
꼼꼼한 살림 솜씨로
소득을 늘려 간다네.
향기 나는 옷장은 값진 물건들로 채우고,
덜컹덜컹 물레를 돌려 실을 잣고,
깨끗하게 닦아 반들대는 궤짝에는
은은하게 빛나는 털실과 순백의 면을 챙겨 놓고,
거기에다 광채와 빛을 더해 주며,
조금도 쉬지 않는다.

그리고 아버지는 흡족한 눈빛으로

루트비히 리히터의 목판화. 「종의 노래」 중 '남자의 삶'

저택의 멀리 내려다보이는 합각머리에서
자신의 피어나는 부를 헤아려 보며
자기 땅을 표시해 놓은 표지들,
그리고 곡식 가득한 곳간의 공간들,
축복으로 곳곳이 휘늘어진 창고들,
물결치는 곡식들을 바라본다,
자랑스레 그는 스스로를 칭송한다,
'지구의 토대처럼 튼튼하게
불행의 힘에 대항하여
내 집은 멋진 모습으로 맞선다.'
그러나 운명의 힘과는
아무래도 영원한
결탁을 맺을 수 없다.
불행은 성큼성큼 다가온다.

―――― 루트비히 리히터의 목판화. 「종의 노래」 중 '안주인'

사랑하는 두 남녀의 결합과 이들이 맡아서 행복을 키우는 과정에 시인은 꽤 많은 공간을 할애하고 있다. 사랑은 실러가 볼 때 사회적 유대의 기본 단위이다. 남자는 일을 하여 사회적 역할을 쌓고, 여자는 아이를 맡아 키우며 가정을 돌본다. 시민계급으로서 그들에겐 노동과 가정이 분리되어 있다. 남자는 세상 바깥으로 나가 돈을 벌고, 여자는 집에서 아이들을 돌보며 가정을 꾸려 간다. 두 남녀는 맡은 바 역할을 잘하여 부를 키워 가지만, 운명이 좋은 일만 가져다주는 것은 아니다. 이들은 불행과도 맞서야 한다. 인간의 삶에 재앙이 없을 수 없다.

좋아! 어서 쇳물 붓기를 시작하자,
쇠를 부서뜨려 보니 요철이 일정하다.
하지만 쇳물을 흘려 붓기 전에
경건한 기도의 말을 한 마디 하자.
　어서 마개를 뽑아라,
　신이여 이 집을 지켜 주소서!
연기를 내며 손잡이 모양의 관에서
불꽃 이글대는 누런 쇳물이 쏟아진다.

이 다섯 번째 연은 쇳물 작업을 테마로 삼고 있다. 쇳물을 형틀에 붓는 작업을 시작하기에 앞서 장인은 혼합물을 조금 떠서 우묵하게 파인 따뜻한 돌에 담아 식힌다. 쇠를 식혀서 부서뜨렸을 때 너무 자잘하게 부서지면 구리를 더 첨가해야 하고, 반대의 경우엔 주석을 더 넣어야 한다. 가마 앞쪽에는 마개가 있고 마개 앞에는 홈통이 있어 그곳을 통해 쇳물이 종 모양의 거푸집 안으로 흘러 들어간다. 여기의 "집"은 이 거푸집을 뜻한다. 뜨거운 쇳물이 넘치면 틀이 깨질 수도 있다. 화재의 위험이 도사리고 있다. 이때 시인의 상상력은 불로 넘어간다. 불이 가져오는 상상력 속에는 신화적인 요소도 들어 있다. 화재는 재앙의 대표적인 모습으로 나타난다.

인간이 잘 다루어 제대로 쓰면
불꽃의 힘은 참으로 자애롭다,
인간이 짓고 만들어 내는 것 모두
하늘이 준 이 힘 덕분이다.

하지만 이 하늘의 힘도 무서울 때 있으니,
자신을 묶은 사슬을 끊어 버리고
제멋대로 미친 듯이 날뛸 때이다,
자연이 낳은 이 자유로운 딸이.
아, 슬프다! 이 힘이 사슬을 끊고
저항도 받지 않고 점점 더 커지면
사람들로 넘치는 골목마다
재앙 같은 화재를 불러일으키리라!
자연의 원소들은 인간의 손이
지은 것들을 증오하는 까닭이다.

구름 속에서는
축복이 샘솟아
빗물이 쏟아진다.
구름에서는, 막무가내로,
번갯불이 인다!
저기 탑 꼭대기에서 우짖는 소리 들리는가?
그건 폭풍우소리다!
피처럼 붉은
하늘, 그것은
불타는 햇살 때문이 아니다!
이 얼마나 엄청난 소동인가,
길거리마다!
연기가

꾸역꾸역 치솟는다!

펄럭거리며 불기둥 하늘로 오르고,

도로의 긴 열을 꿰뚫고

바람 휘몰아치듯 불길이 번진다,

마치 난로의 주둥이에서 들끓듯

대기는 이글대고, 들보는 부서지고,

기둥들은 쓰러지고, 창문은 깨지고,

아이들은 칭얼대고, 엄마들은 헤매고,

짐승들은 낑낑댄다,

폐허 더미 아래서.

모두들 내달리고 구하고 도망친다,

한밤중이 대낮처럼 불을 밝히고.

길게 늘어선 손들의 사슬 사이로

뒤질세라

양동이가 날고, 하늘 높이 원을 그리며

샘물이 뿌려지고, 물의 파도가 인다.

폭풍은 울부짖으며 날아와

윙윙대며 불꽃을 찾는다.

불꽃은 잘 마른 곡식들 속으로 튀어

곳간의 공간들을 덮치고

서까래의 마른 목재에 떨어진다.

불길은 세찬 바람결에

육중한 지구마저도 번쩍 들어

끌어가려 한다, 줄행랑을 치면서,

불꽃은 까마득히 높이 자라난다,

어마어마한 크기로!

낙망한 심정으로

인간은 강력한 신의 힘 앞에 굴복하여

그가 이루어 낸 것들이 무너지는 것을

놀란 표정으로 한가로이 바라본다.

온 마을이

남김없이 불타 버렸다,

거친 폭풍이 약탈한 누더기 침대뿐이다,

텅 빈 황량한 창문에는

우울만이 깃들고,

하늘의 구름들은 높이 떠서

그 안을 들여다본다.

루트비히 리히터의 목판화. 「종의 노래」 중 '불탄 집에서'

한 번 힐끔 눈길을

그의 재산이

파묻힌 곳 쪽으로

다시 한번 보내고 나서 그 사람은

방랑의 지팡이를 기쁘게 잡는다.

불길의 분노가 그에게서 많은 것을 앗아 갔지만

달콤한 위안 하나는 그에게 남았다,

그는 사랑하는 가족의 머리를 세어 본다,

자 보라! 소중한 머리들 빠짐없이 다 있다.

화재로 인해 인간의 삶이 파괴되는 장면을 마치 영화의 한 장면처럼 긴박감 넘치게 묘사하고 있다. 인간이 쌓아 올리는 것과 이것에 대비되는 자연의 원초적인 힘의 상반성이 두드러진다. 인간의 제어의 손길을 넘어서는 불의 모습을 시인은 신화적 차원의 의인화를 통해 보여 준다. 한 동네가 화마에 휩싸여 불길을 잡으려고 양동이로 물을 뿌려대는 동네사람들의 애절한 얼굴 표정이 보이는 듯하다. 사람들은 우왕좌왕 어쩔 줄 모른다. 이를 표현하기 위한 묘사는 박진감이 넘친다. 파괴와 관련되는 동사들이 난무한다. 화재 끝엔 타고 남은 잔해뿐이다. 살아남은 주인은 폐허를 휘둘러본다. 여태껏 자신이 일구어 낸 행복의 표지들이 모두 불타 사라져 버렸다. 그래도 굴하지 않고 그는 재기를 꿈꾸며 방랑의 지팡이를 손에 잡는다. 다행인 것은 불이 나 다 타 버렸지만 세어 보니 식솔들은 다친 사람 하나 없다.

땅속으로 들어가 자리를 잡은
주형에 쇳물은 성공적으로 채워졌다.
밖으로 나와 모습을 드러내면
그것은 노력과 솜씨에 보답을 해 줄까?
　　주조가 실패했으면 어쩌지?
　　주형이 터져 버렸으면?
아! 우리가 절절히 소망하고 있는 동안
이미 재앙이 우리를 덮쳤는지도 모른다.

앞서 화재의 불행을 이야기하는 동안 종의 거푸집에 쇳물 붓는 작업은 끝났다. 땅속으로 들어가 자리를 잡았다는 것은, 땅이 종을 수용해 주었다는 긍정적인 신호이다. 장인은 이제 기다린다. 그러나 그의 머릿속에는 수많은 생각들이 오간다. 그중에서도 불안감이 가장 크다. 수개월 동안 공들인 작업이 한순간에 실패로 끝날 수도 있기 때문이다. 장인은 자신의 노력과 솜씨에 대한 보답을 받고 싶다. 땅속에서 일어난 일은 알 수 없기에 장인은 불안하다.

성스러운 대지의 어두운 자궁 속에
우리의 손들이 한 일을 맡긴다,
씨 뿌리는 사람이 씨앗을 뿌려 놓고
씨앗이 싹트기를 바라는 것처럼,
하늘이 축복을 내리기를 바라며.
우리는 슬퍼하며 대지의 자궁 속에다
이보다 더 귀한 씨앗을 파묻고는
희망한다, 이 씨앗이 관 속으로부터
더 아름다운 운명의 꽃으로 피어나길.

교회의 첨탑에서
우울하고 두렵게
종이 울린다,
만가輓歌의 종소리가.
조종소리 슬프고 느리게 울리며
방랑자의 마지막 길에 동행한다.
아! 다름 아닌 안주인, 소중한 분이다,
아! 다름 아닌 소중한 어머니이다,

—— 루트비히 리히터의 목판화. 「종의 노래」 중 '장례식'

그분을 저승의 검은 왕자는

남편의 품에서 앗아 가는구나,

한 무리 귀여운 자식들로부터,

꽃피는 시절에 자식들을 낳아

소중한 젖가슴으로 키우며 자식들이

커 가는 걸 기쁘게 바라보던 어머니다.

아! 가정의 유대 그리 돈독했건만

이제 영원히 끊어지고 말았다.

이제 그녀는, 한 가정의 어머니였던

그녀는 저승에 가서 살게 되었으니,

이제 꼼꼼하게 가정을 돌보던 모습도,

하나하나 보살피던 모습도 안 보인다,

엄마를 잃어 고아가 된 가정에는

사랑도 없는 낯선 여자가 살림을 하겠지.

여섯 번째 성찰의 연은 죽음을 알린다. 종은 완성되어 가는데 시인은 죽음을 떠올린다. 탄생만큼 인생에서 중요한 의식이 바로 장례식이다. 장례를 알리는 역할을 종이 해야 한다. 자식들 중에 하나가 죽는 것보다 가정의 살림을 도맡았던 안주인이 죽었다면, 그 슬픔의 정도는 그 무엇에 비길 바가 아닐 것이다. 가정을 한곳으로 모아 따스하게 묶어 주던 끈이 바로 그녀였다. 그러나 실러는 여기서 가장은 살려 둔다. 왜 그랬을까? 새엄마를 들여도 된다는 생각, 바로 가부장적인 사고이다. 당시엔 가장은 그야말로 가장이다. 그 가문의 대표이다. 이 보수적인 사고는 실러가 고전주의 작가로서 갖고 있던 가치 중 하나였다. 한 가정의 안주인이 죽어도 새로 여자를 얻어 삶을 유지하는 것이다. 낭만주의자들의 비웃음을 산 것도 바로 이런 가부장적인 그의 태도 때문이었다. 한 사람의 탄생과 또 한 사람의 죽음으로 일단 이 시의 첫 번째 부분은 끝을 맺는다. 개인 차원에서의 종과 관련된 일은 끝난 것이다. 정말로 종이 완성되었을 때 시인은 무엇을 생각하고 묘사하는가?

종이 제대로 식을 때까지
우리 힘든 일을 잠시 멈추세,
나뭇잎 속에서 새가 놀듯이
모두들 뭣 좀 먹으며 편히 쉬세.
　　별빛이 반짝일 때면
　　우리 할 일은 끝난다.
젊은 일꾼이야 저녁예배 종소리 듣지만
장인은 마음속 근심 떨치지 못한다.

종을 만들기 위한 중요한 일은 다 끝났다. 이제 기다리는 일만 남았다. 쇠가 식을 때까지 잠자코 기다려야 한다. 그렇다고 일이 아주 끝난 것은 아니다. 잠시 쉬는 것이다. 나무들 사이에서 새들이 자기 하고 싶은 대로 날아다니며 뭔가를 찾듯, 모두 잠시 편히 쉬라고 장인은 말한다. 젊은 일꾼들의 귀에는 저녁예배 종소리 평화롭게 들리겠지만 장인은 종이 과연 잘 주조되었을까, 그 생각에 불안하기만 하다.

발걸음도 경쾌하게
멀리 거친 숲을 지나 방랑자는
포근한 고향집을 향해 간다.
양들도 매애 울면서
집으로 가고,
소들은 넓은 이마에
윤기 나는 모습으로 떼를 지어
음매음매 웅성대며 돌아와
낯익은 외양간을 가득 채운다.
육중한 모습으로
흔들대며 들어서는 마차,
곡식을 잔뜩 싣고서,
형형색색으로
볏단들 위에는
꽃다발 반짝이고,
낫질하던 젊은 친구들은
잽싸게 춤추러 나선다.

시장과 거리는 점점 더 고요해지고
환하게 밝혀진 다정한 불빛 주위로
한 집에 사는 사람들 옹기종기 모이고,
읍내 성문은 삐거덕 소리와 함께 닫힌다.
대지가 검은 빛으로
뒤덮여도,
정직한 시민이야 밤 따위에
두려움을 느끼지 않는다,
밤이 아무리 악을 불러내려 하여도
법의 눈이 부릅뜨고 있기 때문이라네.

성스러운 질서여, 축복으로 넘치는
하늘의 딸이여, 그대는 뜻이 같은 자들을
자유롭고 가볍고 즐겁게 묶어
도시의 토대를 튼튼하게 놓았으며
황야에서 외톨이 야만족들을 불러들였지,
질서는 인간들의 오두막에 들어가
그들에게 온화한 풍습을 익히게 하고
유대감 중 가장 소중한 것으로 묶었네,
우리를 조국애로 하나로 묶어 주었네.

수천의 부지런한 손이 흥겹게
하나 되어 움직이고 서로 도와
열성적인 움직임 속에

모두의 힘이 발휘되는구나.
장인도 그렇지만 도제 역시
자유의 성스러운 비호 속에 살아 있다.
각자 자신의 직분을 즐기고
법을 어기는 자에겐 맞선다.
시민에게는 일이 은총이고,
축복은 노동에 대한 보상이다.
왕은 자신의 지위로 존중받고,
우리는 부지런한 손으로 존중받는다.

자비로운 평화여,
달콤한 화합이여,
머물러다오, 머물러다오,
다정히 이 도시 위에!
절대로 오지 말아다오,
거친 전쟁의 무리가
이 조용한 계곡을 휘젓는 날은,
저녁의 부드러운 붉은 노을로
사랑스레 물든 하늘에
마을과 도시의 거친 불길이
끔찍하게 비치는 그런 날은.

사실 위 묘사들은 문학적이라고 보기에는 무리가 있다. 그만큼 실러가 자신의 주장을 나타내기 위해 쓴 글이라는 뜻이다. 여기서 가장 두

드러진 것은 시민사회질서의 기초가 되는 요소들에 대한 언급이다. 그것은 일과 업적 그리고 근면이다. 개인의 삶과 결합되었던 묘사는 끝나고 인간들의 사회적 삶의 모습으로 넘어간다. 도회지의 거리와 마차에 수확물을 잔뜩 싣고 집으로 돌아가는 사람들의 보람찬 모습으로 시는 시작한다. 가난한 사람들의 모습이 아니라 질서를 사랑하고 규율을 존중하는 시민들의 모습이다. 가을날의 풍요로운 풍경이 여기에서 배경으로 작용한다. 시에는 방랑자라고 되어 있지만 그에겐 돌아갈 따스한 집이 있다. 그뿐만 아니라 양과 소들도 갖고 있다. 과거의 부의 기준으로 보자면 평균 이상이다. 일을 끝낸 하인들, 하녀들은 수확을 축하하는 춤을 춘다. 법의 테두리 안에서 시민들은 안전하게 잠을 이룰 수 있다. "자유의 성스러운 비호"는 도시의 둘레를 둘러싼 담벼락 안에서 누리는 자유를 말한다. 야경꾼은 "법의 눈"이 되어 밤마다 골목골목을 살핀다. 성스러운 질서가 있을 때 평화도 있다. 여기의 실러의 가치들은 문학가에게서 나온 것이라기보다는 정치가나 행정학자의 머리에서 나온 것 같다. 그만큼 보편성을 강조하고 사회적으로 사는 인간들의 틀에 근거하고 있기 때문이다. 마지막 구절들은 이미 실러가 혁명의 폐해를 예상하고 있음을 알려 준다. 불꽃이 마을을 덮치는 그런 날은 제발 오지 말아달라고 하면서.

이제 어서 거푸집을 깨부수자,
거푸집은 제 맡은 임무를 다했다,
이제 마음과 눈으로 즐겨 보자,
완벽하게 만들어진 모습을.
　　망치를 내리쳐라, 내리쳐라,

껍질이 떨어져 나갈 때까지.
종이 부활하기 위해서는
거푸집은 산산조각 나야 한다.

장인은 직공들과 함께 점토로 구운 거푸집을 깨는 작업에 들어간다. 거푸집 안에 들어 있는 종을 구하고 부활시키기 위해서이다. 종이 살아 있는 생명체처럼 묘사된다. 좀 전에 가졌던 불안감은 사라지고 없다. 그만큼 장인은 자신의 일에 대해 자신감을 갖고 있다. 망치를 내리치듯이 힘찬 어조로 시인은 말한다.

장인은 거푸집을 부수는 법을 잘 안다네,
현명한 손놀림으로 제때에 하는 법을.
하지만 오호라! 뜨겁게 이글대는 쇳물이
불꽃의 내를 이루어 콸콸 쏟아져 나오면!
천둥처럼 굉굉 울리며 미쳐 날뛰면서
쇳물은 금이 간 거푸집을 박살 낼 것이다.
그리고 마치 지옥의 아가리로 토하듯이
망가진 작품을 불이 붙은 채로 토하리라.
거친 힘들이 미쳐 날뛰는 곳에서는
제대로 된 형태가 만들어지지 않는 법.
각각의 계층이 제 주장만 한다면
공공의 영화는 번성할 수가 없다네.

오호라, 도시들의 품속에서

부싯깃들이 조용히 쌓여 가고,
백성들이 사슬을 끊어 버리고
내 힘으로 일어서자, 외칠 때면!
모반자들은 종의 줄을 당기고
종소리 요란하게 울려 퍼진다.
평화의 소리를 위해 만들어졌지만
이런 구호는 폭력을 부른다.

자유와 평등! 울리는 소리 들린다,
조용하던 시민들은 무기를 손에 들고
거리와 집회장을 가득 메운다.
살인자 무리가 곳곳에 배회한다.
여자들은 하이에나로 돌변하여
두려움에 사로잡힌 자들을 희롱하고
펄떡거리면서 표범 같은 이빨로
적의 심장을 하나씩 물어뜯는다.
신성한 것은 하나도 남아나지 않고,
경건한 외경의 모든 유대도 끊기고,
선인은 악인에게 자리를 양보하고,
온갖 악덕이 세상에 활개를 친다.
잠자는 사자를 깨우는 것은 위험하다,
호랑이의 이빨은 파괴적이다,
그러나 끔찍한 것들 중 가장 끔찍한 것은
망상에 빠진 인간이다.

——— 루트비히 리히터의 목판화. 「종의 노래」 중 '폭동'

참으로 딱하다, 눈먼 자에게 길을 밝히려
하늘의 횃불을 건네주는 자들이여!
횃불은 그를 이끌지 않고, 불이나 붙여
도시와 시골을 잿더미로 만들 뿐이니.

불이 온전한 곳에만 쓰이는 것이 아니듯이 종도 평화 시에만 울리는 것은 아니다. 소요의 시대에도 종은 울린다. 그것은 파괴를 유도하는 종소리이다. 종소리는 억눌린 계층을 향해 어서 일어서라 외친다. 자유와 평등을 소리친다. 잠잠하던 민중이 하이에나가 되고 사자가 되어 거리를 휩쓴다. 이 소요는 프랑스 혁명과 관련된다. 프랑스 혁명은 또한 여성들의 혁명이기도 했다. 파리에서는 생필품을 구하기 어려워지고 왕에게 반대하는 시민들의 분노가 높아졌다. 1789년 10월 5일엔 수백 명의 여성들이 파리 시청 앞에 운집했고 시민군과 함께 베르사유궁으로 몰려가 자신들의 요구를 주장했다. 이때 여인들은 창과 총으로 무장한 모습이었다. 빵을 요구하는 이 여성들의 모습을 실러는 "하이에나"로 묘사하고 있으니 폭력적인 혁명에 대한 그의 태도를 잘 알 수 있다. 여성들이 내적인 교양을 갖추고 집안에서 어머니로서 식솔을 돌보는 정숙한 여인이기를 실러는 원한다. 남성들의 광포함을 잠재워 줄 반대의 역할로서 존재하기를 바란다.

자유와 평등을 얻어 내기 위해 일어섰던 민중이 오히려 자신들과 함께했던 사람들을 적으로 삼아 난폭한 행위를 자행하는 것에 대해 실러는 1793년 7월 13일에 아우구스텐부르크 공작에게 보낸 편지에서 이렇게 말한다. "자신의 성스러운 인권을 위해 진력하고 정치적 자유를 쟁취하려고 한 프랑스 국민의 노력은 오히려 자신들의 무능력과 불손함만을 드러내 보였습니다. 이 불행한 민족뿐만 아니라 그와 더불어 유럽의 대부분이, 그리고 한 세기 전체가 야만과 노예 상태로 내동댕이쳐졌습니다." 실러에게 도를 넘은 혁명의 날뛰는 분위기는 오히려 인간적 발전에 해가 되는 것이었다. 모처럼 찾아온 행운의 기회를 제대로 잡지 못했다는 것이 실러의 판단이다. 인간적 미성숙이 무엇보다 그 원인이다.

장인이 거푸집을 잘못 깨서 불타는 쇳물이 흘러나오면 모든 것을 망치듯이 무정부주의자들, 폭력주의자들이 넘치면 사회는 나락으로 떨어진다. 민중이 살인자가 되어 피에 굶주려 거리를 덮는다. 이들은 겉으로는 자유와 평등을 내걸고 있다. 실러는 이런 폭력을 싫어하여 멀리했으며, 그런 비판의 시각을 이 시구절들에 담아 보여 주고 있다. 로베스피에르의 공포정치에 실러는 극도의 불안감을 느꼈다. 폭력을 싫어하는 것이 꼭 문학적으로 열등하거나 비창조적인 것은 아니지만 시대의 흐름을 너무 보수적인 차원에서 본 것은 현상 유지를 원하는 수구주의자들의 태도로 보이기에 안성맞춤이었다. 그러나 다른 한편 그것은 실러가 가진 조화와 화해의 사회상에 대한 희망의 소산이다.

드디어 신께서 내게 기쁨을 주었다!
자, 보라! 황금빛 별과도 같이
껍질을 벗고 반짝이는 매끄러운
금속 알맹이가 모습을 드러낸다.
　　몸체에서 종의 꼭지에 이르기까지
　　햇살이 빛나듯 빛이 감돈다.
장식 쇠에 새겨진 예쁜 방패 문양 또한
거장의 노련한 솜씨를 돋보이게 한다.

장인의 말만 보아도 종의 모습이 어떤지 떠올릴 수 있을 것 같다. 구리와 주석이 적절히 섞여 빛나는 별과 같은 색깔의 종이 아름다운 여인처럼 우리의 눈앞에 그 완벽한 자태를 내보이는 것이다. 걸치고 있던 외투를 벗어 던진 여인의 모습이랄까. 옷을 벗는 동작과 함께 눈에 들어오니, 대상은 더욱 생동감 있게 보이기 마련이다. 종에는 멋진 방패 문양이 새겨져 있어 아름다움을 더해 준다. 실러는 종의 표면에 새긴 장식까지 말하면서 종에 달린 추를 언급하지 않았다고 많은 비난을 받은 바 있다. 하지만 문학이 모든 것을 과학적으로 작품에 담을 필요는 없다. 예술가에겐 취사 선택할 자유가 주어져 있다. 화가가 자기 눈에 중요하게 여겨지는 것을 그림으로 확대 강조하여 그리듯이.

어서들 들어오게, 어서들 들어와!
일꾼들아, 모두 함께 대열에 서게,
우리 종의 세례식을 거행해 보자.
종의 이름은 콘코르디아가 좋겠다.
화합을 위해, 진심 어린 단결을 위해
사랑하는 교구민들이 함께하도록.

이것이 앞으로 종에게 주어진 소명이다.
장인이 종을 만든 까닭이 그것이니!
아래쪽 우리의 지상의 삶 위 높은 곳에서
푸른 하늘의 천막 속에 매달려서
종은 천둥의 이웃이 되어 흔들리며
별들의 세계 바로 옆에서 살면서

천상에서 전하는 목소리가 되리라,
밝게 빛나는 별들의 무리처럼
궤적을 따라가며 창조주를 칭송하고
머리에 화관을 두른 해[年]를 이끌며.
영원하고 진지한 것들을 위하여만
종의 금속의 입은 바쳐질 것이다,
그리고 매시간마다 잽싼 날갯짓으로
날듯이 달아나는 시간을 건드릴 것이다,
종은 운명에게는 혀를 빌려줄 것이다,
스스로는 마음도 동정심도 주지 않으면서
힘차게 흔들리면서 종은 생의
변화무쌍한 유희를 함께할 것이다.
그리고 종소리가 귓가에서 사라지듯
아무리 굉굉 울리던 종소리라도 그렇듯
종은 가르쳐 주리라, 머무르는 것은 없으며,
지상의 모든 것은 울려 사라진다고.

종을 위해 의식이 거행된다. 그 자리에는 장인을 비롯하여 직공들이 함께한다. 시의 맨 첫머리에서 꺼냈던 종의 사명 이야기로 돌아온다. 종을 새로 만들어서 종에 이름을 붙이는 세례식을 거행하는 일은 과거뿐만 아니라 현재에도 존재한다. 이는 독일에서 종 만드는 과정을 보여주는 동영상들을 통해 얼마든지 확인 가능하다. 여기서 실러가 이 종에게 부여한 이름은 "콘코르디아"이다. 라틴어로 '화합'을 뜻하는 이 말을 종에게 부여한 것은 인간들에게 모든 것은 덧없다는 것을 깨닫게 하여 그들이 서로 화합하여 살기를 원했기 때문이다. 종의 사명은 그러므로 다음 말과 함께 사람들의 가슴에 화합을 퍼뜨리는 것이다. "머무르는 것은 없으며,/지상의 모든 것은 울려 사라진다고."

——— 리첸마이어의 삽화, 「완성된 종 '콘코르디아'」

자, 이제 밧줄의 힘을 이용해서
구덩이에서 종을 들어 올리자,
종을 어서 소리의 왕국에다,
하늘 높은 곳에다 매달자.
　　당겨라, 당겨라, 들어 올려라,
　　종이 움직인다, 흔들린다!
이 도시를 위해 기쁨이 되어다오,
첫 울림은 평화가 되어다오.

구덩이에서 종을 끄집어 올리는 작업으로 시는 끝난다. 거푸집 속에 공란으로 있던 종이 장인의 작업으로 쇳물을 채워서 이 세상에 탄생하는 순간이다. 그리고 교회의 종탑에 매달려 이제 종은 자신의 사명을 다할 것이다. 이 사명을 다하기 위하여서는 일단 종이 종으로 존재해야 한다. 그것을 위해 종은 일꾼들의 손에 의해 땅에서 끌어 올려져야 한다. 종을 꺼내 하늘에 매달고 그것이 울리는 울림까지 실러는 적어 놓고 있다. 종소리의 첫 울림은 평화가 되어달라고, 기원한다. 공동체의 기쁨을 위해.

8.

실러의 세계는 무엇보다 미학적 성찰에 대한 고민으로 이루어져 있다. 특히 1796년에서 1800년 사이에 쓴 시에서 이런 경향을 발견할 수 있다. 낭만주의자들을 비롯한 많은 시인들은 이 시절에 시란 감정의 산물이라고 생각했으며 그것을 회피한 실러의 시에서 관념의 형상화를 보고 이를 향해 비난의 화살을 겨누었다. 괴테의 문학이 체험에 근거한 것이라면 실러의 문학은 자신이 추구하는 이상을 향한 메시지라고 할 것이다. 그렇다 보니 시에서 자신의 논리를 추상적으로 펼치곤 한다. 그의 「인간의 미적 교육에 대하여」(1795)라는 글은 이것을 이론적으로 정리한 것이다. 예술을 통해 인간을 미적으로 교육할 수 있다는 것이 그 골자이다. 그 과정에서 이성과 감정의 조화를 목표로 한다. 예술은 심장과 머리를 하나로 엮어 주는 매개체이다. 시가 특히 이런 역할을 잘 수행할 수 있다고 실러는 주장한다. 실러는 뷔르거의 시를 평하는 자리에서 시는 "영혼의 갈라진 힘들을 다시 하나로 합쳐 줄 수 있으며", "머리와 심장, 통찰력과 기지, 이성과 상상력을 조화로운 동맹 관계로 만들어 줄 수 있다"고 평한 바 있다. 그의 목표는 전인적 인간을 다시 만들어 내는 것이다. 이런 실러의 미학적 주장이 시로 형상화된 것이 「종의 노래」이다. 왜 실러는 종의 주조 과정을 그렇게 감각적으로 묘사했는가. 거기에 섞인 정신적인 메시지는 무엇인가. 실러가 「종의 노래」에서 노래하고자 했던 것은 시민사회의 "성스러운 질서"이다. 실러는 작은 소읍 정도의 규모에 계몽된 귀족이 다스리는 고장을 이상적인 사회로 꿈꾸었던 것 같다. 장자처럼.

독일 바이마르 소재 실러하우스에 실러가 살던 집의 부엌을 재현해 놓은 모습. 소박한 시민적 삶의 형편을 엿볼 수 있다. (사진 김재혁)

제5부

——— 외젠 들라크루아, 「민중을 이끄는 자유의 여신」(1830). 프랑스 7월 혁명의 정신을 기려서 만든 작품이다. 하인리히 하이네는 파리에서 직접 목격한 7월 혁명에 대해 "파리의 성스러운 7월의 날들이여! 너희는 절대 파괴할 수 없는 인간의 원초적 고귀함의 영원한 증인이 될 것이다"라고 외친 바 있다.

거짓의 천을 벗겨라: 하이네

1.

「시인의 사랑」은 작곡가 로베르트 슈만(1810-1856)이 하인리히 하이네(1797-1856)의 연작시 「서정적 간주곡」 중 열여섯 편의 시를 가지고 만든 연가곡이다. 바리톤 디트리히 피셔 디스카우가 부른 이 연가곡을 듣고 있으면 시인의 사랑과 그 안에 남모르게 배어 있는 우울의 정서가 살며시 느껴진다. 클라라를 사랑했던 슈만의 열정도 뜨겁게 다가온다.

——— 모리츠 다니엘 오펜하임, 「하인리히 하이네」(1831)

하이네의 시는 슈만을 비롯한 많은 작곡가들의 사랑을 받아 왔다. 하이네는 바로 자기 앞 세대의 낭만주의 시인들이 즐겨 사용했던 민요형식을 자신의 시에 그대로 받아들였다. 민요조의 리듬과 운율을 충실하게 구현한 그의 시는 노래로 만들기에 적격이었다. 그것은 또한 대중과 쉽게 호흡할 수 있는 계기가 되었다. 언어를 다루어 내는 그의 천부적 솜씨는, 페트라르카나 셰익스피어 같은 시인들이 대가적으로 구사했던 핵심 테마인 '사랑'을 노래하는 가운데에서도 진부함에 찌들지 않고 시적 새로움을 선사해 주었다. 그의 시가 민요조의 형식에 기댐에도 불구하고 구태의연함에 함몰되지 않고 신선하게 다가오는 이유이다. 사랑을 노래한 하이네의 시 중 대표적인 예로 「고백」이 있다. 많은 사람들이 청춘시절 사랑을 고백하거나 자신의 순정을 상대에게 털어놓을 때 편지 끝에다 베껴 놓곤 하던 시이다. 어린 시절에 봤던 순정만화에도 종종 등장하곤 했다. 이 시가 실린 곳은 하이네에게 세계적 명성을 가져다준 시집 『노래의 책』(1827)이다.

고백

땅거미 앞세우고 저녁은 찾아오고,
물결은 더욱 거세게 날뛰었다,
바닷가에 앉아 하얗게 부서지는
파도의 춤을 바라보고 있자니,
내 가슴은 바다처럼 부풀어 올랐다.
그때 너를 향한 사무치는 그리움이
나를 사로잡았다, 아름다운 너의 모습,
그 모습 내 주위 곳곳에서 떠돌고
어디에서나 나를 부른다,
어디에서나, 어디에서나,
세찬 바람소리 속에서나, 거친 파도소리 속에서나,

내 가슴의 한숨 속에서도.

나는 가벼운 갈대를 꺾어 모래 위에 썼다:
"아그네스, 나는 너를 사랑한다!"
하지만 심술궂은 파도가
그 달콤한 고백 위로 덮쳐 와
그 말을 흔적도 없이 지워 버렸다.
나약한 갈대야, 먼지처럼 흩어지는 모래야,
사라지는 파도야, 난 이제 너희를 믿지 않겠다!
하늘은 점점 어두워지고, 내 마음은 더욱 날뛴다,
나 이제 이 억센 손으로 노르웨이 숲에서
가장 큰 전나무를 뽑아
에트나 화산의 불타는 분화구에
담갔다가,
불에 적신 그 거대한 펜으로
캄캄한 하늘에다 쓰리라:
"아그네스, 나는 너를 사랑한다!"

그러면 매일 밤마다 하늘 높이
영원한 불의 글자가 활활 타올라,
후대의 자손들이 대대로 환성을 지르며
하늘에 적힌 그 말을 읽으리라:
"아그네스, 나는 너를 사랑한다!"

여기의 "고백"은 사랑의 고백이다. 시의 화자는 황혼 녘에 바닷가에 앉아 멀리 부서지는 파도를 바라본다. 파도가 높게 일 때마다 그의 마음도 부풀어 오른다. 자연을 나타내는 표현 뒤에서 시적 화자의 심리적 상태도 동일한 리듬을 탄다. 자연과 화자의 영혼이 하나가 되어 움직인다. 파도가 치며 소리가 사방에 번질 때면 그의 마음속에는 사랑한다, 사랑한다, 사랑한다는 말이 그리움을 대신하여 울려 퍼진다. 반복법은 구문상의 유사성을 지향하면서까지 구사된다. 원어로 읽으면 그 맛이 더욱 진하게 느껴진다. 1연에서 "어디에서나überall"의 반복, "세찬 바람소리 속에서나, 거친 파도소리 속에서나,/내 가슴의 한숨 속에서도"에서 원문 "Im Sausen des Windes, im Brausen des Meeres,/Und im Seufzen der eigenen Brust"로 표현된 유사 구문의 반복 그리고 자모음의 절묘한 반복 등은 사랑을 향한 시적 화자의 심적 흐름을 절실하게 잘 표현해 준다. 마찰음 "s"의 반복적인 사용은 귓가를 스치는 바닷바람과 심장을 스치는 한숨소리를 효과적으로 표현하여 시적 화자의 외부세계와 내면의 조응을 보여 주며 시를 듣거나 읽는 사람으로 하여금 언어의 마력에 의한 감동을 느끼게 해 준다. 복모음 "au"도 "아우"라고 발성되면서 화자의 한탄과 한숨을 표현한다. 이 모두는 "어디에서나"와 관계한다. 그리운 사랑의 모습은 파도를 보거나 바람소리를 느끼거나 그 어디에나 있다. 사랑의 감정은 온몸으로 시적 화자를 공격한다.

시의 화자는 마음속에서 울려 나오는 사랑의 전언을 갈대를 꺾어 백사장에 적지만, 파도가 밀려와 다 지워 버린다. 한낱 보잘것없는 존재로서의 인간을 뜻하는 "나약한 갈대"로 적은 글은 무상할 뿐이다. 화자는 그래서 사랑의 차원을 한 단계 높인다. 사랑을 영원히 전하고 싶은 화자의 마음은 노르웨이 숲에서 뽑은 거대한 전나무와 에트나 화산의 불타는 분화구로 확대된다. 과장법을 통해 화자는 사랑하는 이에게 자신의 진심을 전하려 한다. 하늘에 써 놓은 "사랑한다"는 말은 대대손손으로 전해져 개인적 사랑의 고백에서 보편적인 개념으로 확대된다. 시적 리듬과 그것을 뒷받침하는 구문적 반복법이 적절하게 구사되어, 읽는 동안 가슴에 메아리가 치는 느낌이 드는 이 시에서 사랑의 감정은 사랑의 대상을 향해 오로지 한 방향으로 몰아치듯 날아간다. 사랑이 순수하게 노래되는 것이다. 이 시에서는 대부분의 하이네의 시에서 그렇듯이 뒤틀거나 비꼬는 성향이 보이지 않는다. 같은 맥락에서 사랑의 순수함과 그리움의 애절함을 진정성 어리게 그린 시로 우리는 「노래의 날개 위에」를 꼽는다. "노래의 날개에 실어, 사랑하는 이여,/나 그대를 멀리 데려가리라,/갠지스강 들판으로 데려가리라,/이 세상에서 가장 아름다운 그곳으로." 이 시를 노래로 만든 멘델스존의 낭만적인 멜로디를 함께 들으면 정말로 먼 이국을 향해 날아가는 느낌이 든다. 인도의 갠지스강 언덕까지 사랑을 함께 가져가고 싶은 마음의 고백은 낭만주의 시인들에게 번져 있던 이국적인 것으로서의 인도 지향적 성향과 함께 표현된다. 이렇게 보면 하이네는 일단 서정적 낭만주의자로 분류될 만하다.

――― 함부르크의 호프만운트 캄페 출판사에서 나온 『노래의 책』(1827) 초판본 (사진 H. -P. Haack)

2.

하이네는 나중에 「낭만파」(1835)라는 글에서 괴테의 『서동시집』을 정신과 육체가 감각적으로 화해하는 사랑시의 모범으로 칭송한다. 괴테는 괴테답게 사랑을 사랑으로 순수하게 노래했다는 것이다. 반면 하이네의 시에서는 이런 순수한 감정의 사랑을 줄곧 발견할 수 있는 것은 아니다. 그의 시 어디에선가는 하나의 전체를 이루는 조화보다는, 약간 금이 간 듯한 부조화가 나타나기 때문이다. 불만의 요소가 그의 시의 한 구석에 자리하는데, 이는 시와 자연감정과 사랑의 아름다운 조화라는 고전적인 도식을 파괴한다. 바로 여기가 하이네의 독특한 개성이 나타나는 지점이다. 시 「바다유령」에서 이미 그 싹을 감지할 수 있다.

바다유령

나는 뱃전에 엎드려
꿈꾸는 눈길로 거울처럼
맑은 물속을 들여다보았다,
바닷속 깊은 밑바닥까지
점점 깊이깊이 들여다보았다,
처음엔 희뿌연 안개가 낀 듯하더니
차츰차츰 색깔들이 뚜렷해지며
교회의 둥근 지붕과 탑들이 나타났다,
마침내 태양처럼 환하게 도시 전체가
나타났다, 고풍스러운 네덜란드풍에다가
사람들로 활기찬 모습이었다.

검은 외투를 입은 의젓한 남자들이,

하얀 목 칼라에 훈장 목걸이를 걸고,

긴 칼을 차고 엄숙한 표정으로,

사람들로 북적대는 시장을 지나

계단도 높은 시청을 향해 걸어간다.

그곳에는 황제의 석상들이

왕홀과 칼을 차고 버티고 서 있다.

거기서 멀지 않은 곳, 길게 늘어선 집들,

거울처럼 반짝이는 창문들과

피라미드처럼 깎인 보리수들 앞으로

비단옷 바스락대며 아가씨들이 거닌다,

날씬한 몸매에 꽃 같은 얼굴들,

까만색 작은 모자와 샘물처럼

솟구치는 금발에 싸여 다소곳하다.

알록달록한 스페인 복장을 한 젊은이들,

뽐내듯 지나가며 고개를 까닥인다.

늙수그레한 부인들,

색 바랜 갈색 옷을 꺼내 입고,

찬송가 책과 묵주를 손에 들고,

서둘러 총총걸음으로,

대성당으로 걸어간다,

성당의 종소리와

파도치는 오르간소리에 떠밀려.

멀리서 울려오는 소리의 신비스러운
전율이 나까지도 사로잡는구나!
끝없는 그리움과 깊은 슬픔이
내 가슴속으로 파고든다,
채 낫지 않은 내 심장 속으로; –
마치 내 심장의 상처가
사랑스러운 입술의 입맞춤에
다시 피를 흘리는 것 같다 –
뜨겁고 새빨간 핏방울들,
오래도록 천천히 떨어진다,
저 아래 깊은 바닷속
도시의 어느 오래된 집 지붕 위로,
사는 사람도 없어 을씨년스러운
높다란 박공의 오래된 집 지붕 위로,
다만 그 아래 창가에
한 소녀가 오롯이 앉아,
두 팔로 머리를 괴고 있구나,
가여운, 잊힌 아이처럼 –
나는 너를 안다, 가여운 잊힌 아이야!

그처럼 깊이, 바닷속 깊이
너는 나를 피해 몸을 숨겼구나,
어린애 같은 마음에,
이곳으로 올라오지 못하고,

낯선 사람들 틈에 어색하게 앉아 있구나,

수백 년 동안을,

그동안 나는, 상심으로 가득 찬 이 영혼은

온 세상을 너를 찾아 헤맸다,

자나 깨나 너를 찾았다,

너 영원한 내 사랑아,

너 오래전에 잃어버린 사랑아,

너 마침내 다시 찾은 사랑아 –

이렇게 너를 다시 찾았으니, 나는 다시 바라본다,

너의 예쁜 얼굴을

영리하고 믿음이 넘치는 두 눈동자를,

너의 그 사랑스러운 미소를 –

나 이제 다시 너를 떠나지 않겠다,

나 네게로 내려가련다.

두 팔을 활짝 벌리고

나 너의 가슴속으로 뛰어내리련다 –

그러나 바로 그 순간

선장이 내 발목을 붙잡았다,

나를 뱃전에서 잡아당기면서

그는 화난 듯 웃으며 소리쳤다.

"박사 양반, 당신 미쳤소?"

1825년 하이네가 괴팅겐 대학에서 법학박사학위를 받은 뒤 휴양차 몇 주 동안 북해의 노르더나이섬에 체류할 때 쓴 시편인 「북해」의 열 번째 시작품이다. 시의 첫 부분과 끝부분이 하나의 틀을 형성한다. 이 틀이 시의 내용을 감싸고 있다. 시의 화자는 배를 타고 어디론가 가던 중 뱃전에 엎드려 본다. 그리고 물속을 들여다본다. 여기까지는 현실을 그대로 묘사한 것이다. 이어 화자가 바다 깊은 곳에서 보는 것은 모두 상상에 의한 것이다. 그가 본 것은 중세 카톨릭의 세계이다. 이른바 물에 가라앉았다는 전설의 도시 아틀란티스를 연상시키기도 한다. 그러나 확실한 것은 중세의 네덜란드이다. 그 시절의 모습으로 수많은 남녀가 일요일을 맞아 성경을 겨드랑이에 끼고 교회를 향해 간다. 자신과 상관없는 중세가 배경인데 시의 화자는 왠지 점점 슬픔에 잠긴다. 그의 상상은 잃어버린 옛사랑으로 넘어간다. 그의 상상은 미래에 가 있지 않고 과거 회귀적이다. 잃어버린 옛사랑을 생각하며 아파하는 그의 심장에서 붉은 핏방울이 바닷물 속으로 뚝뚝 떨어진다. 떨어지는 핏방울이 가 닿는 곳으로 그의 눈길이 향한다. 어느 박공지붕 아래 창가로 시선은 고정된다. 그곳에 바로 그가 사랑했던 애인이 앉아 있는 게 아닌가. 잃어버린 그를 생각하는 듯 슬픔에 잠긴 모습으로. 하이네의 묘사가 너무나 사실적이고 진정성을 띠어, 이곳까지 읽으면서 독자들은 진실을 마주하고 있는 듯한 착각에 빠진다. 옛사랑을 발견한 그는 얼른 그녀를 잡으러 아래로 내려가려 한다. 아래로 내려간다는 것이 무언가? 바닷물 속으로 뛰어드는 것이다. 여기까지가 상상력에 의한 전개 부분이다.

중세는 낭만주의가 동경하던 황금시절이다. 낭만주의 시인들은 기독교의 세계로 하나가 되어 있던 중세를 동경했다. 낭만주의의 대표시인인 노발리스의 소설 『푸른 꽃』의 주인공이 중세의 가수였던 하인리히 폰 오프터딩겐인 것도 이와 무관하지 않다. 시의 화자는 과거 속으로, 이 시에서는 물속으로 뛰어들려 한다. 그때 선장이 그의 발목을 잡는다. "박사 양반, 당신 미쳤소?"라고 하면서. 결정적인 반전이다. 시의 화자는 화들짝 깨어서 현실로 돌아온다. 시를 읽던 독자 역시 환상에서 현실로 돌아온다. 사랑과 자연감정이 하나가 되어 환상의 세계로 날아갈 것 같던 분위기는 일거에 깨지고 만다. 여기에 묘사된 소녀는 몇백 년에 걸쳐 변할 줄 모르고 지속되고 있는 중세를 상징한다. 화자는 실망한다. 독일어로 실망은 'Enttäuschung'이다. 본래 'täuschen' 즉 '미혹하다'에서 그것을 깨게 만드는 것이 'enttäuschen'이다. 낭만주의 자체를 하이네는 미혹으로 보았다. 미혹은 'Illusion'이다. 그래서 이렇게 미혹에서 깨어나는 것은 다른 말로 '환멸Desillusion'이라고 한다. 독일어에서 'ent-'는 '탈각'과 '제거'의 뜻을 가진 접두어이다. 하이네에게 낭만주의는 구름 속의 산책이나 다름없는 것이었다. 그에겐 무엇보다 현실이 중요했다. 그렇기 때문에 시 「로렐라이」에서도 "마침내 파도는 뱃사공과/조각배를 삼켜 버렸으리라./로렐라이의 노래 때문에/생긴 일이다"라고 단언하는 것이다. 현실의 눈을 버리고 과거를 향해 눈길을 돌리는 낭만주의자들을 하이네는 시의 끝에 가서 반전을 통해 공격하고 있다. 씨름선수가 상대의 배 밑으로 기어 들어가 제압당하는 척하면서 결국에는 상대를 홀딱 뒤집어 버리는 뒤집기 기술과 같다.

위의 시는 현실과 전설을 병치시키는 가운데 낭만주의 전체를 향해 반어의 기법을 가장 대가적으로 성취한 작품으로 평가된다. 마지막 웃음을 위해서 시는 줄곧 진지해야 한다. 반어는, 정리하자면, 왜곡과 뒤틂을 통해 기존의 지배적 상황을 비판하는 문학적 기법이다.

3.

시에서의 반어의 쓰임새를 알기 위해 황지우의 시 「새들도 세상을 뜨는구나」를 함께 보기로 한다. 황지우의 이 시는 하이네가 구사하는 반어의 장치와 아주 흡사한 구조를 갖고 있다.

새들도 세상을 뜨는구나

영화가 시작하기 전에 우리는
일제히 일어나 애국가를 경청한다
삼천리 화려 강산의
을숙도에서 일정한 군群을 이루며
갈대 숲을 이륙하는 흰 새떼들이
자기들끼리 끼룩거리면서
자기들끼리 낄낄대면서
일렬 이열 삼렬 횡대로 자기들의 세상을
이 세상에서 떼어 메고
이 세상 밖 어디론가 날아간다
우리도 우리들끼리
낄낄대면서
깔쭉대면서
우리의 대열을 이루며
한 세상 떼어 메고
이 세상 밖 어디론가 날아갔으면
하는데 대한 사람 대한으로

길이 보전하세로

각각 자기 자리에 앉는다

주저앉는다

유신독재의 기세가 시퍼렇던 1970년대 후반만 해도 영화관에 가면 영화를 시작하기 전에 애국가가 흘러나왔다. 그러면 다들 자리에서 일어서야 했다. 안 일어서는 사람은 주위의 눈총을 받거나 아니면 불순분자로 몰릴 위험이 컸다. 속으로는 딴생각을 하더라도 몸은 일어서는 것이 좋은 시절이었다. 영화관은 애국심이 강요되던 상징적인 장소였다. 길 가다가 애국가가 흘러나오면 가슴에 손을 얹고 경건한 자세를 취하도록 권유받던 시절의 이야기이다. 황지우는 이 시절의 그 이야기를 시로 써서 보여 주고 있다. 앞의 시에서 하이네가 중세를 동경하고 현재를 망각하는 낭만주의자들의 자세에 대해 일침을 놓았다면, 황지우는 오히려 현재를 잊고 어디론가 떠나고 싶어 한다. 영화관 스크린에는 "동해물과 백두산이 마르고 닳도록"과 함께 을숙도와 푸른 바다 위 푸른 하늘을 자유롭게 마음껏 나는 갈매기들의 모습이 끼룩끼룩 소리와 함께 등장한다. 그들은 이 세상의 모습을 다른 세상으로 새롭게 떠메고 날아간다. 다른 세상을 찾아갈 줄 아는 그들이 스크린을 올려다보는 화자에게는 부러울 뿐이다. 그들은 "자기들끼리 끼룩거리면서/자기들끼리 낄낄대면서" 나름의 조화를 이룬 세계를 찾아간다. 그것을 화자도 따라 하고 싶다. "우리의 대열을 이루며"는 시대를 비판하며 거리로 쏟아져 데모를 하던 수많은 대학생 군중을 연상시킨다. 하지만 애국가는 끝을 향해 간다. 그리고 웅장한 심벌즈 음과 함께 꿈은 깨진다. "대한사람 대한으로/길이 보전하세"가 현실의 압박을 결말짓는 말처럼 들려온다. "대한 사람"은 어쩔 수가 없어, 그냥 그 꼴로 그렇게 살아야지, 그렇게 들린다. 그리고 애국가가 끝남과 동시에 사람들은 각자 자리에 앉는다. 그냥 앉는 게 아니라 "주저앉는다." '주저'는 거꾸로 하면 '저주'가 된다. '우리'가 아니라 '각자'로 뿔뿔이 흩어진 존재가 된다. 이들은 혼자의 세계를 지켜야 한다. 일어서서는 안 된다. 애국가가 울릴 때나 일어서야 한다. 현실에서 목숨을 연명하려면 주저앉아서 복지부동해야 한다. 하늘과 땅 차이이다. 하늘로 오르고 싶은 힘은 개인에겐 꿈에 지나지 않는다. '우리'가 되지 못한 개인은 '각자' 자기의 삶을 연명하기에 비굴해질 수밖에 없다. 자리에 주저앉아 회색인처럼 살아가야 한다.

영화관이라는 어두운 공간 속에서 꿈을 꾸던 화자는 잠시 동안의 꿈을 접고 현실로 돌아오는 환멸과 각성, 실망을 경험한다. 그것을 시인은 하이네처럼 반어적으로 표현한다. 시의 첫머리와 말미가 꿈의 내용을 감싸고 있는 구조도 하이네의 「바다유령」과 동일하다. 하이네와 황지우의 시가 유사구조를 지닌 것은 둘 다 시적 반어를 통해 시대비판을 꾀하고 있다는 공통점에서 연유한다. 시적으로 쉬운 언어를 사용하여 독자와의 소통을 전제로 하면서 거기에 반어와 역설의 장치를 사용하고 있는 것이다. 하이네는 독일 시의 역사에서 일상의 언어를 시에 가장 먼저 도입한 시인으로 평가된다. 황지우 역시 1980년대 우리 시단에서 전통적 서정시에 대한 시적 해체를 이루어 낸 시인이다.

이런 시의 요체는 초반부에서 시작한 테마를 잘 끌고 가서 독자가 눈치채지 못하게 거기에 몰입하게 만든 다음, 시의 결말부에 이르러 느닷없이 독자를 구름 위에서 떨어뜨리는 데 있다. 하이네의 시를 평할 때 이를 두고 '포엥트Pointe' 즉 '급전'이라고 한다. 현실로 돌아온 독자는 꿈을 꾸다가 깬 사람처럼 바로 눈앞에서 전개되는 현실 앞에 절망하게 되는 것이다. 하나의 낱말이나 문장으로 반어법을 구사하는 것이 아니라 전체적인 상황을 뒤집는 반어법이다.

4.

하이네의 시 「바다유령」이나 황지우의 시 「새들도 세상을 뜨는구나」를 보면 일제히 한 방향으로 흐르던 요소들이 마지막의 이질적인 요소에 의해 완전히 역전되는 현상을 볼 수 있다. 이것은 서로 대척되는 요소들의 공존으로 생기는 현상이다. 반어는 서정시의 기본적인 특징 중의 하나이다. 일종의 '부조화의 조화discordia concors'이다. 겉으로는 조화롭게 보이지만 내적으로는 이질적 개념들이 억지로 결합되어 있는 상황이다. 이는 두 개의 이질적인 물질작용에 의해 폭발물이 폭발하는 것과 같다. 시적 긴장이란 이런 것이 아닐까. 방금이라도 터질 것 같은 시적 긴장감이 있을 때, 시는 생명력을 획득한다. 진정한 시라면 삶의 가장 내적인 심장박동을 잘 따라야 한다. 시적으로 대척적인 요소들의 조합은 이렇게 모호한 것, 위험한 것, 새로운 것, 다차원적인 것을 만들어 낸다. 상반되는 두 가지 요소의 결합과 충돌이 진실을 번개처럼 보여 주는 데 이런 시의 묘미가 있다.

독자는 텍스트를 읽으면서 뭔가를 연상하고 기대한다. 그러나 그 기대와 예상이 텍스트 내에서 부정될 때, 그렇게 해서 편견이나 친숙한 사유방식, 상투성에 대해 공격이 가해질 때 이것을 반어라고 한다. 반어는 대상과의 객관적 거리를 냉정하게 유지함으로써 비판의 강도를 오히려 배가할 수 있다. 반어법은 기성의 것을 깨부수고 새로운 시각을 제시할 때 가장 유용하게 사용된다. 시에서 진정 어린 어투로 언술되던 것이 오히려 가짜로 드러난다. 「바다유령」에서는 화려한 중세의 분위기가 가짜이다. 반어는 덮여 있는 진실을 벗겨 내는 촌철살인의 기법이다. 하이네의 시가 이해하기 쉬우면서도 독사의 공감을 불러일으키는 근거이다. 하이네는 진실을 덮고 있는 거짓의 천을 능수능란하게 벗겨 내는, 프리드리히 니체의 말대로 "독일어의 제일가는 예술가"였다. 니체는 "독일어의 제일가는 예술가"에 자기 자신도 포함시켰지만.

"하프를 부숴 버리자": 현실에 참여하는 시인들

1.

독일에서 1848년 '3월 혁명' 이전의 시기는 격동의 시절이었다. 보통 '3월 전기'라고 하면 대체로는 1815년 독일연방 성립부터 1848년 사이의 시기를 지칭하기도 하고, 프랑스 7월 혁명이 있었던 1830년부터 1848년 사이의 시기를 이르기도 한다. 오스트리아의 재상 메테르니히에 의해 주도된 빈 회의(1815)의 결과로 독일은 보수반동의 시대로 되돌아가야 하는 치욕을 겪는다. 38개로 분할된 독일의 각 주에서는 절대주의 지배체제를 다시 강화하려 하였다. 그러나 이미 자유의 맛을 본 백성들에게 이는 펄펄 끓는 솥을 잠시 뚜껑으로 덮은 격이었다.

기득권을 유지하려는 자들과 착취를 당하는 피지배자들 사이에 엄청난 갈등이 유발되었고 민주화의 열망은 더욱 커져 갔다. 자유주의와, 하나 된 조국을 향한 민족주의가 이 시대의 두 가지 표어였다. 두 가지 모토로 하면 바로 자유와 통일이다. 이 두 낱말은 당대 젊은이들의 가슴을 뛰게 만드는 말이었다. 산업화는 이미 시작되었고, 그 물결은 막을 수가 없었다. 농노제의 근간을 지키려는 귀족, 봉건계층과 신흥 부르주아들 사이엔 갈등이 일었고, 농업사회에서 산업사회로 옮겨 가는 과정에서 엄청난 사회적 빈곤화가 초래되었다.

1844년 6월에는 가난과 궁핍을 견디다 못한 슐레지엔 직조공들이 봉기를 일으키기도 했다. 이 시기에 반항적이고 혁명적인 정치적 성향의 문학에 대하여 '3월 전기'라는 표현을 쓴다. 이때 중요한 문학 장르는 편지와 보고문 그리고 시였다. 특히 1830년 프랑스의 7월 혁명으로 자극을 받은 젊은 시인과 작가들은 자유, 인권, 여성해방을 부르짖었다. 문학이 현실 개혁을 위해 무엇을 할 수 있는가를 고민한 시기였다. 표현의 자유와 인권의 옹호, 독단적 교회권력에 대한 항거, 도덕적 관습의 극복이 이들이 내세운 슬로건이었다. 그러나 이들의 목소리는 1835년 12월 독일연방의회의 결의에 의해 짓눌리고 말았다. 이들이 일명 '청년독일파'이다. 이들은 각각 활동했지만 연방의회가 이들을 한데 싸잡아 척결해야 할 대상으로 삼는 바람에 하나의 그룹이 된 셈이다. 하인리히 하이네, 루트비히 뵈르네, 카를 구츠코, 루돌프 빈바르크 등이 그들이었다. 이들이 주로 사용한 장르는 보고문과 산문이었는데, 반면 1840년대에는 시로써 진보를 외치던 시인들이 있었다. 호프만 폰 팔러스레벤, 페르디난트 프라일리그라트, 게오르크 헤르베크가 그들이다. 이 시대의 미학은 정치성과 현실성에 방점이 찍힌다. 현실을 오히려 종교처럼 철저하게 추구하는 것이다. 말이 곧 행동이 되기를 시인들은 원했다. 독일의 자코뱅파 시인인 프리드리히 레프만(1768-1824)은 프랑스 혁명에 자극받아 행동을 촉구하며 "우리 시를 행하자/시를 짓지 말고!"라고 소리쳤다.

2.

게오르크 헤르베크(1817-1875)는 급진적인 정치성향을 가진 시인이었다. 혁명적이었지만 시적 감수성이 뛰어나서 하이네에 비견할 만하다는 평가를 받은 그는 마치 군대에서 쓰는 듯한 전투적인 어휘를 시에서 가감 없이 사용한다. 정치적인 시는 대중과의 소통이 우선이기 때문에 대중이 잘 이해할 수 있는 장치를 선택해야 한다. 그러면서 소통의 목적이 잘 드러나게 하기 위해, 즉 여기서는 투쟁성을 강조하기 위해 군대용어가 사용된 것이다. 1840년에 나온 그의 시집『살아 있는 자의 시』에 실린「독일의 시인들에게」에서 그는 "하프를 부숴 버리자!"라고 외친다.

서양에서 시의 기능은 가인 오르페우스를 통해 아름다움에서 오는 감동으로 규정된다. 서정시를 상징하는 악기로 류트 대신 하프가 쓰이기도 한다. 하프 역시 음유시인이 자신의 감정을 노래하며 켜는 악기이기 때문이다. 여기서 정치적인 행동을 염두에 두고 말할 때 시인들은 '하프를 부숴 버린다'고 표현한다. 서정시를 읊을 때 쓰던 악기를 부순다는 것은 소극적인 자세로 자연이나 사랑을 노래하던 태도를 버리고 삶의 현장에 직접 뛰어들어 투쟁을 하겠다는 뜻이다.

시대가 바뀌었으니 노래도 바뀌어야 한다. 시대의 소명을 따르려면 옛날 노래는 끊으라고 "조국"이 시인에게 말한다. 이제 시는 개인의 감정이나 교양이 아닌 조국을 위해 봉사해야 하는 것이다. 호프만 폰 팔러스레벤(1798-1874)은 3월 전기 시절에 대표적인 정치시인으로 등장한다. 그는 검열과 억압에 맞선 투사 같은 인상을 풍겼다. 그와 같은 태도는 독일 시의 역사에서는 전례가 없는 것이었다. 그의 시「이 시대의 노래」(1841)를 보자.

이 시대의 노래

정치적인 시는 상스러운 노래야!
괴테 같은 시인들은 그렇게 생각했지,
그리고 믿었어, 할 만큼 다 한 거라고,
나이팅게일과 사랑과 술에 대해,
저 멀리 푸른 산에 대해,
장미향기와 빛나는 백합에 대해,
태양과 달과 별들에 대해
지껄이고 피리를 부는 것으로.

…

나는 옛 습속대로 노래했지,
달과 별과 태양에 대해,
술과 나이팅게일에 대해,
사랑의 기쁨과 환희에 대해.
그때 조국은 나에게 외쳤네,
너는 이제 옛것은 버려야 해,
낡고 낡은 허섭스레기는 말이야,
너는 이제 시대를 포착해야 해.

세상이 이제 완전히 바뀌었거든,
이젠 다른 사람들이 살고 있어.

어제 있던 것이 오늘이면 몰락해,

어제는 안 통하던 게 오늘은 통하지.

요즘에 시대를 향해 예술을

조준할 줄 모르는 사람은

어서 제때에 정신을 차리고

차라리 절필하는 게 좋을 거야.

——— 독일 라이프치히 아우어바흐 지하주점 앞에 있는 메피스토펠레스(왼쪽)와 파우스트의 형상 (사진 김재혁)

첫 구절이 아주 인상적이다. 정치적인 노래를 상스럽고 점잖지 못한 것으로 폄하하는 시인들을 향한 직접적인 공격이다. 이 시인들은 누구인가? 바로 관념의 세계 속에 살던 사람들이다. 두 번째 행에 괴테라는 이름이 보인다. 괴테가 독일 고전주의의 대변자이자 문단의 황제이기도 했으니 그의 이름을 넣지 않을 수 없었을 것이다. 그런데 여기서 이 시의 첫 구절을 읽는 순간 떠오르는 장면이 있다. 괴테의 『파우스트』 중 제1부에 젊은 대학생들이 어울려 질펀하게 술을 퍼마시고 있는 장면, 바로 라이프치히 아우어바흐의 지하주점이다. 한 녀석이 신성로마를 찬양하는 노래를 부르자, 다른 녀석이 맞받아치는 말, "상스러운 노래야! 제길! 정치적인 노래군!", 이 구절이 그대로 위 시의 첫 행에 들어 있다. 그런데 사실 이 구절만 가져온 것이 아니다. 『파우스트』의 다음 대목을 그대로 인용해 보자. "훨훨 날아올라라, 사랑스러운 꾀꼬리야,/내 임에게 천만번 내 안부 전해다오.//빗장을 열어라! 고요한 이 밤에./빗장을 열어라! 임이 깨어 있으니./

빗장을 닫아라! 이른 아침이 되면." 이것이 위 술집 장면에서 프로슈라는 친구가 부르는 노래의 내용이다. 보통 서정시인들이 부르는 노래의 기본 골격이 여기서 그대로 나온다. 그러므로 팔러스레벤의 위 시는 고전, 낭만주의자들의 세계를 향한 비난이자 비판이다.

3.

정치적인 참여시는 현실의 이해당사자에게는 행동을 촉구하지만 역사적 사건으로 해당 사안을 직접 보거나 이해가 관계되지 않은 경우에는 시의 화자와 독자는 서먹한 거리감을 갖는다. 다시 말해 그냥 관찰자로서의 독자가 되는 것이다. 과거의 일을 다룬 시는 더욱 그렇다. 역사적·사회적 맥락이 독자의 그것과 확연히 구별되기 때문이다. 상황도 바뀌고 독자의 가치규범 역시 바뀌었으므로 역사적 상황의 특수성이 독자에게 거리감을 조성한다. 어떤 낱말이 갖는 의미나 느낌도 과거와 동일하지 않다.

이를테면 하이네의 「슐레지엔의 직조공들」을 심도 있게 이해하려면 독자로서 당시의 시대상황과 관련된 많은 정보를 머릿속에 집어넣고 시를 한 행 한 행 읽어 가며 당시의 실제상황 속으로 들어가야 한다. 이때 독자는 단순한 관찰자에서 당대의 상황 속에 처한 당사자로 입장을 전환해야 한다. 그러기 위해서는 문제가 되고 있는 당대의 현실이 무엇인지 정확하게 판단해야 한다. 이어 언어와 관련된 미적 기능을 살펴야 한다. 시인은 어떤 어휘를 어떻게 변형하여 자신의 주장을 설득하려 하는가. 이어 시학적 장치들, 이를테면 이미지나 비유법 등이 고찰의 대상이다. 연형식이나 시형식도 마찬가지이다. 시 전체 구성의 특징을 살펴보면서 시인이 시의 주요 흐름을 어디까지, 혹은 어디로 끌고 가려 하는지도 봐야 한다. 특히 어디에 방점을 찍으려고 하는지도 눈여겨볼 필요가 있다. 직접적으로 대상과 전투를 하려고 하는지, 아니면 간접적으로 넌지시 암시만 하는지도 분석해야 한다. 왜냐하면 이에 따라 시의 어법이 달라지기 때문이다.

시인은 시적 효과를 내기 위해 어떤 태도를 취하고 있나? 사건을 위에서 관망하는가, 아니면 직접 피해를 입은 당사자와 같은 전투적 태도를 취하는가? 독자에게 호소하는 그의 태도는 또 어떠한가? 궁극적으로 시인은 해당 시를 통해 무엇을 이루어 내려고 하는가? 여기서 하인리히 하이네의 시 한 편을 보자.

밤에 떠오르는 생각

밤에 독일 생각을 하다 보면
나는 잠을 이룰 수가 없다,
눈을 감지도 못한 채
눈물만 흘러내린다.

세월은 왔다가 흘러간다!
어머니를 보지 못한 지
벌써 열두 해가 흘러갔다.
애타는 그리움만 커 간다.

애타는 그리움만 커 간다.

늙은 어머니가 마술을 걸었는지
그분 생각이 떠나지 않는다,
신이여, 늙은 어머니를 지켜 주오!

어머니는 나를 정말 사랑하지,
어머니가 쓴 편지들을 보면
어머니의 손이 떨린 걸 알아,
어머니의 심장이 떨려서이지.

어머니는 늘 내 마음속에 있다.
열두 해가 흘러갔다,
열두 해가 흘러 사라졌다,
어머니 품속에 안겨 본 지.

독일은 영원히 존속하리라,
속만큼은 튼튼한 나라이니,
그곳 참나무와 보리수와 함께
언제라도 다시 볼 수 있겠지.

어머니가 그곳에 안 계시다면
독일을 이리 그리워하지 않겠지,
조국은 썩어 없어지지 않겠지만
늙은 어머니는 언제 가실지 모른다.

내가 그 나라를 떠난 뒤로
많은 이들이 무덤으로 떨어졌다,
내가 사랑했던 그들을 헤아리다 보면
이 영혼은 피 흘리며 죽을 것 같다.

세지 않을 수 없으니. 숫자와 함께
나의 고통도 자꾸만 불어만 간다.
시체들이 내 가슴 위에서 뒤척이는
것 같다, 다행히도, 그들이 물러간다!

정말 다행이다! 나의 창 너머로
프랑스의 밝은 햇살이 비쳐 든다.
아내가 아침처럼 화사하게 와서
미소로 독일 걱정들을 떨쳐 준다.

1844년에 출간된 연작시 「시대시」를 마무리 짓는 스물네 번째 시작품이다. 첫 구절 "밤에 독일 생각을 하다 보면/나는 잠을 이룰 수가 없다"는 아주 감동적이다. 프랑스에 망명 중인 하이네가 독일을 사랑하여 잠을 못 이루는 것은 어머니가 그곳에 살고 있기 때문이다. 어머니를 애틋하게 생각하는 사모곡이다. 독일을 향한 조국애를 결국은 어머니에 대한 사랑에 빗대서 말하고 있다. 하이네다운 반어법이 사용된다. 독일은 엄청나게 튼튼한 나라라서, 보리수도 있고 참나무도 있는 영원히 존속할 나라라서 걱정하지 않지만, 늙은 어머니만큼은 걱정이 된다. 연로한 어머니 걱정과 독일이라는 튼튼한 나라가 대조되면서 은연중에 독일이 저지르고 있는 거친 정치현실이 암시되고 있다. 무엇보다 혁명의 분위기를 이어가지 못하고 구체제로 복고하고 있는 암담한 현실이 하이네에게는 안타깝게만 느껴진다. 조국 독일을 향한 하이네의 애정이 그럼으로써 더욱 돋보인다. 그는 "독일"이라는 발음만 해도 잠을 이룰 수가 없다. 평범한 어머니가 평범한 행복을 자유롭게 누릴 수 있는 기회는 사라지고 영주와 귀족들이 다시 원래의 위치를 차지하여 민중의 삶에 괴로움을 가져오는 현실이 한탄스럽기만 하다. 하나 된 조국이 아니라 다시 각각의 영주국으로 뿔뿔이 나뉘어 참나무와 보리수가 상징하는 건강한 조국과는 거리가 멀어지고 말았다. 여기서 참나무와 보리수는 조국 독일의 건강함을 나타내는 환유이다. 마지막 연에 가서 우울한 조국의 현실과 죽어 가는 친구들과는 극명하게 대조적으로 프랑스의 밝은 아침햇살과 아내가 등장한다. 독일과 프랑스를 어두운 빛과 밝은 빛으로 대조하여 보여 준다. 암담함을 잊게 해 주는 것은 프랑스의 밝은 아침햇살과 다정한 아내이다. 이 시에서 하이네는 직접적인 투쟁을 외치는 것이 아니라 자신의 처지를 독자에게 호소하여 더욱 강렬한 효과를 얻어 내고 있다. 1843년에 그는 마침내 독일로 여행을 떠난다. 그의 여정은 1844년에 출간된 「독일. 겨울동화」에 풍자적으로 기록되었다.

독일. 겨울동화

처연하기만 한 11월이었다,
날이 갈수록 칙칙해지고
바람에 나뭇잎이 흩날리던 때,

나는 독일로 들어갔다.

그리고 국경에 이르렀을 때
가슴은 점차 세차게 방망이질
쳤다. 두 눈에서는 눈물이
뚝뚝 떨어질 것만 같았다.

독일어 말소리를 들으니
이상야릇한 느낌이 들었다.
정말이지 내 가슴이 피 흘리며
기분 좋게 죽어 가는 것 같았다.

…

새로운 노래, 더 좋은 노래를,
오, 친구들아, 너희에게 지어 주마!
우리는 여기 지상에다 당장
하늘나라를 지을까 한다.

우리는 지상에서 행복할 거야,
우린 굶주리는 것을 원치 않아.
부지런한 손들이 벌어 놓은 것을
게으른 배가 먹어 치워선 안 돼.

1840년대 독일의 정치상황은 그 상황에 맞게 정치적인 내용을 담은 시들의 전성기를 가져왔다. 시대를 테마로 한 시이므로 다분히 정치적인 색깔을 드러낸다. 하이네 문학의 특징은 무엇보다 굳어 버린 환상을 깨고 대상을 의심하는 자세로 관찰하는 데 있다. 하이네에게 당연한 것은 아무것도 없다. 그가 지향하는 정치성은 모든 구속으로부터 인간의 실질적 해방에 있다. 현실 속에 숨어 있는 부정성을 포착하여 그것을 반어적으로 표현함으로써 정치적 변화 가능성을 제시하는 것이다. 그는 현실 정치의 특정 당파에는 속하지 않는다. 하이네의 시를 의도 면에서 제대로 독해하려면 독자의 능동적인 참여가 필요하다. 수용미학에서 말하는 불확정성을 채워 읽어야 하는 것이다. 하이네의 시는 반어의 장치로 독자에게 질문의 길을 열어 놓는다. "부지런한 손들이 벌어놓은 것을/게으른 배가 먹어 치워선 안 돼."

4.

어느 정치적인 시인에게

당신은 옛날 티르타이오스가 그랬듯이,
영웅적 기백에 취해서 노래하지.
그러나 당신은 당신의 청중과
당신의 때를 잘못 선택한 거야.

그들은 당신 노래에 귀 기울이고
몹시 열광하여 칭송을 늘어놓지,

당신의 생각의 비상은 고귀하고
당신이 형식을 정말 잘 다룬다며.

그들은 포도주를 마시면서
당신을 향해 만세를 부르고
당신이 지은 전투의 노래를
우렁차게 따라 부르곤 하지.

하인도 저녁이 되면 선술집에서
자유의 노래를 신나게 부르지.
그러다 보면 소화도 잘 되고
술에 안주거리도 되는 거야.

티르타이오스는 기원전 7세기 무렵에 활동한 그리스의 시인으로 스파르타군을 응원하는 시를 지었다. 주변국가의 정치적 변혁에 자극받아 하이네 시대의 독일 정치시인들은 민중을 향해 삶의 굴레에서 벗어나자고 노래한다. 그러나 이들이 부르는 노래의 허황됨을 하이네는 1841년에 쓴 이 작품에서 직시하고 있다. 야망은 크나 그 효과는 미미하다고 이들 정치시인들에게 경고하고 있다. 문제는 이들이 지은 시의 방식과 내용에 있다. 수용자들을 행동으로 옮겨 줄 만한 호소력을 지니고 있지 못하다고 그는 비판한다. 이들이 지은 시는 고작 저녁에 술집에서 흥이나 돋우며 소화를 촉진하는 데 도움이 될까, 현실적으로 민중을 행동으로 움직이게 하는 데는 역부족이라는 것이다. 게다가 시의 수용자들은 혁명의 노래를 받아들일 만한 근거와 동기도 갖고 있지 못하다. 그만한 내적 무장이 안 되어 있기 때문이다. 자유의 노래를 신명 나게 불러 결국 소화에나 도움이 된다는 표현이 자못 냉소적이다. 수용자들, 대표적으로 하인은 그런 노래를 들어도 정치적·현실적으로 움직일 생각은 하지 않고 선술집에서 술을 마시며 흥이나 돋우는 데 이용한다. 민중 역시 그만한 의식이 없다는 것이다. 이 시에서 하이네의 비판은 소위 정치시인들뿐만 아니라 아직도 미성숙한 독일 민중을 향해 있다. 하이네는 케케묵은 봉건제도를 비판하고 자유로운 문필을 가로막는 검열제도와 맞서 싸우고자 한다.

경향

독일의 음유시인이여! 노래하고 칭송하라,
독일의 자유를, 네 노래가
우리의 영혼을 사로잡아
우리를 행동에 열광케 하라,
마르세유 찬가의 가락처럼.

오직 로테만을 위해 타오르는
베르테르처럼 징징대지 마라,
종소리가 네게 말해 준 것을
너의 민중에게 알려야 한다,
단도라고, 검이라고 말해라.

연약한 피리가 더는 되지 마라,

전원적 기분이 되지 마라.
조국의 나팔이 되어라,
대포가 되고, 중포가 되어
불고 부수고 천둥 치고 죽여라!

불고 부수고 천둥 쳐라, 날마다,
괴롭히는 자 다 도망칠 때까지.
늘 이 방향으로만 노래하라,
그러나 너의 시문학을
가능하면 보편적으로 지켜라.

1842년에 쓴 이 시는 제목 "경향"에 걸맞게 얼핏 하나의 정치적 노선을 분명하게 택한 독일의 애국시인들을 격려하는 것 같지만 마지막 구절에 반어가 들어 있다. 정치적 풍자서사시집『아타트롤. 여름밤의 꿈』의 서문에서 하이네는 말한다. "독일 영웅서사시의 숲에서는 특히 예의 모호하고 아무런 결실도 없는 파토스가, 아무런 소용도 없는 열광의 안개가 번져서 죽음을 경멸하며 보편성의 바다로 몸을 던지곤 했다." 보편성이라는 것이 무엇인가? 이것도 아니고 저것도 아닌 것 아닌가? 다른 말로 하면 구체성이 없는 막연함 그 자체이다. 말로만 싸우자고 나서지 실제상황에 부딪히면 도망치는 실제의 소위 애국시인 헤르베르크의 꼴을 보고 비웃으며 한 말이다. 그러므로 위 시에서 하이네가 진짜 애국을 하라고 권하는 것 같지만 속을 들여다보면 그렇지 않다는 것을 알게 된다. '뻥'만 치는 이른바 애국시인들을 향한 하이네의 채찍질이다. 이것 역시 반어로 뒤덮여 있는 시임이 애국시인들을 향한 가짜 응원에서 잘 드러난다. 그것의 열쇠는 마지막에 나오는 "가능하면 보편적으로"라는 표현이다. 대상이 구체적이지 않은 공허한 염불이 무슨 소용인가? 이런 주장 속에는 하이네 스스로 자신을 변명하고 싶은 의도가 들어 있다고 봐야 할 것이다.

Vorwärts!
Pariser Deutsche Zeitschrift.
(10. Juli.)
Politik und Literatur.
Feuilleton des Vorwärts.
Die armen Weber.

『포어베르츠』 1844년 7월 10일자. 좌측 하단 박스에 「불쌍한 직조공들」이 게재되어 있다.

하이네는 1844년 중반에 카를 마르크스와 함께 일을 하며 '전진'이라는 뜻을 담은 주보 『포어베르츠』를 내고 있었다. 거기에 그의 대표적인 참여시 「슐레지엔의 직조공들」이 「불쌍한 직조공들」이라는 제목으로 실린다.

5.

슐레지엔의 직조공들

침침한 눈에는 눈물도 말라 버렸다,
그들은 베틀에 앉아 이를 간다.
독일이여, 우리는 너의 수의를 짠다,
우리는 세 겹의 저주를 짜 넣는다.
　　우리는 짠다, 우리는 짠다!

첫 번째 저주는 신에게,

우리는 춥고 배고픔 속에서 신에게 기도했건만,
우리는 헛되이 기대하고 고대했다.
신은 우리를 조롱하고 우롱하고 희롱했다.
　　우리는 짠다, 우리는 짠다!

두 번째 저주는 왕에게, 부자들의 왕에게,
그는 우리의 비참한 삶 따위는 못 본 체하고,
우리에게 남은 마지막 몇 푼까지 착취해 간다,
그리고 우리를 개처럼 쏴 죽이라고 명령한다.
　　우리는 짠다, 우리는 짠다!

세 번째 저주는 잘못된 조국에게,
이 나라에는 치욕과 오욕만이 무성하고,
꽃이란 꽃은 채 피어나기도 전에 꺾이며,
모든 것이 썩어 문드러져 구더기만 우글댄다.
　　우리는 짠다, 우리는 짠다!

북은 날고, 베틀은 삐거덕거린다,
우리는 밤낮으로 부지런히 옷감을 짠다.
늙어 빠진 독일이여, 우리는 너의 수의를 짠다,
우리는 세 겹의 저주를 짜 넣는다.
　　우리는 짠다, 우리는 짠다!

이 시를 이해하기 위한 전제로 당시 슐레지엔 지방의 직조공들이 처했던 상황을 알아볼 필요가 있다. 1840년경의 독일은 산업혁명의 초기 단계에 있었다. 산업혁명이 늦어 영국과 달리 당시만 해도 집에서 가내 수공업 형태로 베틀을 돌리던 시절이다. 방직산업의 경우 5% 정도만이 기계화된 상태였다. 가내수공업자들은 원료를 중간상인들에게서 사들였는데 이들은 완제품을 받고서 임금을 점점 적게 지불했다. 영국에서는 이미 공장화되어 값싸게 생산품이 쏟아져 나오고 있었기 때문에 가격경쟁력이 비교가 안 되었다. 가내수공업 형태의 공장주들은 자금줄이 점점 조여 왔고, 그것을 노동자들에 대한 임금 체불로 해결했다. 게다가 1844년 초까지 몇 년 동안 흉년이 들어서 슐레지엔 지방의 경제사정은 말이 아니었다. 빵을 사먹을 돈조차 없었다. 게다가 가진 자들에 의한 착취는 이미 한도를 넘어섰다. 결국 1844년 6월 3일 슐레지엔 지방의 페터스발다우에서 3000명의 직조공들이 임금을 올려 달라며 항의 행진을 벌이기에 이르렀다. 그러나 이들의 요구가 수용될 리 만무했다. 공장주 하나가 "가진 것이 없으면 풀이나 뜯어 처먹어라. 올해는 풀이 풍년이 들었으니"라고 하는 바람에 상황은 극도로 악화되었다. 직공들은 그의 집으로 달려가 집기와 공장건물을 박살 내 버렸다. 이들은 여기에 그치지 않고 이웃마을인 랑겐빌라우로 행진하여 파괴행위를 계속했다. 시위가 계속되자, 6월 5일엔 질서를 되찾기 위해 프로이센 군인들이 투입되었다. 군대가 시위대를 향해 발포하는 바람에 11명의 직조공이 목숨을 잃었다. 이튿날엔 더 많은 군사력이 투입되어 거의 100명에 달하는 직조공이 체포되어 수년의 징역형을 선고받았다.

봉기의 첫 번째 동기는 기계화에 따른 공장주들의 지나친 착취였고, 그다음은 정부에 의한 억압이었다. 보통 "직조공의 노래"라고 부르는 이 시는 앞서 잠깐 언급했듯 1844년 7월 10일에 「불쌍한 직조공들」

이라는 제목을 달고 하이네의 부탁으로 카를 마르크스가 파리에서 독일어로 발행하던 주보 『포어베르츠』(제55호)에 처음으로 발표되었다. 우선 5만 부를 찍어서 호외 형태로 봉기가 일어난 지역에 배포하였다. 「슐레지엔의 직조공들」이라는 제목을 단 것은 1846년부터이다. 프로이센 왕립 재판소는 '선동적인 음조'를 담았다는 이유로 이 시를 금지시켰고, 1846년에는 이 시를 공개 장소에서 낭송한 혐의로 주동자가 징역형에 처해지는 사례도 생겨났다.

「슐레지엔의 직조공들」의 전체적인 구도는 투쟁의 대열에 서려는 직조공들의 모습을 시적 화자가 소개하고, 이어 직조공들이 직접 투쟁의 노래를 부르는 것으로 되어 있다.

현실 참여적인 시에서 번역은 특히 중요하다. 참여를 이끄는 소통의 구조가 잘 드러나도록 번역을 해 주어야 하기 때문이다. 참여적 성향의 시는 노랫조로 되어 있는 경우가 많기 때문에 음악성을 살리는 쪽에 신경을 써야 한다. 번역을 위해 원문의 인상착의를 훑어본 결과 가장 눈에 띄는 것은 가운데 2·3·4연의 통사론상의 유사성이다. 반복과 중첩을 통한 노래의 효과를 내기 위함이다. 총 다섯 개의 연에서 첫 연과 마지막 연이 껍질이 되어 알맹이를 싸고 있는 형태이다. 2·3·4연 세 개의 연이 1연 네 번째 행에서 말한 "세 겹의 저주"의 구체적 내용들이다.

세 가지 저주와 관련하여, 시인은 "저주"라는 말을 맨 앞에 내세운 뒤 이 저주의 내용을 고발하듯이 열거하고 있다. 직조공들은 베틀 앞에 앉아 옷감을 짜며 모두 하나가 되어 노래를 부른다. 그들의 노래에는 "저주"가 들어 있다. 직조공들은 자신들에게 제대로 임금을 지불하지 않는 공장주뿐만 아니라 더 근원적인 원인을 향하여 저주를 퍼붓고 있다. 저주의 대상은 그들의 삶을 옥죄는 세 가지 권위이다. 그런 불공평과 불의의 요인이 되는 세 가지가 고발의 대상이 되는 것이다.

각각의 연의 첫머리에 “Ein Fluch” 즉 ‘하나의 저주’가 놓이고 그다음에 바로 저주의 대상이 나와 시각적으로 돋보인다. 노래의 가락을 만들어 내기 위해 저주에 가락이 붙는다. 직조공들은 어떤 화려한 옷감이 아니라 “수의”를 짜고 있다. 누구의 수의를 짜고 있는가? “신”과 “왕”과 “조국”이다. “신, 왕, 그리고 조국을 위해”, 이것은 군국주의체제를 갖추었던 프로이센의 군인들이 선서할 때 쓰던 구호이다. 국가와 관련된 모든 최고의 가치가 부정의 대상이 되고 있다. 이들을 부정하기 위해 시인은 각각 1연씩 총 3연을 할애하고 있다. 이들은 백성이 무조건적으로 믿던 권위들이다.

백성이 파탄에 빠졌을 때 어려움을 호소하고 도와달라고 청원하는 대상은 무엇보다 “신”이다. 그러나 추위와 배고픔 속에서 떨며 기도를 올리고 또 올려도 “신”은 결국 아무런 답도 주지 않는다. 그것을 시인은 유사 낱말의 반복법을 사용하여 “er hat uns geäfft und gefoppt und genarrt”라고 표현해 놓고 있다. “geäfft und gefoppt und genarrt”는 모두 ‘놀리다’라는 뜻이지만 강조의 효과를 높이기 위해 “신은 우리를 조롱하고 우롱하고 희롱했다”로 번역했다. “wir haben vergebens gehofft und geharrt”를 “우리는 헛되이 기대하고 고대했다”로 번역한 것 역시 같은 이유이다. “신”은 존재하지 않는다는 것, 결국 백성이 속은 것이라는 것을 비슷한 어휘들로 강조하는 표현법이다.

그다음 저주의 대상은 “왕”이다. 그런데 그냥 백성 전체의 “왕”이 아니라 “부자들의 왕”이라고 규정되고 있다. 그 “왕”은 굶주린 백성을 도와주기는커녕 그들에게 남은 한 푼마저도 강탈하고 나중에는 개를 풀어 이들을 물라 하고 병사를 시켜 쏴 죽이라고 한다. “왕”은 절대 가난한 자들의 편이 아니며 가렴주구에 눈이 시뻘게져 있는 짐승에 불과하다. “왕”은 백성을 사랑하는 마음이 없다. 이것을 “den unser Elend nicht konnte erweichen”이라고 표현하여, 우리가 받는 고통을 보고도 꿈쩍도 하지 않는 “왕”이라고 정의한다. “erweichen”은 ‘마음을 약하게 하다’ 혹은 ‘부드럽게 하다’라는 뜻이다. 남의 고통을 보고도 눈썹 하나 꿈쩍도 않으니, 철면피 그 자체라는 말이다. 그러기는커녕 그 “왕”은 백성을 “개” 취급할 뿐이다.

이어 또 한 번의 “저주”가 나온다. 이번엔 “그릇된 조국”이 포화를 맞는다. 관계부사 “wo”가 세 번에 걸쳐 쓰이면서 “그릇된 조국”의 죄목이 조목조목 열거된다. “이 나라에는 치욕과 오욕만이 무성하고”, 자랑스럽고 명예로운 면은 전혀 없고, “꽃이란 꽃은 채 피어나기도 전에 꺾이며”, 즉 미래를 보고 살 수 있는 곳이 못 되며, “모든 것이 썩어 문드러져 구더기만 우글댄다.” 부패의 천국이니 돈이 없는 백성은 목숨을 연명하기도 힘들다. 그러므로 “수의를 짠다”는 의미는 명확해졌다. 시의 화자는 이런 존재들이 모두 사라지기를 열망하는 것이다. 이들을 죽이겠다는 말을 암시적으로 하면 “수의를 짠다”가 되는 것이다. 그런데 “조국”을 무턱대고 비난하는 것이 아니다. “그릇된” 조국이 문제가 된다. 이런 열망의 끝에는 조국의 현실이 더 나은 쪽으로 바뀌기를 바라는 시인의 마음이 담겨 있는 것이다. 그것을 강조하여 “우리는 짠다, 우리는 짠다”라는 후렴구가 붙는다. 정치체제가 잘못되어 이런 폐해가 생겼으므로 체제를 바꾸어야 한다고 주장하는 것이다.

마지막 연은 직조공들의 노래로써 힘차게 소망의 뜻을 마무리 짓는다. 직조공들이 함께 외쳐 부르는 합창으로 “북이 날고” “베틀”이 “삐걱대는” 소리는 마치 웅장한 교향곡의 클라이맥스처럼 들린다. 이들

케테 콜비츠, 「직조공들의 행진」(1897)

은 "늙은 독일"이 죽기를 바라며 "수의"를 짠다. 그러면서 "수의"에다 "세 겹의 저주"를 문양으로 짜 넣으며, 그것도 결국엔 썩어서 사라지기를 열망하는 것이다. 이들은 '새로운' 독일, '젊은 독일' 즉 '청년독일'을 원한다. 그래서 "짜고 또 짠다." 이들은 아직도 입에 풀칠을 하기 위해 베틀에 앉아 있다. 자신들의 일터를 떠나지 못한 채 저주의 말만 퍼부을 수밖에 없는 딱한 사정이 시의 첫 구절과 끝 구절에서 이들의 행동의 한계를 드러낸다. 이들 직조공들의 애환은 그 후 반세기가 지난 뒤 독일의 판화가 케테 콜비츠(1867-1945)에 의해 「직조공들의 반란」(1895-1898)이라는 시리즈로 재현된 바 있다.

이 시는 하이네 문학을 이해하는 기본적인 사료史料이다. 현재도 독일에서 많은 가수들이 그의 이 작품을 자신들의 목소리로 재생하고 있는 것을 보면 이 시가 슐레지엔 직조공들의 봉기가 있던 당대를 떠나 오늘 여기의 우리에게도 얼마나 호소력을 갖고 있는지 가늠해 볼 수 있다. 이런 면에서 보면 이 시는 하이네 개인을 떠난 시대적 자료요 나아가 한 시대를 떠난 인간 존재상황의 보편적 증거라고 할 수 있다.

하인리히 하이네 문학 전체를 놓고 판단해 볼 때, 그 자신의 말대로 "시인의 가슴에는" "큼직한 세계의 균열"이 나 있다. 미학적이며 감각적이고 관능적인 면과 과격하고 공격적이며 정치적인 면의 공존에서 오는 아픈 균열이다. 이것이 하이네의 삶과 문학의 추錘가 평생 움직였던 양쪽의 극단이었다.

비더마이어의 예술적 이상향: 뫼리케

1.

정치적 현실을 직접적으로 대면해야 하는 고통으로부터 등을 돌리고 자기만의 편안한 행복을 추구하는 자세를 우리는 '비더마이어적' 태도라고 부른다. 또한 쾌적하고 사적인 아늑함이 느껴질 때 우리는 이를 '비더마이어적'이라고 표현한다. 이때의 '비더마이어'는 하나의 양식적 개념이다. 정치현실의 현안으로부터 관심의 눈길을 뗀다는 면에서 이 표현 자체는 부정적인 성격을 내포한다. 그러므로 '비더마이어'라는 말 속에는 공동의 삶과 개인의 삶 사이의 갈등의 뜻이 담겨 있다. 이 말의 근원을 따져 보면 쉽게 이해가 된다. 이 낱말의 출생의 비밀 속에 앞서 말한 모든 요소가 들어 있다. 비더마이어의 독일어 표기는 'Biedermeier'이다. 이름만으로 봤을 때 'bieder'는 '충직한'이라는 뜻을, 그리고 'Meier'는 '집사'라는 뜻을 담고 있으니 합치면 '충직한 집사'가 된다. '비더마이어'는 실제 인물은 아니고 가상의 인물이다.

법률가이자 작가인 루트비히 아이히로트와 의사인 아돌프 쿠스마울은 충직하지만 소시민적인 성격의 '고틀리프 비더마이어'라는 가공의 인물을 만들어 놓고서 그의 이름을 빌려 1855년부터 뮌헨에서 발행된 전단잡지에 다양한 시를 발표했다. 가상의 인물을 만든 데는 이유가 있었다. 당시 유명세를 타고 있던 시골학교 교사 시인 자무엘 프리드리히 자우터(1766-1846)의 시를 흉내 내서 풍자적으로 시를 쓰기 위한 것이었다. '비더마이어'라는 이름은 원래 요제프 빅토르 폰 셰펠(1826-1886)이 1848년에 발표한 두 편의 시 제목을 합성하여 만든 것이다. 「비더만의 저녁의 여유」와 「부멜마이어의 비탄」이라는 시였는데, 앞의 시에서 "비더"를 뒤의 시에서 "마이어"를 가져왔다. 가상의 인물은 슈바벤 출신의 시골학교 교사로 시를 지으며 한 뙈기의 밭과 조그만 정원, 작은 서재 하나로 하루하루의 삶에 지극히 만족하며 사는 평범한 사람으로 설정되었다. 비더마이어의 이런 시들이 나오자 그의 소시민적 행복을 비웃고 비판하는 시들이 발표되기 시작했다. 비판적 음조가 강했던 이 개념은 1900년경부터는 가치중립적으로 가정적인 것을 지키며 사는 소시민의 문화를 나타내는 표현으로 사용되기에 이르렀다. 19세기 중반은 시대의 흐름이 강한 것, 힘차게 맞붙는 것을 요구할 때이니 다른 시대 같았으면 별일 없이 그냥 받아들였을 시인들의 전원적 태도가 유독 이런 반응을 낳은 것으로 보인다. 나중에 가서 이 개념은 건축과 예술의 시대 개념으로도 쓰였다. 단순하고 소박한 형태의 것은 이른바 '비더마이어적'이라는 개념으로 불렸다.

——— 요한 게오르크 슈라이너, 「에두아르트 뫼리케」(1824)

실제 1850년경 당시에는 정치적, 사회적 격변의 소용돌이 속에서 소시민적 행복을 지키며 정치현실에서 스스로를 멀리한 일군의 시인들이 있었다. 그중 대표적인 인물이 이른바 슈바벤파의 에두아르트 뫼리케(1804-1875)이다. 하이네가 냉철한 눈으로 현실을 관찰하며 독성이 강한 말을 날렸다면, 뫼리케는 순진성이 듬뿍 묻어나는 무해한 시인이었다.

2.

아름다운 너도밤나무

숲속 은밀한 곳에 나 한 작은 장소를 아네, 거기 너도밤나무
하나 서 있지, 그보다 아름다운 모습 그림에서도 못 본다네.
순수하고 매끄럽게, 올곧게 자라 나무는 혼자 우뚝 서 있네,
이웃나무 어느 하나 비단 같은 그의 장식을 건드리지 않네.
당당한 나무가 제 주위로 가지를 뻗어 빙 둘러 펼친 곳에
두 눈을 편안히 식혀 주는 잔디밭이 푸르게 에워싸고 있네.
나무줄기를 중심으로 나무는 사방으로 동일한 원을 그리네.
자연은 인위적 꾸밈없이 저 홀로 사랑스러운 원을 만들었네.
연약한 덤불들이 그 원을 먼저 에워싸고, 우람한 나무들은,
조밀하게 들어찬 수풀 속에서 푸른 하늘을 떠받들고 있지.
참나무가 울창하게 우거진 짙은 어둠 옆에서는 자작나무가
처녀 같은 머리를 수줍게 황금빛 빛살 속에 일렁이고 있네.
바위에 살짝 가린 채 오솔길 구불구불 꺾아지른 곳에
틈새가 보여 탁 트인 들판이 있음을 어림짐작게 해 주네.

— 얼마 전 여름이 새로운 모습을 보였을 때 나는 혼자서
오솔길을 따라왔다가 거기 덤불에서 길을 잃었다네,
그때 한 다정한 정령이, 엿듣는 숲의 신성이 나
놀라워하는 자를 처음으로 이곳으로 갑자기 이끌었네.
얼마나 황홀했던가! 대낮의 절정의 순간이었지,
만물은 잠잠했고, 나뭇잎들 사이의 새마저 침묵했네.
나는 화사한 양탄자에 발을 딛기가 좀 머뭇거려졌네,
양탄자는 성대하게 내 발을 맞아 주었고 나는 살짝 밟았네.
나무줄기에 기대어 (나무줄기는 널따란 아치를 높지 않게
이고 있었지) 그때 나는 눈을 들어 주위를 살펴보았네,
그곳엔 불꽃처럼 빛나는 태양이 그늘진 둥근 원을
마치 재듯이 둥글게 눈부신 테로 장식을 하고 있었네.
그러나 나는 선 채로 꼼짝하지 않았고, 나의 내면의 감각은
악마 같은 고요에, 깊이를 알 수 없는 정적에 귀 기울였네.
오, 고독이여, 너와 나는 이 햇살 가득한 마법의 띠에
에워싸인 채 나는 너를 느끼고 너만을 생각했네!

뫼리케가 1842년에 써서 1847년에 처음으로 발표한 시이다. 시의 분석을 위해 눈에 띄는 것은 시의 진행에서 벌어지는 시제의 변화이다. 시에서 보기 드물게 제15행 앞에는 줄표(—)가 있다. 14행까지는 자신이 좋아하는 장소가 있다는 소개이고, 15행부터는 어떻게 해서 그 장소를 발견하게 되었으며, 그것이 자신에게 어떤 특별한 체험을 가져다주었는지를 설명하고 있다. 전반부는 현재도 그 장소가 있으므로 그곳에 가면 만날 수 있다는 묘사이지만, 후반부는 시적 화자 자신만의 체험을

과거 형태로 회고하고 있다.

뫼리케의 언어는 조형성을 갖고 있다. 번역을 할 때도 조형성이 잘 드러나도록 주의를 해야 한다. 이 시는 숲에서 느낀 신비로운 체험을 구체적 사물 이미지를 빌려 묘사하고 있다. 구체적 사물의 묘사에서 감각적인 차원을 넘어서는 쪽으로 차근차근 이행하는 과정을 보는 것은 흥미롭다. 나무 밑의 은밀한 공간은 시적 화자만의 고독의 공간이 된다. 자연의 고적함 속에서 느끼는 신비로운 심정을 시인은 숲속의 한 그루 너도밤나무의 형상을 빌려 표현하고 있다. 가장 눈에 띄는 것은 "원"의 개념이다. 하나의 원을 중심으로 형성된 세계상의 한가운데에는 "신성"이 자리한다. 이 중심에서 인간은 신성과 마주친다.

살아가면서 자신이 좋아하는 특별한 장소를 갖는 것을 라틴어로 '로쿠스 아모에누스locus amoenus'라고 한다. 좋아하는 장소는 하나의 이상향과 같은 성격을 띤다. 숲속의 그 자리엔 "아름다운 너도밤나무" 한 그루가 "혼자" 서 있다. 전원시적 특성을 보여 시인이 좋아하는 장소는 한적한 숲속에 있다. 사회적 사건들로부터 멀리 동떨어진 곳이다. "너도밤나무"의 "줄기"를 중심으로 하여 그려진 하나의 원으로, 외부세계와 차단된 별도의 세계이다. 시적 화자는 그곳의 중심을 형성하고 있는 너도밤나무를 "아름다운 너도밤나무"로 부른다. "아름다운" 장소에는 무언가 특별한 것이 깃든다. 그러나 아름다움 속에는 "악마 같은 고요"가 내재되어 있다. 시적 화자는 이 "깊이를 알 수 없는 정적"에 귀를 기울인다. 그 순간 그는 이 세상과는 전혀 다른 별도의 세계를 체험하는 것이다. 시간이 정지된 듯하다. 정적이 감도는 숲속에서 신비롭고 야릇한 분위기에 젖어드는 것은 쉽게 체험할 수 있는 사항이다. 그러나 그 순간을 "내면의 감각"으로 포착하는 것은 시인의 몫이다. 이 시적 체험의 긴장된 순간을 뫼리케는 절묘하게 포착하여 시로 형상화하고 있다. 그러나 시적 화자는 사실 여름의 녹음 때문에 길을 잘못 들어 그곳으로 갔다. 잘못 길을 들었다는 것은 남다른 체험의 예비를 일컫는다. 그때 놀랍게도 그는 신비로운 장소를 발견한다. 그것을 시적 화자는 신비로운 힘, 또는 "신성"이 그리로 안내했다고 표현한다. 체험은 강렬하다. 신비로운 마법의 공간, 다른 공간으로 들어왔기 때문이다. 그 공간에 들어온 사람은 스스로 변하게 된다. 그 공간은 몇 겹의 원으로 에워싸여 있다. 너도밤나무의 줄기가 그리는 원, 태양이 그려 놓는 둥근 원, 너도밤나무를 둘러싸고 있는 둥근 잔디, 잔디를 둘러싸고 있는 우람한 나무들이 그리는 원 등. 원 속에 원이 들어 있는 하나의 사원 같은 분위기이다. 너도밤나무가 세계의 중심축이다. 바위로 가려진, 아래쪽으로 내려가는 오솔길로부터 좀 떨어진 원의 공간은 안전의 공간이고 위험성으로부터 벗어난 초월의 공간이다.

자연묘사가 단순한 자연묘사에 그치지 않는다. 초반에는 객관적 실체로서의 숲이 등장하지만, 이후 숲의 가운데에 서 있는 것은 시적 화자이며 그가 이 숲의 주인이 된다. 고독한 숲의 한가운데에서 갑자기 경험하는 신성, 이것은 신의 현현과 같다. 감각적인 현상이 초월적인 현상으로 넘어가는 순간이다. 보통 그리스어로 '카이로스Καιρός'라고 부르는 특별한 순간이다.

시적 화자는 내면의 감각을 통해 계시를 묘사한다. 계시의 순간 그것을 파악하기 위하여 시적 화자는 꼼짝할 수가 없다. 그 과정은 진리를 접하는 과정과 같다. 악마와 같은 정적과 고요 속에서. 이 작품은 번역해 들어갈수록 숲속 깊은 곳으로 점점 빨려들 듯 발을 들여놓는 것과 같다. 계시의 순간과 마주치는 순간은 번개가 뇌리를 치는 찰나처럼 느껴진다. 그렇기 때문에 악마적 순간과의 조우와 같다. 이 시는 번역의 심연 깊은 곳에서 아름다움을 마주하는 독특한 체험을 하게 해 준다. 아름다움이 섬뜩한 순간을 내포하기에 "악마 같은"이라는 표현이 나온다. 이 순간이 시인에게 시 한 편을 보장해 주는 것이다. "마법의 띠"에 "에워싸여" 나무줄기에 고독하게 기대어 있는 시적 화자는 순간 우주의 중심이 된다. 그것은 "너" 즉 "고독"으로부터 나온다. 시인이 숲의 은밀성 속으로 들어서는 순간 그 자신이 형상화하는 힘이 된다. 시 「어느 겨울날 아침, 해 뜨기 전」 역시 이런 시적 성취의 순간을 다루고 있다.

이 시의 운율은 전형적인 2행시Distichon 형태를 띠고 있어 헥사메터(6강격)와 펜타메터(5강격)가 한 쌍을 이룬다. 이 2행시 형태는 고대 그리스의 전원시에서 주로 사용되던 리듬이다. 전원에 파묻혀 외부세계와의 거리를 유지함으로써 이 시에서는 아무래도 전원시적 요소가 많이 발견된다. 이것이 바로 비더마이어적인 요소들이기도 하다. 자연풍경을 묘사하는 것 같으면서도 여기에 어떻게 시적인 것이 개입하여 한 편의 시가 완성되어 가는지를 살펴보는 것이 중요하다. 그것은 묘사와 해석으로 이루어진다. 초반은 자신이 좋아하는 장소에 대한 묘사이고, 중반 이후는 왜 그곳으로 가게 되었는지, 그 운명에 대한 시적 화자 나름의 해석이다. 묘사에서 해석으로 자연스레 넘어감으로써 시적 강제는 보이지 않으며 독자는 시에 빨려들게 된다. 이것이 뫼리케가 사용하는 시적 분위기의 연출법이다. 보통 낭만주의에서는 은유가, 사실주의에서는 환유가 많이 쓰였다고 이야기된다. 환유는 사물의 인접성을 근거로 하여 보편성을 구하는 시적 표현방식이다. 그리스어의 '메토니뮈아μετωνυμία' 즉 바꾸어 부르기, 혹은 이름 바꾸기에 어원을 둔 말이다. 이 시에서는 "아름다운 너도밤나무"가 그런 구실을 한다. 너도밤나무한 그루가 시인에겐 소중한 장소의 다른 이름이다. '로쿠스 아모에누스'에 대한 이름 바꾸어 부르기이다. 너도밤나무가 주종을 이루는 슈바벤 숲의 풍광이 고스란히 시 속에 담겨 있다. 고대 게르만 민족은 너도밤나무의 두꺼운 껍질을 벗겨 거기에 루네 문자로 기록을 남겼다. 너도밤나무는 게르만 민족에겐 자체의 문화가 쌓여 있는 것의 의미를 갖는다. 나무가 갖고 있는 우산과 같은 보호성이 나무를 환유의 대상으로 만들어 준다.

아무런 외적, 내적 영향이나 간섭 없이 생겨난 듯 소박하게 보이는 것이 뫼리케의 시적 특성이다. 그러면서도 '시적 변용poetische Verklärung'이 개입한다. 한마디로 산문적 사실주의와 시적 변용의 공존이라 할 수 있다. 자연묘사가 그 자체로 끝나지 않고 시적 화자의 주관이 개입하여 자연풍경을 이상화하는 것이다. 그렇기 때문에 뫼리케의 풍경은 풍경 그 자체를 초월하여 전원시적 초탈의 분위기를 띤다.

뫼리케는 1838년 6월 10일 친구 빌헬름 하르트라우프에게 보낸 편지에서 자신이 좋아하는 숲속의 은밀한 장소에 대해 이렇게 적고 있다.

> 그 장소는 긴 사각형 꼴일세. … 앞쪽 좁은 쪽으로 가면 둑처럼 조금 북돋아진, 이끼가 잔뜩 낀 언덕이 있고 그 언덕 위에 더없이 아름다운 너도밤나무가 서 있지. 그곳에 앉아서 나는 지빠귀가 노래하는 사이 몽상에 잠기곤 하네. 그리고 우리가 전에 함께 좋아했던 책을 꺼내지.

고독만을 친구로 삼는 시인의 자세는 시끄러운 외부세계와 절연한 비더마이어 작가들의 태도를 그대로 보여 준다. 여기에는 자신만의 이상향을 향한 염원이 함께 들어 있다.

3.

바일라의 노래

너 오르플리트, 나의 땅이여!

저 멀리서 반짝이는구나.

햇살 가득한 너의 바다 해안에선

안개가 피어 신들의 뺨이 젖는다.

태고의 물이 네 허리춤으로

회춘하여 오르는구나, 아이야!

네 신성 앞에 허리를 굽히는 것은

너의 문지기들인 왕들이다.

Gesang Weylas

Du bist Orplid, mein Land!

Das ferne leuchtet;

Vom Meere dampfet dein besonnter Strand

Den Nebel, so der Götter Wange feuchtet.

Uralte Wasser steigen

Verjüngt um deine Hüften, Kind!

Vor deiner Gottheit beugen

Sich Könige, die deine Wärter sind.

뫼리케가 이 시를 쓴 것은 1832년으로 추정된다. 발표한 것은 1838년의 일이다. 뫼리케의 문학에서 현실적인 부분과 몽상적인 부분이 어떻게 결합되는지를 잘 보여 주는 작품이다. 무엇보다 눈에 띄는 것은 "바일라"라는 존재와 "오르플리트"라는 현실에 없는 지명이다. 이것을 알기 위해서는 뫼리케의 특별한 체험에 대한 설명이 필요하다. 뫼리케의 삶 속에는 불행했던 사랑이 들어 있다. 집시 여인 마리아 마이어가 그 사랑의 대상이었다. 그녀와 뫼리케의 사랑은 지금까지 많은 뫼리케 연구자들의 특별한 조명을 받아 왔다. 환한 쪽에서 어두운 쪽을 바라보면 그곳이 더욱 신비롭게 보인다. 18살의 신학교 학생 뫼리케에게 나타난 경험 많은 집시 여인 마리아 마이어는 깊이를 알 수 없는 매혹의 화신으로 보였다. 괴테의 『빌헬름 마이스터의 수업시대』에 나오는 집시 여인 미뇽과 같은 존재였다. 그녀가 그의 삶에 긴 그림자를 드리워 죽을 때까지 근 50년 동안 총 다섯 편의 시로 그는 그녀를 기억했다. 이른바 '페레그리나' 시편들이다. 그녀는 뫼리케의 세계에서 '페레그리나'라는 이름으로 살아 있다. 그녀의 무엇 때문에 그는 그토록 그녀에게 매료되었던 것일까? 그녀 안에 심긴 운명적 아름다움과 경악스러울 만큼의 신비로움이 그를 한껏 휘어잡았기 때문이다. 짧지만 강력한 체험이었다. 그녀는 그에게 사랑을 통해 시인으로의 입문을 위한 시적인 첫 경험의 장을 마련해 준 것이다. 그것은 시인에게 극도의 위험을 안겨 주었다. 그는 그의 말대로 날씬하고 매혹적인 그 소녀로부터 스스로를 멀리함으로써 자신을 구했다.

체험을 문학으로 녹일 때 뫼리케의 특징은 신화화한다는 데 있다. 현실의 결핍을 채우기에 이보다 더 유리한 작업도 없을 것이다. 여기에 뫼리케 문학이 사실주의와 낭만주의 사이에 위치하고 있음이 드러난다. 그의 작품 속에는 신화적 먼 곳을 향한 동경이 자리한다. 젊은 시절 친구들과 만들어 냈던 이상적 공간들이 문학 속으로 고스란히 유입된 것이다. 그녀를 향한 그의 사랑 속에 독배가 들어 있음을 연작시 「페레그리나」는 알려 준다.

페레그리나

거울 같은 그 신실한 갈색 눈동자
거기엔 가슴속 황금이 비친다네,
거울은 가슴 깊이 황금을 들이마시고,
가슴엔 성스러운 고통의 황금이 무성해.
그 어두운 밤 같은 눈길에 빠지라고
철없는 아이여, 네가 나를 당기는구나.
담대하게 너와 내게 불길을 붙이라고
죄의 잔에 죽음을 담아 내미는구나!

이 시는 다섯 편의 페레그리나 시 중 첫 번째 시이다. 시인이 평생을 트라우마처럼 헤어 나오지 못한 사랑의 시작의 첫 기록물이다. 구원받을 수 없을 정도로 젊은 영혼을 뒤흔든 사랑이었다. 뫼리케는 그것을 "검은 사랑"이라고 표현했고 그녀를 "검은 숙녀"라고 불렀다. 사실 그녀는 대단한 여자도 아니었고, 오히려 평판이 안 좋은 편이었다. 그러나 자신의 생의 비밀을 그녀는 전략적으로 숨기고 있었다. 그가 그녀와 사귀던 중 그녀는 돌연 사라졌다. 그는 그녀가 죽었다고 생각했다. 그런 그녀가 어느 날 갑자기 다시 나타났을 때 그는 엄청난 충격을 느끼지 않을 수 없었다. 그것은 거의 인생의 위기로까지 치닫는 사건이었다. 그때 그는 문학을 향해 구원을 요청한다. 현실의 흠 많은 사랑을 신화적으로 이상화하여 문학 속에 위치시킴으로써 그의 사랑은 변용된다. 다섯 편의 페레그리나 시에는 고통스러운 사랑의 승화법이 담겨 있는 것이다. 이 시들을 그는 평생에 걸쳐 개작하고 다시 손을 보았다. 위의 시에서도 뫼리케가 겪었던 사랑의 고통은 모순된 표현의 중첩을 통해 드러나고 있다. 그것을 "성스러운 고통"이라는 말과 "황금"과 "밤"이 보여 준다. 이 사랑의 치명적인 성격은 마지막 행의 "죄의 잔에 죽음을 담아 내미는구나"라는 구절에서 확인된다. 그의 사랑 속에는 매혹과 죽음이 공존한다. 첫 행에서 "신실한 눈동자"를 말했지만, 그것은 일종의 바람일 뿐이다. 사랑의 비극적 결말이 시 속에 내포되어 있다. 오랜 세월을 두고 다시 개작하고 또 개작한 결과 시인의 사랑은 감정적인 과잉을 초월하여 객관적 거리감을 갖게 되었다. 이 시로써 뫼리케는 독일 서정시에 한 획을 긋는 사랑시를 쓰게 된 것이다.

여기서 다시 「바일라의 노래」로 돌아가자. 뫼리케의 문학이 움직이는 원칙은 페레그리나 시학에 근거한다. 그 원칙이란 현실의 조야함을 이상적 아름다움으로 변용하는 것이다. 오르플리트는 뫼리케가 만든 상상의 섬이다. 태평양의 뉴질랜드와 남아메리카 사이에 있는 것으로 상상했으며 그 땅의 수호여신은 바일라이다. 마리아 마이어와의 경험과 그로 인한 고통을 문학으로 승화하기 위해서는 현실적인 것을 버리고 꿈을 취해야 하는 과정이 필요했다. 그 사랑이 영원히 젊게 사는 섬의 이름이 오르플리트이고, 사랑을 지켜 주는 여신의 이름이 바일라이다. 시인은 현실의 갈등과 고통이 없는 땅으로 오르플리트를 정겹게 부르고 있다. "너 오르플리트, 나의 땅이여!"라고. 그 섬은 저 멀리서 반짝인다. 섬은 약속의 땅이다. 섬은 안개에 싸여 있다. 섬의 해안에서는 안개가 피어올라 신들의 뺨이 젖는다. 섬은 영원한 젊음을 구가하는 여신의 "아이"로 지칭된다. 태고의 물결이 섬으로 치솟아 섬을 젊게 해 준다. 인간은 영원한 삶을 꿈꾼다. 현실로부터 멀리 떨어져 반짝이는 섬 오르플리트는 시인의 이상향이다. 오르플리트는 문학적으로는 시인의 영감의 원천이다. 독일어 원어로 읽었을 때 그리고 가곡으로 들었을 때 오는 아름다움의 느낌은 사실 이 시를 알 수 없는 수수께끼로 만들어 놓는다. 그 신비로움은 구원과 영원한 아름다움을 간직한 섬이 전해 준다. 저 멀리서 반짝이는 "섬"은 한 편의 시와 같다. 이상을 추구하는 뫼리케의 마음이 이 한 편의 시 속에 배어 있다. 멀리 거리감을 조성하여 유해한 것을 무해한 것으로 만들어 놓음으로써 사랑의 고통도 아름다운 한 편의 시로 승화할 수 있는 것이다.

4.

생각하라, 그것을, 오 영혼이여!

전나무가 푸르다, 어디인지,
누가 알랴! 숲속에
장미넝쿨이 있다, 누가 말하랴,
어느 정원인지?
전나무와 장미는 이미 선택받았다,
생각하라, 그것을, 오 영혼이여,
그것들은 네 무덤 위에 뿌리박고

자라도록 선택받았음을.

두 마리 검은 망아지가
초원에서 풀을 뜯고 있다,
망아지들은 읍내로 돌아간다,
기분 좋아 껑충껑충 뛰며.
망아지들은 한 걸음 한 걸음
가리라, 너의 시체를 싣고.
아마도, 아마도
망아지들의 발굽의
멀리서 반짝이는
편자가 풀리기도 전에.

뫼리케가 1851년 9월에 쓴 이 시는 그의 대표적 단편「프라하 여행길의 모차르트」(1855)의 마지막을 장식하고 있는 작품이다. 죽음의 분위기가 팽배한 이 단편의 흐름과 어울리게 이 시는 "죽음을 기억하라[메멘토 모리]"를 테마로 삼은 문학적 전통에 속한다. 슈투트가르트에서 발간되는『프라우엔차이퉁』에 처음 발표되었을 때는 "무덤생각"이라는 제목을 달고 있었다.「프라하 여행길의 모차르트」는 우울증에 시달리던 시인 뫼리케가 프라하로 연주여행을 떠나는 모차르트에 자신의 심정을 불어넣은 작품이다. 모차르트는 작품에서 자신에게 다가오는 죽음을 예감하고 있다. 시집에 새로 실으면서 뫼리케는 이 시의 제목을 "생각하라, 그것을, 오 영혼이여!"로 바꾸었다. 뫼리케의 창작 특성에 맞게 직접적으로 죽음이라든가 무덤을 언급하지 않고 암시적으로 독자에게 호소하는 방향을 택한 것이다. 위 시에서는 민요조의 시 형태를 선호했던 시인에게서 시적 리듬이 드물게 나타나는 대신 순수하고 소박한 표현이 두드러진다. "전나무", "장미넝쿨"과 들판에서 풀을 뜯고 있는 두 마리의 "검은 망아지" 같은 표현은 프랑시스 잠(1868-1938)과 같은 전원 시인에게서 찾아볼 수 있는 소박함의 증거물들이다. 자연현상으로 쉽게 이해할 만하다. 그러나 뒤에 나오는 "무덤"과 "시체"는 이 구절에 대한 다른 해석을 요구한다. 푸르고 한가롭고 평화롭지만, 오히려 이 풍경은 치명적인 것을 위한 대비의 배경인 것이다. 행복한 순간 뒤엔 죽음이 따른다. 망아지는 경쾌하게 껑충껑충 뛰어가고 편자가 반짝이지만, 나중에 그들이 싣고 가는 것은 "너의 시체"일 것이다. 지금이야 즐겁고 행복하지만. 그러나 자연적인 표현 뒤에 죽음이 나옴으로써 소박한 표현은 상징성을 얻는다. 두 번째 연에 쓰인 미래형 조동사 "werden"과 부사 "아마도vielleicht"는 현재 당장 닥친 것은 아니지만 결국엔 그렇게 될 수밖에 없음을 알려 준다. 삶과 죽음은 허공에서 흔들리는 추와 같지만 결국엔 죽음 쪽으로 기울며 멈출 수밖에 없다. 삶과 죽음은 하나이며 결코 나눌 수가 없다. 아무리 나무가 푸르고 망아지가 즐겁게 집으로 돌아가도 삶 속에는 죽음이 있는 것이다. 죽음 앞에 겸손해질 수밖에 없다. 그것을 시인은 "생각하라, 그것을, 오 영혼이여!"라는 말로 스스로에게 각성시키는 것이다. 이 표현은 "죽음을 기억하라"는 라틴어 "메멘토 모리"의 변형이면서 "영혼"을 강조함으로써 현재 살아 있는 '나'를 주시하고 있음을 드러낸다. 현재의 "영혼"은 살아 있는 힘의 실체로서 모든 것을 관장하는 집중체이기 때문이다. 기독교에서 흔히 쓰는 말로서 "영혼"은 육체와 대비되는 것으로, 생각하는 존재로서의 인간을 특칭하는 것이다.

뫼리케의 시에서는 현실[자연]과 상상이 묘하게 섞이면서 풍요로운 인상과 해석이 발생한다. 뫼리케는 삶의 고통을 거리감을 가지고 내면화한다. 시인에겐 다른 이의 고통을 말하는 것이 자신의 고통을 정화, 승화하는 일이다. 외부의 고통은 내적으로 스스로를 돌아보는 계기가 되는 것이다. 사물을 해석하고 거기에 형식적 아름다움을 부여함으로써 뫼리케의 시 쓰기 작업은 완성된다.

5.

뫼리케가 독자들의 사랑을 받는 것은 다음 같은 시가 있기 때문이다.

그다!

봄은 푸른 리본을 다시
허공에 휘날리고,
코에 익은 달콤한 향기가
상서롭게 들판에 번진다.
제비꽃들은 벌써 꿈에 젖어
당장 세상에 나오려 한다.
— 들어보렴, 멀리 나직한 하프소리를!
봄, 그래 바로 너로구나!
나는 네 목소리를 들었다!

제목에서 "그"라고 지칭했던 대상이 시의 끝에 가서 "너"라고 불리며 심적으로 가까워진다. 제3자인 "그"로부터 바로 앞의 대상인 "너"로 가는 인식의 과정이 짧은 시 속에 담겨 있다. 제목의 "그"는 "너"가 된 "봄"이다. 봄이 "푸른 리본"을 단 소녀가 되고 대기에는 향긋한 향기가 번져 생동감이 형성된다. 제비꽃은 땅속에서 발을 꼼지락거리며 밖으로 나올 채비를 하고, 멀리서는 봄의 나직한 하프소리가 들려온다. 그때 화자는 확실하게 깨닫는다. "봄, 그래 바로 너로구나!" 간단한 사물관찰 뒤에 숨어 있는 휴머니즘적인 애정이 얼마나 깊은가. 쉽게 쓰고 깊게 공감시킬 수 있는 그의 솜씨가 있어 그의 시는 사랑을 받는다. 소박한 표현 속에 심연과 같은 의미가 고일 때 좋은 시가 탄생한다. 이 시를 경쾌하게 해석하여 후고 볼프(1860-1903)가 작곡한 노래를 들으면 짧은 시 속에서 오랜 겨울을 이겨 낸 높은 기쁨을 함께 누릴 수 있다. 이 가곡은 1분 남짓밖에 되지 않는다. 짧은 순간에 온 감각을 다 동원하여 다가오는 봄을 맞이하는 것이다.

제6부

——— 독일 보덴제 호숫가에 있는 메어스부르크성. 시인 드로스테 휠스호프가 40대 초반 이후 이곳에서 여생을 보냈다. ⓒ wikipedia

언어의 섬을 떠도는 시의 방랑자: 뤼케르트와 "세계문학"

1.

나는 이 세상에서 잊혔네

나는 이 세상에서 잊혔네,
숱한 시간을 허비했던 곳에서,
그토록 오래 내 소식 못 들었으니,
내가 죽었으리라 생각들 하겠지!

그만 것 아무려면 어떠나,
내가 죽었다고 생각하건 말건,
나 자신 뭐라 말할 수도 없네,
사실 나 세상으로부터 죽었으니!

나 세상의 소란에서 벗어났네,
이 한적한 곳에서 쉬고 있다네!
나의 하늘에서 혼자 살고 있네,
나의 사랑, 나의 노래 속에서!

소박하고 평범한 문장들로 이루어져 있지만 강한 매력을 가진 시이다. 구스타프 말러의 곡으로도 이미 그 매력은 입증되었다. 그 매력은 어디서 나오는 것일까? 아마도 사소한 감정까지 진솔하게 읊어 주는 시인의 자세에서 오는 게 아닐까. 당시 독자들은 과도한 감정의 분출로 점철된 낭만주의의 시들에 식상해 있던 터였다. 독자들은 프리드리히 뤼케르트(1788-1866)의 시에 열광했다. 시의 장식이 과연 어디까지 필요한 건지 이 시를 통해 생각해 볼 수 있다.

시의 화자는 자신의 존재가 세상에서 잊혔음을 "나"를 중심으로 맴도는 몇 가지 진술로 거듭 강조한다. 시의 화자는 완전히 세상을 등지고 하나의 고독한 섬처럼 살고 있다. 라이트모티프Leitmotiv로 줄곧 이어지는 것은 세상과 나 사이의 거리감의 강조이다. 한때 화자는 세상과 더불어 혹은 세상을 위해 혹은 세상 때문에 자신의 모든 것을 탕진했다. 세상은 그에게 많은 것을 원했고 그는 그에 응했었다. 그러나 그는 이제 은자가 되었다. 그는 스스로 세상을 등졌다. 그것은 궁극적으로 자신을 찾기 위함이다. 진정한 자아를 찾는 것은 "사랑"과 "노래" 속에서이다. 그곳이 그에겐 천국과 같다. 시간도 언어도 정지한 유토피아 속에서 그는 살고 있다. 시의 화자는 왜 이렇게 "나"를 찾으려 할까?

이 시를 뤼케르트는 1821년에 썼다. 그는 보통 후기 낭만주의자로 분류되지만 이 시에서는 비더마이어 시인으로서의 관점에서 시의 배경을 살펴볼 필요가 있다. 때는 나폴레옹전쟁으로 애국의 목소리가 드높던 독일에 이제 나폴레옹도 죽고 통일조국의 물결도 가라앉고 독일 내의 영주들이 검열과 억압을 강화하던 시기였다. 이 시기에 뤼케르트 개인적으로는 루이제 피셔와 결혼하고 그 후 몇 달 동안은 코란의 일부를 번역했다. 그는 1820년 말 코부르크로 거처를 옮겨 그곳에 하숙을 들었다가 그 집의 딸인 루이제 피셔를 알게 된다. 둘은 보는 순간 사랑에 빠졌고, 1821년 성탄절 다음 날에 결혼식을 올렸다. 그 사랑이 뤼케르트에겐 진정한 고향과 다름없었다. 그만큼 뤼케르트에겐 루이제 피셔와의 결혼이 모든 행복의 원천이었다. 그녀의 사랑이 평생 그를 행복으로 인도했다. "사랑"과 "노래"는 바로 그 결혼과 코란 번역을 암시한다. 결혼과 더불어 은자처럼 살던 시기였다. 뤼케르트에게 번역은 세상만사로부터 떨어진 그만의 조용한 영역을 의미했다.

——— 카를 바르트, 「프리드리히 뤼케르트」(1843)

이 시가 실려 있는 곳은 그의 대표적 시집인 『사랑의 봄』이다. 이 시집은 그의 진실한 사랑을 담고 있으며, 시에 고백되어 있는 내용들은 실제의 사랑에서 나온 것이다. 그 사랑은 그의 아내 루이제 피셔에게 바쳐진 것이다. 1858년에는 이 시집의 호화장정판이 나오기도 했다.

2.

언어의 천재로 일컬어지며 평생에 걸쳐 만 편 이상의 시를 쓴 다작의 시인 프리드리히 뤼케르트는 인생을 살면서 자신이 관심을 두었던 세 가지 영역을 이렇게 밝혔다.

> 내 가슴에 가장 사무치는 것은, 노래이기도 하고, 내 학문 분야, 그 무한한 영역이기도 하고, 사랑하는 고향의 때로는 상승하는, 때로는 하강하는 희망들이기도 하다.

여기서 "노래"는 직접 시를 짓는 것을 말하고, "학문 분야"는 그가 평생 종사했던 동방의 외국어들과의 대결을 뜻하는 것이며, "사랑하는 고향"은 그가 조국 독일을 향해 품었던 애정을 한마디로 표현한 것이다. 이것들은 뤼케르트의 마음의 벌판에 서 있던 세 그루의 나무들이다. 이 세 그루의 나무는 홀로 서 있는 것 같지만 뿌리를 맞대고 나뭇가지를 서로 부대낀다. 뤼케르트가 새로운 언어를 향해 그토록 많은 애정을 품었던 것은 그의 다음 말로 설명된다.

> 언어를 한 가지 더 익힐수록 그대는 그만큼 더
> 가슴에 여태 묶여 있던 정신을 해방하는 것이다.

낯선 언어를 익힘으로써 이렇게 한곳에 사슬로 묶여 있던 정신을 해방할 때 시인의 가슴은 더욱 넓어지고 많은 것을 담을 수 있는 그릇이 된다.

세계문학만이 세계의 화해를

의미한다는 것을 여러분이 깨닫기를.

이런 그의 생각은 괴테와 맞닿아 있다. 괴테 하면 떠오르는 단어 중 하나가 "세계문학"이다. 괴테가 후기에 들어서 쓴 이 말은 거의 그의 문학관의 중심처럼 여겨지게 되었다. 괴테는 그렇다면 왜 이 말을 썼을까? 그의 세계문학론은 번역과 밀접한 연관을 맺고 있다. 괴테는 직접 많은 번역을 했다. 그리스어, 이탈리아어, 프랑스어, 영어 등 당대의 유럽어로 된 작품들을 독일어로 옮겼으며 코란, 고전 아라비아 시문학, 에다 등도 그의 손길을 거쳤다. 프랑스의 고전주의 작품을 번역했으며 또한 『서동시집』에서는 페르시아의 문학을, 「중국과 독일의 계절시」에서는 중국의 시를 수용하였다. 이 경우엔 그는 영역본을 번역의 저본으로 삼았다. 낯설고 새로운 것에 대한 호기심은 괴테의 삶과 늘 함께했다. 괴테의 "세계문학" 개념은 정적이지 않고 동적인 동력을 그 안에 내포하고 있다. 모든 나라의 문학을 모아 놓은 것이 세계문학이 아니라 그 안으로 유입되는 '흐름의 과정'이 세계문학의 틀을 형성한다.

괴테는 외국문학을 받아들이는 일방통행 쪽에만 관심을 둔 것이 아니다. 그의 세계문학론 속에는 자신들의 작품이 외국어로 번역되어 나가기를 바라는 소망이 숨어 있다. 매일매일 밀물처럼 몰려오는 영국 문학, 프랑스 문학, 이탈리아 문학의 한사리 속에서 세계문학을 위해 독일 작가가 명예로운 역할을 해야 한다고 생각한 것이다. 자국의 문학이 이웃나라 문학에 비해 아직 후진 상태에 있다는 사실에 작가로서 괴테는 책임감을 느낀 듯하다. 그렇기 때문에 그의 세계문학 개념 속에는 한 민족국가로서 무언가를 해낼 수 있다는 민족적 자긍심이 함께하고 있는 것이다.

외국문학과의 상호 교류 속에 자국문학이 오히려 새로워지고 힘을 얻는다. 문학을 통해서 민족끼리 서로가 서로를 아는 것, 이 지점에도 괴테는 큰 비중을 두고 있다. 서로가 서로의 좋고 나쁜 점을 낱낱이 알아내는 데 문학이 큰 역할을 한다. 세계문학 속에서 서로 교류하는 가운데 서로를 교정해 가는 것이다. 다른 민족과의 거래에서 더 자유로운 관계를 형성하고 낯선 것을 자기 안에 받아들일 계기를 마련한다. 경계를 넘어서는 것에 "세계문학"의 기본 동인이 있다. 괴테는 문학이 서로 다른 장소, 서로 다른 때에 피어나도 인간의 보편적 성정을 반영한다고 본다. 하나의 완벽한 문학을 기다리며 괴테는 "세계문학"이라는 말을 한다. 진정한 문학을 위한 고민이 괴테의 "세계문학"이라는 상념을 만들어 낸 것으로 보인다. 진정한 문학은 민중에게도 귀족에게도 왕에게도 농부에게도 속하지 않는다. 진정한 인간만이 그러한 문학을 구가할 수 있다. 괴테는 바이마르 고전주의의 이상에 맞게 진선미가 구가되는 문학을 원한다. 이 문학은 시대의 흐름의 영향을 벗어난 초시간적인 것이다. "세계문학"의 개념 속에는 인간이 추구해야 할 가치라는 보편적 진리의 이상이 숨 쉬고 있는 것이다.

이러한 괴테의 세계문학과 동일한 사고를 뤼케르트는 예나 대학에서 1811년에 획득한 그의 박사학위논문에서 다음과 같은 테제로 뒷받침한다.

> 우리의 언어는 저 형태들 즉 이국의 낯선 어법들을 다 받아들여 세상에서 유일한 가장 보편적인 언어로, 그야말로 이상적인 언어로 형성되어 가야 한다.

뤼케르트는 괴테가 말한 것을 보다 깊은 근원에서 거듭 말하고 있다. 그것은 바로 언어 자체에 대한 그의 관심이다. 뤼케르트는 박사논문에서 독일어가 세계의 다른 언어를 번역하는 데 탁월한 능력을 가졌다는 가설을 내세웠다. 시집 『브라만의 지혜』의 한 시에서 그는 "나를 기쁘게 하고 황홀케 하는 것은 언어 그 자체이다"라고 말하면서 궁극적으로는 모국어에 대한 칭송으로 끝을 맺는다.

> 그러므로 네가 일컫는 가장 아름답고 가장 멋진 언어는
> 모국어이다. 네가 그것을 속속들이 가장 잘 알기 때문에.

뤼케르트는 수많은 외국어를 번역하면서 깃발이 나부끼는 종착역으로 늘 모국어인 독일어를 떠올렸던 것이다. 이것이 그의 문학에도 영향을 준다. 그가 실험한 수많은 외국 시형식과 표현법들이 그것을 말해준다. 그리스어, 라틴어, 슬라브어, 로망어, 페르시아어, 산스크리트어, 터키어, 아랍어를 비롯해 44개의 언어를 원본으로 읽고 번역한 그였다. 심지어 만년에는 하와이어까지도 익혔다.

뤼케르트는 코란을 번역하여 그 안의 시적인 향취가 넘치는 형상언어들을 독일어에 보여 주었다. 그 덕분에 독일어는 표현의 다양성을 얻게 되었다. 그는 코란을 "시와 문헌의 중간"으로 보았으며 코란 안에 들어 있는 압운과 모음 간의 화음까지도 독일어로 옮겨 보려 하였다. 그의 작업은 원본의 문체와 정신까지 느낄 수 있게 한 유일한 독일어판 번역이라는 평가를 받고 있다. 본디 코란은 성스러운 책으로서 이슬람 고유의 언어로 되어, 다시 말해 엄청나게 묵직한 언어형상으로 되어 있어 번역이 불가능하다고 여겨지던 터였다. 이런 번역이 가능했던 것은

——— 프리드리히 뤼케르트가 번역한 독일어판 코란 (사진 김재혁)

그가 가진 언어를 다루는 특별한 솜씨 덕분이었다. 그의 번역은 대상을 점점 더 생생하게 감각적으로 눈앞에 가까이 끌어오는 가운데 되살려 내는 것이었다. 얽히고설킨 이슬람의 역사와 다양한 어법의 변주 속에 숨어 있는 이야기를 독일어로 복원한 것은 그만의 천부적인 재능으로밖에 설명되지 않는다. 물론 거기에는 그만큼의 학문적 연구가 뒷받침되었다. 그는 페르시아와 아라비아 시문학을 호흡하여 독일의 영혼을 살찌웠다.

3.

뤼케르트는 실제 괴테의 "세계문학"의 꿈을 현실화하고자 그것을 마음속에 중심추로 삼았다. 그야말로 괴테가 말한 "세계문학"을 몸소 실천한 시인이다. 특히 동양어에 강했던 그는 이들 민족의 음향이 독일어에서 울리게 하였다. 그 감각과 창의적 재능은 사물을 언어로 명명하는 데에서 유감없이 발휘되었다. 그에겐 특유의 언어감각이 있어서 오히려 그의 세계는 사물보다는 언어로 이루어져 있다고 볼 수 있을 정도이다.

번역가는 다른 나라 땅에서 이미 오래전에 죽은 시인들을 이 땅에 되살려 놓는다. 그것을 뤼케르트는 이렇게 표현한다.

죽은 자들 중에서 살아나리라,

네 심장이 살려 내는 대로 그 많은
시인들, 모든 시대의 현자들이
일어나서 너를 일으켜 주리라…

그가 되살려 놓는 사람들은 아랍인, 페르시아인, 인도인, 그리스인뿐만이 아니다. 이들은 모두 그의 정신의 친구들이다. 특히 페르시아 시인 하피즈(1320경-1389경) 번역의 적격자는 그였다. 무엇보다 그의 공적은 하피즈의 시집 『디반』을 완역했다는 데 있다. 기존에 몇 종의 번역이 있었지만 그것들은 원문에 숨 쉬는 시적인 분위기를 제대로 살려 내지 못했다. 그의 하피즈 번역은 원문의 청아함과 형상언어를 그대로 따라가고 있다. 하피즈 시의 특징을 뤼케르트는 다음 시에서 명확하게 꿰뚫어 노래한다.

하피즈, 그는 초감각의 것을 말하는 듯해도
잘 보면 감각적인 것을 말한다.
혹은 그가 감각적인 것을 말하는 것 같아도
실제는 초감각의 것을 말하는 것일까?
그의 비밀은 초감각적이다,
그에겐 감각적인 것이 초감각의 것이니까.

하피즈는 감각적인 것을 말하는 것 같으면서도 거기에 정신의 내용을 실어서 기호화한다는 말이다. 반대로 초감각적인 것을 말하면서도 감각적 바탕을 잃지 않는다. 이 두 가지가 삼투하는 것이 본디 중세 전성기 이후 페르시아 서정시의 특징이었다. 감각을 잃지 않으면서 초감각을 향하는 것은 지상을 버리지 않고 초월의 세계를 꿈꾸는 것과 같다. 프리드리히 횔덜린의 시세계 역시 이와 비슷한 양상을 보인다. 지리적 고향과 강물을 보며 그리스의 초월적인 아름다움을 상상하는 면이 그렇다. 뤼케르트가 하피즈에게 반했다면 그것 역시 같은 이유일 것이다. 그의 딸 마리 뤼케르트의 전언대로 뤼케르트가 인생의 말미까지 하피즈를 손에서 놓지 않은 것 역시 같은 이유일 것이다. 그는 『시로 쓴 일기』(1862)에 이런 말을 남기고 있다.

노년의 문턱을 넘었을 때 주위를 돌아보며
나의 동반자들을 찾아보니, 아무도 없다…

사랑의 술잔을 들이켜니 하피즈가 걷는 것이 보인다,
그는 내 인생의 한 구간 나의 동반자였다…

뤼케르트는 이국의 시를 번역하면서 다시 나름대로 모사하는 방식으로 창작을 했다. 독일어로 말한다면 'Nachdichtung' 즉 모작에 가까운 번역이다. 이때의 모방은 주로 내용상으로 이루어진다. 그렇지만 그의 업적은 페르시아의 분위기와 시형까지도 독일에 도입하여 독일의 시문학을 풍요롭게 해 준 데 있다. 잘랄 알 딘 루미(1207-1273)의 시를 독일어로 옮긴 그의 번역을 보자.

잘랄 알 딘 루미의 시를 따라

죽음은 삶의 곤경을 끝내지만

삶은 죽음 앞에 두려워한다네.

삶은 검은 손만을 볼 뿐이라네,
손에 들린 밝은 술잔이 아니라.

심장은 사랑을 두려워하네,
마치 죽기라도 할 것처럼.

사랑이 깨어나는 순간,
나, 검은 독재자는 죽기 때문.

한밤중에 독재자를 죽여라,
아침놀에 너 자유롭게 숨 쉬게.

페르시아의 중세 신비주의자이자 시인인 잘랄 알 딘 루미의 글을 원본으로 하여 1819년에 뤼케르트가 새롭게 쓴 시이다. 보통은 루미의 시로 독일에 소개되어 있고 역자 이름에 프리드리히 뤼케르트가 나온다. 그러나 번역이라기보다는 새로운 개작에 가깝다. 페르시아적인 루미의 정신과 독일적인 뤼케르트의 정신이 혼합되어 생성된 작품이다. 둘이 섞이긴 했지만 엄연히 뤼케르트의 시이다. 뤼케르트의 장기는 얼핏 단순한 것 같은 언술 속에 고도의 메시지를 숨기는 데 있다. 단순해 보이는 압운은 그만의 비결이다. 그의 시가 많은 작곡가들에 의해 선호된 것은 이와 무관하지 않다. 슈베르트, 슈만, 뢰브 그리고 말러가 그의 시를 가지고 노래를 만들었다.

위 시에서 가장 눈에 띄는 것은 마지막 네 줄이다. 사랑과 죽음과 "나"를 이야기한 부분이다. 신비주의적 색채가 엿보인다. "나"라는 "독재자"를 죽이고 나서야 진정한 사랑을 위한 합일이 이루어진다. 그때 화자는 비로소 아침놀에 자유롭게 숨 쉴 수 있는 것이다.

4.

외국어에 대한 박학한 지식이 뤼케르트의 시 쓰기 작업에 한 통로를 열어 주었다. 그는 외국어와 독일어 사이의 발음상의 유사성을 가지고 언어유희를 시도하기도 했다. 시 「아마릴리스」가 바로 그 예이다. 독일 소네트의 역사에서 가장 훌륭한 걸작으로 평가받는 작품이다.

아마릴리스

아마라, 쓰려라, 네가 하는 행동은 쓰다,
네가 발을 움직일 때나 팔을 저을 때나,
네가 눈을 들 때나 눈을 떨어뜨릴 때나,
입술을 열 때나 입술을 닫을 때나, 쓰다.

네가 던지는 인사는 어느 하나나 쓰다,
네가 해 주지 않는 키스는 모두가 쓰다,
네가 하는 말, 네가 하는 생각은 쓰다,
네가 가진 것, 또 너라는 사람은 쓰다.

쓴맛 하나가 먼저 지나가고 나서,
두 개의 쓴맛이 네 양옆에 걸어가고,
이어 쓴맛 하나가 네 발자취를 쫓아간다.

오, 너는 쓴맛으로 에워싸여 있구나,
누가 생각이나 할까, 네가 아무리 써도
너의 깊은 속은 나에겐 달콤한 것을.

라틴어로 "아마라amara"는 쓰다는 뜻이다. 이 시는 "쓰다"를 주제로 한 한 편의 변주곡 같다. 아마릴리스라는 여성을 대상으로 쓴 소네트이다. 독일 시 사화집에 거의 빠지지 않고 실리는 시이다. 아마릴리스 꽃을 이야기하는 것 같지만 사실은 사랑하는 여인을 노래한 젊은 사랑의 시이다. 사랑은 예나 지금이나 쓰다. 쓰리다. 사랑은 쓰고도 달콤하다. 시의 화자는 쓰다는 말을 거듭 강조한다. "bitter"는 맛이 쓴 것도 되지만 고통스럽다는 뜻도 된다. 시의 화자는 아마릴리스와 사랑에 빠졌다. 풋풋한 사랑의 시절엔 사랑을 잘 모른다. 서툰 젊은이는 사랑의 쓴맛부터 볼 수밖에 없다. 아마도 짝사랑 때문이 아닐까. 시를 읽으며 "bitter", "bitter" 즉 "쓰다", "쓰다" 할 때마다 입에 정말로 쓴맛이 고이고 가슴이 아려 온다. 그녀가 하는 모든 말, 모든 생각, 모든 행동이 쓰다고 하니 그의 사랑의 대상이 아주 깐깐한 여인이 아닐까 생각해 본다. 쓴 것을 표현하는 방법도 다양하다. 세 번째 연에서 하나의 쓴맛이 지나가고 나면 행여 달콤한 맛이 올까 기다리나 이번엔 양수겸장으로 쓴맛을 대동하고 그녀는 유유히 나타난다. 결국 화자는 씁쓸하게 그녀가 가는 뒷모습만 바라볼 뿐이다. 쓰디쓴 그녀의 모습에 시의 화자는 잔뜩 주눅이

들어 있다. 그래도 마지막에 가서 반전이 있다. 그에겐 그럼에도 그녀가 달콤하기만 하다고.

이 시는 실제 시인이 젊은 시절 사랑에 빠졌던 여관집 주인 딸인 마리 고이스를 향해 쓴 것이다. 시에서 그녀의 애칭인 마릴리스를 아마릴리스로 살짝 바꾸었다. 아마릴리스로 바꾸는 순간 언어적인 상상력이 펼쳐지기 시작한다. 초두에서 말한 "아마라" 즉 "쓰다"로부터 그녀를 향한 불같은 열정의 소네트가 피어난 것이다. 그의 시 쓰기 방식이 언어적 상상력에서 온다는 것을 알 수 있다.

5.

뤼케르트는 번역가이자 시인으로서 대부분의 독자들의 머릿속에는 유연한 가락에 맞추어 많은 사랑의 노래를 쓴 시인으로 남아 있다. 그 전에는 나폴레옹에 대항한 해방전쟁(1813-1814)에서, 건강상의 이유로 스스로 직접 행동에 옮기지는 못했지만, 조국을 위해 싸울 것을 독려한 내용의 「갑옷을 입은 소네트」를 쓰기도 했다. 이 투쟁의 노래를 다듬어낸 솜씨를 보면 그에게 시적 재능이 애당초부터 충분했음을 알 수 있다. 프라이문트 라이마르라는 필명으로 1814년에 발표한 그 시들 중 한 편을 보자.

무엇을 버리나요, 대장장이여? "우린 사슬을 벼려요."
아이고, 그 사슬에 당신들 자신의 몸이 묶였구려!
왜 밭고랑을 가나요, 농부여? "밭에 열매가 맺도록."
아, 적에게 씨를 주고, 당신들은 사슬에 매이는군요.

뭘 끌고 가요, 사수여? "살찐 사슴에게 죽음을요."
사슴과 노루마냥 당신들 자신이 쫓기게 될 거요.
무엇을 뜨나요, 어부여? "물고기를 잡을 어망을 떠요."
누가 당신을 당신이 뜬 죽음의 어망에서 구해 줄까요?

뭘 어르나요, 잠 못 드는 어머니여? "아이를 얼러요."
아이고, 아이들이 자라서 적의 군인이 되어
조국에게 상처를 입히도록 하려는 거군요.

뭘 쓰나요, 당신 시인이여? "불타는 문자로 나는
나와 내 민족의 치욕을 기록하고 있어요,
이 백성은 자기 자유를 전혀 생각할 줄 몰라요."

이민족에게 억압을 당하고 자유를 빼앗기면 어떻게 되는지 시적인 운율을 맞추어 뤼케르트는 써 내려가고 있다. 소네트에 갑옷을 입혀 무장시키고 있는 내용이다. 이탈리아의 페트라르카를 비롯한 많은 시인들에 의해 사랑을 주로 노래했던 형식인 소네트가 투쟁의 시로 바뀌어 있다. 앞에서 말했던, 그의 관심 영역 세 가지 중 하나가 바로 "고향"이었고 그것은 고향을 지키려는 애국적 충정과 관련이 있다. 이 시 역시 그런 마음에서 나온 것이다. "불타는 문자" 같은 어휘는 무척 거칠어 보인다. 애국을 향한 격한 감정이 겉으로 그대로 솟아났기 때문이다.

6.

나는 뤼케르트를 더욱 잘 알아보기 위해 2015년에 안네마리 심멜이 쓴 『프리드리히 뤼케르트. 삶의 모습과 작품 이해』라는 책을 구해 읽어 보았다. 책을 넘기다가 가장 눈에 띄는 것은 예쁘장하게 생긴 두 아이의 모습이다. 하나는 사내아이고 하나는 여자아이이다. 그리고 그가 살던 주택의 잘 정돈된 책장과 거실이 보인다. 아주 깔끔한 집에서 행복하게 살던 이들 가족이 떠오른다. 그런데 이 두 아이가 1년 간격을 두고 병으로 죽는다. 두 아이를 잃은 아버지가 바로 프리드리히 뤼케르트이다. 그가 살던 거실은 환한 빛으로 죽음을 지우고 있다. 두 아이의 죽음은 그에겐 암흑의 시절의 시작이었다. 시의 뮤즈는 사라지고 말았다.

아이는 가 버렸고 더불어
나의 언어도 가져가 버렸다.

그렇지만 뮤즈는 살아 그는 계속 시를 지었다. 그의 상실의 감정을 가장 직접적으로 노래한 것은 연작시 「죽은 아이를 위한 노래」일 것이다. 그중의 한 편을 보자.

너는 낮에는 그림자요

너는 낮에는 그림자요,
밤에는 한 점의 빛이어라.
나의 비탄 속에 너는 살아 있고,
이 마음속에서 사라지지 않는다.

——— 카를 바르트, 「에른스트 뤼케르트(1829-1834)」

——— 카를 바르트, 「루이제 뤼케르트(1830-1833)」

내가 어디에 천막을 치든,
너는 내 곁에 와서 머문다.
너는 낮에는 그림자요,
밤에는 한 점의 빛이어라.

내가 어디서 너의 소식을 묻든,
너에 대한 전언을 듣는다.
나의 비탄 속에 너는 살아 있고,
이 마음속에서 사라지지 않는다.

너는 낮에는 그림자요,
밤에는 한 점의 빛이어라.
나의 비탄 속에 너는 살아 있고,

이 마음속에서 사라지지 않는다.

기도하는 어투로 쓰인 아주 소박한 시이다. 압운도 abab 형태의 교차운이 동일하게 반복된다. 고통에 겨운 화자의 마음이 다른 말을 더 이상 하지 못하게 만든다. 첫 연을 읽는 순간 화자에게서 사라지지 않는 고통이 있음을 알게 된다. "너"는 뤼케르트의 죽은 아이를 이른다. 그 아이가 낮에는 그림자로, 밤에는 빛으로 나타나 화자의 가슴에서 사라지지 않는다. "그림자"는 그에게서 떨어지지 않는다. 화자가 유목민이 되어 어디 가서 천막을 쳐도 아이는 그의 곁에 와 있다. 그러나 아이가 부정적인 유령으로 나타나는 것은 아니다. 아이는 사라지지 않는 존재일 뿐만 아니라 화자에게 더위를 피하게 해 주는 그늘이 되고 밤에는 한 점의 빛이 된다. 반복되는 구절을 읊조리며 화자는 점차 마음의 안정을 찾아 가는 것이다. 동일한 어구를 반복하여 노래함으로써 읽을 때 순환의 느낌이 생긴다. 이렇게 반복되는 운과 구절을 사용한 것은 뤼케르트가 익힌 페르시아의 가젤 형태에서 힘입은 것으로 보인다. 본디 페르시아의 가젤은 13세기의 루미와 14세기의 하피즈에 의해 사랑을 노래할 때 많이 쓰였는데, 뤼케르트는 이 형태를 고통을 사랑으로 바꾸는 데 사용하고 있다.

7.

뤼케르트는 인생의 말미에 가서 이런 글귀를 남겼다.

두 가지 거짓된 이상理想을 좇아

나는 평생을 헤매 돌아다녔다.
불필요한 동양적인 것이 하나요,
이제는 소용도 없는 시들이 다른 하나이다.

젊은 시절 꿈을 좇을 때의 자신과 노년의 언덕에 서 있는 자신의 모습을 비교하는 순간 스스로가 초라해 보이기 마련이다. 당시에는 중요하고 본질적이었던 것이 시간이 흐르면서 덧없는 것이 된 것처럼 보이는 것이다. 위 글의 문면으로 봐서 뤼케르트는 자신이 전공하고 교수로서 밥벌이했던 동양학에 대해서 그리고 시인으로서 좇았던 문학의 길에 대해서 끝에 가서는 후회하는 듯한 인상을 준다. 어느 것 하나 제대로 이룬 것이 없다고 한탄하는 듯하다. 그러나 그에겐 무엇보다 언어에 대한 혹은 언어 앞의 경건함이 있었다. 그리고 인간 안에 있는 선에 대한 믿음이 있었다. 인간사, 자연 속의 모든 비극 그리고 언어의 다양성에도 불구하고 신의 사랑이 계시한다는 믿음이 있었다. 비록 교훈적인 쪽으로 흐르긴 했어도 그에겐 동서양을 넘나들며 보편적 진리와 아름다움을 추구하고자 했던 선한 마음이 있었다. 또한 시인으로서 쓴 그의 시에는 톡 쏘는 맛은 없었어도 은근히 호소하는 순하고 정겨운 맛이 있었다. 비록 그의 시가 이젠 문학사에서 많이 잊혔지만 당대에는 독자들을 끌어당기는 힘을 가졌었고, 지금도 그의 이름을 알지 못한 채 많은 대중들이 그의 시를 읊조리는 것으로 보아 그의 시 안쪽에 뭔가 풀 수 없는 예술적 매력이 있음은 부인할 수 없는 사실이다. 그것은 아마도 그가 세계의 여러 언어들 사이로 방랑하며 얻어 온 음향과 아우라에서 연유하는 것이 아닌가 한다. 그의 시에는 멋진 화음 속에 깃들인 웅숭깊은 삶의 비전 같은 것이 있다.

자연관찰의 시학과 여성해방의식:
드로스테 휠스호프

1.

독일의 유명한 호반도시 콘스탄츠에 가면 보덴제 호숫가에 메어스부르크성이 있다. 이곳이 바로 독일 문학사상 19세기의 가장 위대한 여류작가로 손꼽히며, 문학사적 지위에 대해 이견이 없는 아네테 폰 드로스테 휠스호프(1797-1848)가 1840년부터 여생을 보낸 곳이다. 19세기에 귀족 출신의 여인들이 글을 쓴다면, 그것은 대개는 시간을 보내기 위한 심심풀이용이었고 어떤 직업적인 프로의식을 가지고 한 것은 아니었다. 그러나 베스트팔렌 출신의 여류작가 드로스테 휠스호프는 이런 부류의 작가들과는 달랐다. 그 시절의 다른 여성작가들과 달리 그녀는 남성시인들이 펴내는 사화집에 거의 빠짐없이 작품을 싣곤 했다.

그녀의 전기적 사실 중 시인으로서의 그녀의 문학에서 중요한 부분은 아무래도 버지니아 울프가 『자기만의 방』에서 말한 돈과 방의 안정된 확보일 것이다. 귀족으로 태어난 여성의 기득권이었다. 그녀는 베스트팔렌 지방 뮌스터의 가톨릭 귀족가문 출신이었다. 그녀의 어머니는 그녀의 시적 재질을 일찍이 인식하고 그녀가 가는 길을 뒷받침해 주었다. 그녀에게 뮤즈가 있었다면 그것은 레빈 쉬킹(1814-1883)이었다. 그와의 첫 만남은 그녀 나이 34살 때인 1831년 중반 뤼스하우스에서였다. 그러나 17살의 그를 향해 드로스테에게 무슨 감정이 일었던 것은 아니다. 그는 그녀의 친구이자 시인이었던 카타리나 부슈의 아들이었다. 1831년 11월에 카타리나는 세상을 떴다. 1838년에 드로스테와 그 사이 23살이 된 쉬킹은 다시 만나게 된다. 그것은 엄청난 문학적 산출을 향한 인연의 시작이었다. 그를 향한 그녀의 애정은 소리없는 활화산과 같은 것이었다. 그에 의해 영감을 받아 그녀의 『세속의 시』의 많은 시편이 탄생했다. 그는 1841년 10월부터 1842년까지 메어스부르크성의 사서로 일했다. 그녀는 그를 향한 연정을 서서히 익혀 갔다. 겉으로는 우정이나 모성애의 형태를 띠고 있었으나 안에서는 열정이 끓어올랐다. 그러나 당시는 젊은 연하의 남성과의 사랑을 관용해 줄 사회적 분위기가 아니었다. 그와의 실연의 슬픔을 간직한 채 그녀는 평생을 독신으로 살았다.

——— 언니 예니가 그려 준 드로스테 휠스호프의 초상(1820)

그녀의 삶에 큰 외적 사건들이 많았던 것은 아니다. 그러나 그녀의 내면에서는 천둥이 울리고 지진이 났다. 그리고 갈등과 싸움이 상존했다. 그녀는 넘치는 상상력을 바탕으로 자신을 옥죄는 현실로부터의 자유를 부르짖으며 살았다. 그녀의 인생목표는 작가로서의 자기실현이

—— J. 슈프리크, 「아네테 폰 드로스테 휠스호프」(1838)

었다. 드로스테 휠스호프에게서 은밀하게 전개된 내적인 갈등은 삶을 향한 열망의 또 다른 이름이었다.

초상화로 남아 있는 건장하고 힘찬 모습과 달리 그녀는 섬세하고 병약했으며 고독을 좋아했던 것으로 알려져 있다. 그녀는 늘 두통과 눈의 염증 그리고 위장장애로 고통을 받았다. 그녀는 시로써 시에 대한 고민을 특히 많이 한 시인이다. 관습적인 것을 거부하였으며 시적 유희를 즐기는 풍으로 시를 썼다. 오히려 한계를 넘어서는 것을 선호했다. 느낌이나 사유에 있어서도 그랬다. 그녀의 시는 종교적 치유의 시와 자연을 다룬 시로 크게 나눌 수 있다. 그녀의 자연시는 베스트팔렌 지방의 풍광을 담은 하나의 기록이라고 보아도 무방하다. 그녀의 자연풍경시에는 인상주의적 기법이 쓰이기도 했다. 그만큼 치밀한 묘사가 그녀의 시의 장점이다.

다른 여성시인들과 달리 그녀는 연애시나 자연풍경시에만 경도되지 않고 자신의 시론을 뒷받침하는 시를 썼다. 여성이라는 한계에 갇히지 않고 남성시인들과 대등한 시론적인 시들을 전개했으며 자세하게 자연을 연구하는 탐구자의 자세로 시를 썼다. 그녀의 시적 화자는 여성적이면서도 남성적인 역할을 동시에 수행한다. 그녀는 시적 사명을 의식한 시 쓰기를 강조하여 여류시인을 성녀로 생각했다. 세속화된 사원에 성스러움을 씌워 주는 사제 같은 존재이다. 어떤 대가를 바라지 않고 시

시인이 직접 그린 자신의 거실 겸 서재의 모습. 그녀의 가까운 친구였던 엘리제 뤼디거는 "그녀 스스로 그 방을 달팽이집이라고 불렀다"고 회상하고 있다.

자체만을 위해서 봉사하는 것이다. 성찰하고 사유하는 방식의 시에 그녀는 기대고 있다. 이것은 당시의 여류시인들은 전혀 건드리지 못하던 분야였다. 사회 쪽에도 눈길을 접으려 하지 않았다. 여성의 자기발전 과정을 드러내 보여 주려고 하며 여성의 역할로 굳어진 모든 관습적인 것에 대한 저항의식도 그녀가 글을 쓰는 작가로 발돋움하는 데 한 역할을 했다. 정체성을 찾는 데 있어 문학은 그녀의 큰 무기였다. 여성으로서 협소한 환경 속에서 정신적 해방을 위해 분투한 기록을 그녀의 작품에서 만날 수 있다.

2.

위에서 말한 그녀의 면모를 가장 잘 보여 주는 시로 「성탑에서」가 있다.

성탑에서

나는 성탑 높은 발코니에 서서,
소리치는 찌르레기들에 에워싸인 채,
바카스 신의 여사제처럼 흩날리는
머리칼을 폭풍이 헤집게 놔둔다.
오, 거친 사내여, 오, 미친 풋내기여,
나는 너를 힘껏 끌어안고 싶다,
난간에서 두 걸음 떨어져 힘줄을
돋워 가며 사생결단으로 싸우고 싶다!

저 아래 해안에는 날뛰는 맹견들처럼
활기차게 짖어대며 으르렁대며 파도가
요동치며 반짝이는 물보라를
튀기는 모습이 보인다.
오, 나 당장 저기로 뛰어들고 싶다,
날뛰는 저 사냥개 무리 속으로 뛰어들어
산호의 숲을 헤치며 내달려
즐거운 사냥감 해마를 몰아대고 싶다.

그리고 저편에는 삼각기가 휘날린다,
군기처럼 아주 용맹스레 휘날린다,
용골이 일렁대며 흔들리는 광경을
나의 까마득한 망루에서 바라본다.
오, 나는 전함에 타고 싶다.
배의 조정키를 움켜잡고서
파도치는 암초 위로 쉿 소리와 함께
한 마리 갈매기처럼 미끄러지고 싶다.

내가 드넓은 초원의 사냥꾼이라면,
군인 기질을 조금이라도 가졌으면,
적어도 내가 남자이기만 했어도,
하늘은 내게 한번 해 보라 했을 텐데.
나는 그저 얌전한 아이처럼
어여쁘게 앉아 있어야 할 뿐이다.
고작 남몰래 머리를 풀어서
바람결에 휘날리는 것이 전부다!

드로스테의 시는 당시 이른바 귀족 출신 여성들의 규방문학과는 완전히 품격이 다르다. 갇힌 굴레 속에서 읊는 사랑타령을 거부한 이 활달한 상상력과 표현력의 바탕에는 자유를 향한 열망이 숨 쉬고 있다. 시적 화자는 찌르레기들이 소리치며 날아다니는 높은 성탑 난간에 서서, 불어닥치는 폭풍을 맞아 일단 바람에 머리를 풀어 젖혀 자유를 찾아가려는 자세를 취한다. 드넓은 바다, 폭풍에 요동치는 파도, 흔들리는 배, 그 위를 날아가는 갈매기 등 이 광경이 역동적인 의인화 작업을 통해 시인의 내면을 반영한다. 시인의 내면은 광활한 것을 그린다. 그녀는 술에 취한 바커스의 여사제 같은 존재가 되어 거리낌 없는 세계 속으로 달려들고 싶다. 방향성이 뚜렷하다. 더욱 강렬하게 그녀의 소망은 맹견들, 사냥개들처럼 우짖고 날뛰는 파도 속으로 뛰어드는 열망으로까지 이어진다. 전함에 올라 남자다운 기백을 뽐내고 싶은 열망까지도 있다. 기존 낭만주의 시들과 확연히 다른 점은 세세한 관찰과 묘사를 통해 시에 생동감이 넘친다는 것이다. 소망을 표현하기 위해 접속법 2식을 사용하고 있다. 그러나 성탑 높은 난간 위에 서 있는 자의 이 강렬한 소망은 마지막 연에 이르러 현실의 벽에 부딪쳐 시인의 내면에 체념의 소리를 반사시킨다. 초원의 사냥꾼이라면, 군인이라면, 남자라면 어렵지 않게 자신의 소망을 이루었겠지만 여자인 그녀로서는 불가능하다. 그녀의 성적 한계는 여성으로서 당시 사회에 의해 요구된 여성의 당위적 자세와 연관된다. 마지막 연에 나오는 얌전한 아이가 이를 적시하며 첫 연에 나온 바커스의 여사제와 대비적으로 조응한다. 결국 그녀가 한 일이란 불어닥치는 폭풍 속에서 남몰래 머리를 풀어 젖힌 것뿐이다. 앞의 연들에서 보였던 웅대한 기상은 현실의 벽 앞에서 쪼그라들고 만다. 1842년에 발표된 이 시는 드로스테의 대표작으로 그녀가 삶에서 추구했던 기본적 성향을 잘 보여 준다. 아직 정식 여성해방운동이 태동하지 않았고 여자들에게는 실러의 「종의 노래」에서 찬양되었던 가정적 미덕들이 전부였던 시절 드로스테는 한 인간으로서 그리고 시인으로서 남자와 대등한 지위를 갖고자 하였다. 폭풍을 "미친 풋내기"로 부르며 그를 껴안고 싶다고 부르짖는 그녀에게서 우리는 연하의 남자를 사랑했던, 욕망을 속으로 감추어야 했던 여인을 만난다. 이 열망은 곳곳에서 터져 나오는 "오"라는 감탄사들에 의해 뒷받침된다. 그러나 성탑 높은 곳까지 올라갔던 그녀는 결국 아래로 내려와 비굴한 현실과 다시 접속해야 한다.

3.

드로스테는 자신의 시에 대해 자연경험을 바탕으로 주체적으로 사유한다. 낭만주의의 자연풍경시를 비판하는 음조가 시 전반에 걸쳐 있다. 그녀는 자연의 아름다움만을 묘사하려 하지 않는다. 낭만주의의 시처럼 막연하게 자연풍경을 그리는 것이 아니라 세세하게, 빠짐없이, 전대의 시에서 잘 쓰지 않던 사물들까지 포함하여 묘사한다. 자연 속에서 행복감을 느끼며 삶에 만족하는 전원시의 분위기와는 사뭇 다르다. 전원풍경을 즐기는 자세는 아니다. 오히려 자연탐구자의 태도에 가깝다. 시에서 타성적으로 쓰이던 메타포나 알레고리가 더 이상 쓰이지 않는다. 그것이 드로스테 시의 혁신일 것이다. 전통적, 관습적, 무비판적 사유방식에서 주체의 판단력을 기본으로 한 새로운 관찰과 성찰이 시에 들어오게 된 것이다. 여느 여류시인들처럼 뒤로 물러서지 않고 당당하게 앞으로 나서는 것이 그녀의 특징이다.

풀숲에서

풀숲에서 느끼는 달콤한 고요, 달콤한 황홀,
잡초향기는 주위로 번져,
깊은 물결, 깊이깊이 취한 물결들,

푸른 하늘에 구름이 흩어져 사라지면,

흔들리는 지친 머리 위로

달콤한 웃음소리가 나풀나풀 내려오면,

사랑스러운 목소리가 졸졸대며 떨어진다,

보리수 꽃잎이 무덤 위로 지듯이.

그러면 가슴속에서 죽은 사람들이,

시체들이 모두 몸을 펴며 움직이고,

살며시, 살며시 숨을 들이마시고,

감았던 속눈썹을 움직이기 시작하면,

죽은 사랑, 죽은 욕망, 죽은 시간,

폐허에 묻혀 있던 이 모든 보물들이

연약한 소리를 내며 서로 부딪친다,

바람결에 흔들리며 울리는 종들처럼.

시간이여, 너희는 사뭇 덧없구나,

흐느끼는 호수에 닿는 햇살의 입맞춤보다,

날아가는 철새가 저 높은 곳에서

내게 진주처럼 던져 주는 노래보다,

여름 오솔길을 서둘러 기어가는

투구풍뎅이의 은은한 반짝임보다,

마지막으로 머물다 떠나 버린

손길의 뜨거운 움켜쥠보다.

하지만, 하늘이여, 언제나 내게
이 한 가지만은 허락해 주오, 저 창공에
자유롭게 나는 새의 노래를 위하여
새와 함께 날아갈 영혼을 다오,
빈약한 빛살 어느 것에나 내가
오색찬란한 장식을 달게 해다오,
내게 따스한 손을 잡게 해다오,
행복을 위해 꿈을 펼치게 해다오.

드로스테는 독일의 문예사조 중 후기 낭만주의에 해당하는 시점에 시를 쓰기 시작했지만 위 시에서 낭만주의적 초월의 세계를 발견하기는 힘들다. 지극히 이승적인 것들과의 접촉으로 시는 시작된다. 시의 화자는 풀숲에 누워서 이승의 행복을 만끽하고 있다. 아주 감각적인 어휘들이 사용되고 있다. 화자는 풀숲에 누운 채로 긴장을 풀고 풀숲의 향기를 들이마시고 있다. 향기는 밀물이 되어 화자에게로 밀려든다. 한 순간이나마 일종의 자연과의 합일 같은 것을 화자는 느낀다. 이런 합일의 감정 속에서 시의 화자는 다른 차원의 세계에 있는 것 같다. 향기 때문에 거의 마취된 상태에 빠진 듯하다. 황홀감 속에서 세계는 몽롱하게 보인다. 화자는 자연의 아름다움 속에 흠뻑 빠져 있다.

그러나 여기서 중요한 것은 드로스테가 이런 심리 상태를 이끌어 내기 위하여 얼마나 정확하게 자연을 관찰하여 묘사하고 있는가 하는 것이다. 시인은 묘사에 그치는 것이 아니라 그것을 통해 시적 홍취를 조성하고 있다. 초반에 이 분위기를 표현하기 위해 시인은 툭툭 던지는 어투를 쓰고 있다. "달콤한 고요", "달콤한 황홀", "깊이깊이 취한 물결들"이 그것이다. 시의 리듬은 물결처럼 넘실댄다. 그런데 첫 연의 마지막에 가서 "무덤"이라는 말이 나와 이 행복한 순간에 흠집이 간다. 여기서 시적 화자의 자세를 더 정확히 따져 볼 필요가 있다. 화자는 누워서 하늘을 바라보고 있다. 푸른 하늘에는 구름이 떠 있다가 흩어져 사라진다. 그의 등 밑에서는 죽은 자들이 그에게 말을 건네고 있다. 화자는 자신을 고집하지 않고 완전히 자연 속에 스스로를 내맡겼기 때문에 죽은 자들과의 대화가 가능한 것이다. 죽은 이들과의 대화는 제2연에서 절정에 달한다. 죽은 이들과의 대화는 제3연에까지 이어진다. 이런 사유 방식은 처음에는 감각적인 체험으로부터 출발한다. 그러면서 사랑, 욕망, 시간의 덧없음을 다른 것들과 비교해서 제시한다. 이때의 비유가 이전의 다른 시인들에게서 찾아볼 수 없는 형태로 아름답게 구사된다. 호수에 닿는 햇살의 입맞춤, 하늘을 나는 새가 던져 주는 진주 같은 노랫소리, 투구풍뎅이의 반짝임, 잠시 머무는 손길의 뜨거운 움켜쥠 등 자연과 인간사에서 벌어지는 찰나적인 모든 것이 동원되고 있다. 왜 시인은 이런 비유를 동원하는 걸까?

그 해답은 마지막 연에 나와 있다. 시의 구조는 먼저, 지상의 자연 속에서 행복감을 느끼다, 문득 무덤으로 떨어지는 보리수 잎을 보고 거기서 죽은 자들과의 대화가 시작되며 삶이란 얼마나 무상한 것인가를 문득 깨닫는 것으로 넘어가는 식으로 되어 있다. 이런 연속적 사건 뒤에 바로 해답이 제시되는 것이다. 궁극적으로 시의 화자는 사람이 살아가는 영역으로 돌아와 하늘을 향해 요구한다. 화자는 시인으로 등장한다. 시인으로서 보이는 것에 보이지 않는 것까지 보완하여 지상의 삶이 일면적이지 않게 해 보겠다고 다짐한다. 새의 노래에 날개를 달고 싶고, 빈약한 빛살에는 오색찬란한 장식을 달고 싶어 한다. 따스한 손을 잡아 그것을 시에서 노래하여 영속화하고 행복한 꿈을 펼치고 싶어 한다. 작은 것, 짧은 순간들은 시인에게 더 큰 것, 더 영속적인 것을 위한 계기가 되는 것이다. 물론 시인은 이런 것들 속에서 이미 존재자의 입김을 느끼고 있다. 시 초반부에서 드러난 행복감이 그것을 말해 준다. 그래서 보잘것없는 빛만 있어도 거기서 나머지를 채워 행복감을 느끼겠다고 마지막에 가서 말한다. 모든 것의 출발점은 지상적인 것에 있다. 여기에는 이승에 대한 시인의 경건함도 개재되어 있다. 이승은 행복의 근원이자 더욱 완벽한 행복을 위한 출발점이다.

4.

연못

연못은 아침햇살을 받으며 고요히,
경건한 양심처럼 평안히 누워 있다.
서풍이 수면에 입을 맞추면
물가의 꽃은 느끼지 못한다.
잠자리들은 연못 위에서 떤다,
푸른 황금빛 작은 막대와 진홍색이다.
그리고 햇살 영롱한 물에서는
소금쟁이가 춤을 추고,
물가에는 붓꽃들 무리가 서서
갈대의 자장가에 귀 기울인다.
부드러운 바람이 왔다가 간다,

마치 외치는 것 같다, 평화, 평화, 평화!

조용, 연못이 자고 있어, 조용, 조용!
잠자리야, 날갯짓을 살며시 해라,
황금 거미줄이 울리지 않도록,
그리고 물가의 풀들아, 망을 잘 봐라,
조약돌 하나 떨어지지 않게 해라.
연못은 솜털 그림 위에서 잠들어 있고,
늙은 나무는 연못 위로 하나둘
천장의 낙엽들을 떨어뜨려 준다.
저 위 태양이 이글대는 꼭대기엔
새가 날개를 펴고 비행하고,
날래게 도망치는 물고기마냥
연못 그림자는 수면을 스친다.
조용, 조용! 연못이 움직였어,
떨어지는 잔가지가 연못을 쳤어.
홍방울새가 제 둥지로 옮기던 중.
자, 자! 펼쳐라, 나뭇가지야, 네 푸른 천을,
자, 자! 이제 연못은 잠에 곯아떨어졌다.

1844년에 시인은 연작시 「황야의 풍경」을 출간했는데, 위 시는 그곳에 실려 있다. 자연을 노래하는 시를 짓는 것은 감각으로 뚜렷하게 인지되는 하나의 그림을 만드는 일과 같다. 아침햇살 속에 누워 있는 한 연못의 모습이 묘사의 대상이다. 막연한 무대세트 같은 낭만주의적 자연묘사가 아니라 구체적 대상을 눈앞에 두고 그것들을 표현해 낸다. 연못가의 꽃, 다양한 색상의 잠자리들, 소금쟁이, 갈대, 붓꽃 등. 그뿐만 아니라 드로스테는 아주 정확하고 예민한 관찰력으로 거의 눈에 보이지 않는 자연의 현상까지도 섬세하게 묘사해 낸다. 살며시 부는 서풍, 바람에 살짝 흔들리는 갈대 같은 것을 전대의 낭만주의 시에서 보지 못하던 풍으로 그려 낸다. 이렇게 해서 금세 조형적인 자연풍경이 살아나는 것이다. 이 시 속의 풍경은 드로스테가 써 놓은 「베스트팔렌 풍경」의 다음 글과 아주 유사한 내용을 담고 있다.

> 이곳 버드나무 터에는 거의 모든 곳에 붓꽃들로 에워싸인 연못들이 있다. 붓꽃에는 수천의 작은 잠자리들이 마치 알록달록한 작은 막대기 모양으로 매달려 있다.

"푸른 황금빛 작은 막대와 진홍색" 모습의 잠자리, "햇살 영롱한 물", 소금쟁이, 붓꽃, 갈대, 바람 등이 하나의 조화로운 정경을 보여 준다.

무엇보다 눈에 띄는 것은 두 번째 행의 "경건한 양심처럼 평안히 누워 있다"라는 구절이다. 자연을 묘사하는 것 같으면서도 이 시가 그것을 초월한 무엇과 맥락이 닿아 있음을 알려 주는 대목이다. 그것은 시인이 아침햇살 아래 고요히 놓여 있는 연못에서 마음의 평화를 읽는 것이다. 자연을 바라보는 시인의 시각이 영혼으로 전이된 것이다. 무엇에 의해서도 방해받지 않고 평화롭게 누워 있는 연못은 천국 같은 분위기를 풍긴다. 위협적인 것은 없다. 모든 사물들이 하나같이 평화를 외치고, 거기에 따라 시의 화자 역시 마음속 평화로움을 느낀다. 세상이 이 같은 평화의 상태를 유지하기를 그는 바란다. 물론 그것이 지속되기는 힘들지만.

연못은 아주 편안한 자세로 쉬고 있다. 그러면서 기나린다. 새롭게 시작되는 삶을 향한 기대감이 시 속에 배어 있다. 자연의 외관 속에 신의 뜻이 숨 쉬고 있으며 거기에는 천국의 흔적도 남아 있다는 것이 이 시가 전해 주는 메시지이다.

5.

드로스테의 시에는 시를 이해하지 못하는 독자들을 나무라는 내용이 자주 눈에 띈다. 「시인—시인의 행복」(1844)이 그런 예이다. 예술의 고귀함을 표현하기 위해 보석이나 진주 같은 말을 쓰고, 독자들의 천박함을 표현하기 위해 속담에서 가져온 "진주를 돼지들에게 던져 준다"라는 말을 쓰고 있다. 돼지들이 진주가 뭔지 뭘 알겠는가? 시인은 사회에서 자신의 역할을 숙고하는 가운데 독자들에게도 눈길을 돌리는 것이다. 사회와 시인은 대척되는 지점에 서 있다. 그래도 시문학은 다른 이들을 위한 유용한 재산이 되는 데 그 주된 의미가 있다. 비록 대척되는 관계에 있다 해도 시는 이 속된 사회와 속물들을 위해 봉사해야 하는 것이다.

「시」에서 그녀는 말한다. "그리고 시는 자수정과 같아,/자수정의 제비꽃 같은 푸른 옷은/멍청한 잿빛으로 변해 버리지,/불충한 손에 닿는 순간 말이야." 시는 불충실한 손에 닿으면 빛을 잃는 보석과 같다. 자기를 알아주는 사람에게서만 빛난다. 오염된 영혼은 시를 쇠락하게 한다. 시를 위해 독이 되는 것은 독자들의 무책임한 태도이다. 시는 신성하고 도덕적이며 건강하다. 이것이 드로스테가 보는 시이다. 드로스테는 시의 속성을 말하기 위해 터키석, 자수정, 진주의 속성을 이야기한다. 이것이 그녀의 물리학적 시학이다. 자연 연구자답게 그녀는 자연을 자세하고도 정확하게 묘사한다. 그러면서 대상을 도덕적이면서 윤리적으로 해석한다. 자연을 말하는 가운데 시에 대한 생각이 저절로 전개되게 한다.

제7부

스페인 론다에 있는 누에보 다리. 릴케는 1912년 12월부터 1913년 2월까지 이곳에 머무르면서 『두이노의 비가』의 「제6비가」를 완성했다. 그곳 풍경의 믿을 수 없는 장관에 대해서 여러 편지에서 극찬한 바 있다. 스페인 체험이 비가의 탄생을 위해 중요한 역할을 했다. (사진 김재혁)

고통의 시학: 릴케

1.

벌써 근 20년은 되었다. 1997년에 나는 독일의 유명한 전기작가 볼프강 레프만이 쓴 『릴케』 전기를 우리말로 번역해서 『릴케. 영혼의 모험가』라는 제목으로 출간한 적이 있다. 일본의 릴케학회에서 『릴케 전집』을 발간하면서 포함시켰을 만큼 평판이 좋은 책이었다. 번역본 한 권을 나의 이종사촌형인 신경림 시인에게 보냈다. 그리고 얼마 뒤에 형님을 만났다. 만나자마자 형님이 말했다. "재혁아, 그 책 잘 읽었다. 그런데 릴케 쪼다더라!" 순간 릴케 연구자로서 좀 흠칫하면서도 너무나 적확한 표현에 나도 모르게 웃음을 터뜨렸다. 릴케가 손을 씻는 모습은 어떠했는지, 걸음걸이는 어떠했는지, 부인과 비교해서 덩치와 키는 어떠했는지까지 자세히 기록한 책이라서 그 책에서 "쪼다"로서의 릴케를 발견하는 것도 어려운 일은 아니었다. 생활면에서 보면 릴케는 영락없는 "쪼다"였다. 광적으로 기독교에 흠뻑 빠져 있던 릴케의 어머니가 릴케를 세상에 낳고서 마리아가 예수를 낳은 하루의 시점과 동일하다고

군사유년학교 시절의 릴케

하여 '마리아의 은총'으로 여겨 붙인 세례명 '마리아'는 그에게 많은 부정적 체험을 선사했다. 더욱이 릴케가 세상에 나오기 전에 죽은 어린 누나 대용으로 어릴 적에 여자아이 옷을 입고 자란 릴케는 스스로의 정체성에 늘 혼돈을 느꼈다. 하사관에서 장교로 입신출세하려다가 좌절된 아버지의 꿈을 대신하여 군사유년학교에 보내진 그는 어머니가 싸 준 레이스 달린 속옷 때문에 동료들로부터 많은 놀림을 받았다. 옆자리 동료에게 왼쪽 뺨을 맞자 오른쪽 뺨마저 때려라, 했다가 흠씬 두들겨 맞은 릴케였다. 몸이 약해서 군사학교를 5년 만에 그만두었지만, 그곳에 다닐 동안은 자주 결석을 했음에도 성적은 우수한 편이었다. 그러나 일상생활에서의 어설픔은 계속 이어졌다. 군사학교 생활을 못 견뎌 했던 그였지만 그곳에서 자퇴하여 고향 프라하에 돌아와서는 줄곧 군사학교 유니폼을 입고 카페를 전전하기도 했다. 제1차 세계대전의 발발로 1916년 초에 빈에 징집당했을 땐 입대 판정을 하던 하사관으로부터 '마리아'라는 이름 때문에 놀림을 받기도 했다. 릴케의 외형적 삶은 그야말로 "쪼다"라는 말에 어울리게 허술하고 속이 들어차지 못했다. 그렇기 때문에 시인으로서 그에겐 진정한 자아, 즉 '나'를 찾는 일이 중요한 과제가 되었다. 릴케는 독일 시문학사에서 처음으로 '나'를 탐구대상으로 하여 시를 쓴 시인으로 평가된다.

2.

릴케는 어느덧 거의 '우리의' 시인이 되었다. 그의 시 「가을날」은 이제 우리의 가을풍경 속을 그냥 지나치는 법이 없다. 릴케는 우리와 함께 가을벌판을 걷고 있다. 너른 벌판에 내리는 햇살과 그 속에서 빛나는 황금의 들판은 시인의 입에서 "주여"라는 낱말이 저절로 튀어나오게 한다. 그 한 마디의 낱말이 그의 가슴속에 숨겨져 있던 고백들을 고구마 줄기처럼 끌어낸다.

주여, 때가 왔습니다. 지난여름은 참으로 위대했습니다,
당신의 그림자를 해시계 위에 얹으시고
들녘엔 바람을 풀어놓아 주소서.

마지막 과일들이 무르익도록 명해 주소서,
이틀만 더 남국의 날을 베푸시어
과일들의 완성을 재촉하시고, 진한 포도주에는
마지막 단맛이 깃들게 하소서.

지금 집이 없는 사람은 더 이상 집을 짓지 않습니다.
지금 혼자인 사람은 그렇게 오래 남아
깨어서 책을 읽고, 긴 편지를 쓸 것이며
낙엽이 휻날리는 날에는 가로수들 사이로
이리저리 불안스레 헤맬 것입니다.

시인은 여름의 완성에 이어 가을을 "진한 포도주"에 깃드는 단맛으

빈센트 반 고흐가 「론강의 별이 빛나는 밤」을 그린 프랑스 남부 아를 지방의 론강 풍경. 이곳에서 남국의 바람과 햇살을 느낄 수 있다. (사진 김재혁)

로 완성케 해 주기를 신에게 기도한다. 여름의 완성은 "이틀만 더 남국의 날"이라는 표현 속에 들어 있다. 동유럽과 북유럽의 기후에 길들은 시인에게 남프랑스 같은 남국에 비치는 햇살은 그 의미가 각별하다. 하루만 그곳의 햇살 속에 있어 보아도 시인이 왜 "이틀만 더 남국의 날"을 원하는지 알 수 있다.

시인은 언어의 포도원을 가꾸는 주인이다. 시인은 외적으로는 가을의 풍요로움을 말하는 것 같지만 사실은 스스로에게 시인으로서의 사명을 다독거리는 중이다. 남국의 햇살을 받아 자신의 언어가 무르익기를 바라는 것이다. 1902년 9월 21일 프랑스 파리에서 쓴 이 시는 시 안쪽에 시인의 생활코드를 그대로 감추고 있다. 제1연과 제2연에서는 아름다운 계절의 초입에서 외치는 감사의 감탄과 소망이 주를 이루지만, 마지막 연에서는 시인으로서 개인적으로 해결해야 할 생활의 면면들이 자기도 모르게 튀어나온다. 집과 책 읽기, 편지 쓰기, 산책 등 평생토록

고흐, 「론강의 별이 빛나는 밤」

릴케에게서 떠나지 않았던 것들이다. 독일의 어느 평론가는 이 시가 독자들에게 호소하는 이유로 "집" 이야기를 들었다. "집"의 표상이 집 없이 떠도는 시인의 삶과 대조를 이루면서 아늑함과 자유의 이중감정을 연출한다는 것이다. 만약 이 "집" 이야기가 없이 초중반의 풍요로운 기도만 있었다면 이 시는 그만한 호소력을 갖지 못했을 것이다. 릴케는 스무 살에 고향 보헤미아를 떠나 그 이후로 열두 나라를 거쳐 100번이 넘게 거처를 옮겨 가며 줄곧 방랑의 삶을 살다 간 시인이다. 그에겐 고독과 방랑과 책 읽기와 편지 쓰기 그리고 산책이 삶의 모든 것이었다. 타향의 외딴 다락방에서 책을 읽고 편지를 쓰다가 파리의 오래된 플라타너스 가로수길 사이로 쓸쓸하게 방랑하는 가을날의 릴케의 모습을 어렵지 않게 상상할 수 있다. 이 시는 '가득 참'에서 '텅 빔'으로 변해 가는 시인 자신의 가슴에 펼쳐진 벌판을 그려 보인다. 계절의 풍요로움이 시인의 풍요로움을 보장해 주지는 않는다. 그는 그 스스로가 해결해야

엑상프로방스에 있는 세잔의 아틀리에 근처 거리에서 멀리 바라본 생 빅투아르 산. 릴케는 1909년에 이 엑상프로방스 고장을 찾았다. (사진 김재혁)

할 문제를 늘 가슴으로 느낀다. 이 시절 릴케는 조각가 로댕의 비서로 일하면서 "불안으로부터 사물을 만든다"고 말한다. "불안"은 시인에게 극복해야 할 대상이면서 또한 시적 재료이기도 하다. 시 「가을날」은 그 안에 시인의 불안을 품고 있다. 그것은 실존의 불안이며 또한 시인으로서 시 쓰기의 불안이다. "지금 집이 없는 사람은 더 이상 집을 짓지 않습니다"로 시작되는 마지막 연은 릴케가 객지 생활을 하면서 처했던 상황을 잘 보여 준다. 제1·2연의 '밝음'과 이 마지막 연의 '암울함' 사이의 극명한 대립은 릴케 자신의 마음속에서 벌어지던 파노라마의 한 면이기도 하다. 실존적 고통은 시인을 진정한 시인으로 만들어 준다. 고통이 시인에게 시를 쓰게 만들고 그것은 이른바 고통의 시학이 되는 것이다. 고통은 아름다움을 위한 대전제 조건이다.

3.

릴케를 기려서 만든 우표는 독일, 오스트리아 그리고 스위스에서 각각 발행되었다. 릴케가 독일어권 시인으로서 이 세 나라에 자신의 흔적을 깊이 남겼기 때문이다.

오른쪽의 우표는 릴케 탄생 125주년을 맞이하여 2000년에 독일에서 제작한 것이다. 공모를 통해 릴케의 문학과 관련하여 설득력을 확보한 이 우표가 당첨되었다. 릴케의 초상도 없이 하트 모양으로만 장식된 것이 특이하지만, 사실은 이 우표는 그만큼 릴케의 삶을 잘 드러내고 있다. 가운데에 옛 독일어 서체로 쓰인 "라이너 마리

아 릴케"라는 이름이 먼저 보이고 아래쪽에 출생년도(1875)와 사망년도(1926)가 적혀 있다. 그 이름 주위를 수많은 하트들이 에워싸고 있다. 그 하트 중 가장 뚜렷한 하트가 되는 인물은 릴케보다 14살 연상의 여인인 루 살로메이다. 러시아 장군의 딸로 당시에 여성으로서는 드물게 대학 교육까지 마친 그녀는 1897년 5월 12일 뮌헨에서의 첫 만남 이후 릴케의 삶에서 항성과 같은 역할을 한다. 정규 교육을 제대로 마치지 못한 릴케에게 많은 지적 자극을 주고 이탈리아 여행을 권유하기도 한다. 르네 마리아 릴케였던 릴케의 이름을 독일식인 '라이너' 마리아 릴케로 바꾸게 한 것도 그녀였다. 시인으로 성장하는 계기를 마련해 주었을 뿐 아니라 아름다운 이름을 선사하여 릴케가 시인으로서 더욱 유명하게 되는 외형까지도 갖게 해 준 것이다. '라이너 마리아 릴케'가 아닌, 이를테면 '압둘 핫산 릴케'였다면 어땠을까? 릴케는 루 살로메를 향한 사랑의 감정을 시로 표현하는 가운데 절실한 사랑의 시를 쓸 수 있었다. 「내 눈의 빛을 꺼 주소서」는 그 대표적인 작품이다.

또 다른 하트는 릴케의 부인 클라라 베스트호프에게 바쳐진 것이다. 북독 출신의 조각가로 파리에서 로댕 밑에서 조각을 공부한 여인이었다. 릴케가 그녀를 만난 것은 1900년 러시아 여행에서 돌아와 방문한 독일의 예술가촌 보릅스베데에서였다. 그녀와의 결혼 생활은 즐거운 것은 아니었다. 결혼을 하면서 "서로를 위해 고독의 파수꾼이 되어 주자"고 했던 사이였던 것은 예술가로서 각자의 삶을 잘 도모하자는 뜻으로 받아들일 수 있는 것이었지만, 릴케는 늘 자유를 꿈꾸었다. 그렇게 자유를 꿈꾸던 그는 제1차 대전이 한창이던 무렵에 여류화가 루 알베르 라사르를 만나 뮌헨 근교에서 동거에 들어간다. 릴케를 위한 또 하나의 하트이다. 그들의 동거는 아내 클라라의 분노를 일으켰고 루 살로메가 나서서 중재를 함으로써 릴케는 이혼은 면하게 된다. 사랑의 고통은 릴케로 하여금 "소유하지 않는 사랑"이라는 모토를 말하게 한다. 사랑에서 소유를 버림으로써 진정한 사랑을 위해 더 넓은 공간을 지향하는 것은 시인으로서 자기만의 자유의 공간을 확보하려는 것과 마찬가지이다. 이런 사랑의 체험은 릴케가 나중에 『두이노의 비가』에서 "위대한 사랑의 여인들"을 말하는 계기가 된다. 그 밖에 릴케와 한 번이라도 같은 테이블에 앉았던 여인들은 스스로를 릴케의 하나뿐인 애인으로 여겼으니 이들이 또 다른 하트들을 차지한다.

이 우표는 1976년에 오스트리아에서 시인의 사거 50주년을 맞이하여 발행한 우표이다. 릴케가 태어난 체코가 당시 오스트리아 제국에 속해 있었으므로 릴케의 국적은 오스트리아이다. 릴케는 어린 나이에 체코를 떠나왔다. 그가 스무 살이 못 되어 시를 쓰기 시작했을 무렵(20세기 초) 유럽에서 유행했던 예술사조는 유겐트슈틸이었다. 릴케의 왼쪽 어깨 너머로 보이는 나무의 모습은 바로 이 유겐트슈틸풍으로 그려져 있다. 본디 유겐트슈틸은 식물의 꽃과 잎에서 보이는 생동감을 곡선 형태로 양식화한 것이 특징이다. 젊은 시절의 릴케는 시에서 이런 소재를 직접 쓰기도 했는데, 실제 나무로 그의 초상의 배경을 장식한 것은 보잘것없던 프라하의 촌뜨기 시인이 초상에서처럼 원숙한 시인으로 성장했음을 상징하는 것으로 보인다. 거의 동년배였던 오스트리아의 천재 시인 호프만스탈이 릴케의 발전을 보고 깜짝 놀란 것을 보면 릴케의 문학이 어떤 길을 걸었는지 짐작할 수 있다.

이 우표는 릴케가 생의 만년을 보냈던 스위스에서 1979년에 발행한 릴케 우표이다. 만년의 대작『두이노의 비가』(1922)를 완성했던 저택 뮈조 성관이 그의 등 뒤에 서 있다. 릴케는 대작의 탄생을 비호해 준 이 중세의 돌집에 감사를 표한 바 있다. 시인이 평생 사랑하여 정원에 몸소 키우곤 했던, 그의 묘비에도 들어간 장미의 모습도 보인다. 오스트리아 우표에 있는 릴케의 모습보다 훨씬 더 근엄해 보인다.『두이노의 비가』와『오르페우스에게 바치는 소네트』를 완성시킨 시인의 내면의 모습이 겉으로 드러난 것 같다.

4.

릴케의 마음속에 늘 감돌던 낱말은 사랑과 죽음이다. 제1차 세계대전 중에 그에게 유명세를 가져다준 시적 산문의 제목은 "기수 크리스토프 릴케의 사랑과 죽음의 노래"이다. 릴케의 생애 전 작품을 통해서 보아도 사랑과 죽음은 늘 그의 가슴속에 들어 있었다. 사랑과 죽음을 그 가장 순수한 의미대로 복권시키는 것에 관심이 많았던 그는 사랑과 죽음의 개념과 그 본질을 관습에 의해 길들여진 대로 받아들이지 않는다.『두이노의 비가』 중 첫 번째 비가 안에는 릴케가 평생 품었던 기본적인 생각들이 응축되어 들어 있다.

내가 소리친들, 천사의 계열 중 대체 그 누가
내 목소리를 들어 줄까? 한 천사가 느닷없이

나를 가슴에 끌어안으면, 나보다 강한 그의
존재로 말미암아 나 스러지고 말 텐데. 아름다움이란
우리가 간신히 견디어 내는 무서움의 시작일 뿐이므로.
우리 이처럼 아름다움에 경탄하는 까닭은, 그것이 우리를
파멸시키는 것 따윈 아랑곳하지 않기 때문이다. 모든 천사는 무섭다.

1912년 1월, 이탈리아 트리에스테 해안 높은 바위 위에 솟아 있는 두이노성에 묵고 있던 릴케는 산책을 위해 햇살에 반짝이는 겨울바다를 바라보며 비탈길을 내려오던 중 하늘에서 들려오는 위 구절을 바람결에 듣고 그대로 받아 적었다고 한다. 이 작품은 그로부터 10년 뒤 스위스의 뮈조 성관에서 완성을 보게 된다.

비가의 첫머리와 끝머리를 지키고 있는 것은 천사이다. 초반에는 시인이 이 세상에 없는 천사를 향해 애잔한 하소연을 띄우지만, 비가의 끝에 가서는 천사가 기쁜 표정으로 시인의 솜씨와 사명감에 찬사를 보낸다. "아름다움이란 우리가 간신히 견디어 내는 무서움의 시작일 뿐이므로"라는 구절처럼 천사는 미적인 것의 총화이다. 기독교의 냄새가 점점 가시고 릴케만의 천사와 신이 모습을 드러내는 단계가 릴케가 시적으로 성숙해 가는 과정이다. 릴케의 작품에서 천사는 초기의 『기도시집』에서도 수두룩하게 등장한다. 그러나 이때의 천사들은 기독교 회화에서 보는 어린 천사나 가브리엘 같은 종교적 천사에 가깝다. 관습적인 것을 버리는 순간이 릴케만의 시적 성취의 순간이 된다. 실제 릴케는 자신의 천사가 유대교나 기독교의 천사와는 전혀 상관이 없는 그만의 존재임을 밝힌 바 있다. 1925년 11월 13일 자 폴란드의 번역자 비톨드 훌레비치에게 보낸 편지에서이다. 천사가 갖는 미지의 신화적 힘이

시적 암시력을 부여하여 독자는 『두이노의 비가』의 마법의 세계로 빠져 들어간다. 그것은 시인만의 응축된 시어의 힘에 의한 것이다. 이렇듯 로댕의 조각의 영향까지도 벗어나는 후기 대작의 세계에 들어서면서 릴케의 작품은 완전히 독자적인 단계에 이른다. 진정한 사랑을 노래하는 릴케의 어조는 기존의 연애시와는 사뭇 다르다.

꼭 하고 싶거든, 위대한 사랑의 여인들을 노래하라, 하지만
그들의 유명한 감정도 그리 오래 지속되지는 못하리.
네가 시기할 지경인 사람들, 그들이 너는 사랑에
만족한 이들보다 훨씬 더 사랑스러움을 알았으리라.
결코 다함이 없는 칭송을 언제나 새로이 시작하라,
생각하라, 영웅이란 영속하는 법, 몰락까지도 그에겐
존재하기 위한 구실이었음을, 그의 궁극적 탄생이었음을.
그러나 지친 자연은 사랑의 여인들을,
두 번 다시는 그 일을 할 기력이 없는 듯,
제 몸속으로 거두어들인다. 너는 가스파라 스탐파를
깊이 생각해 보았는가, 사랑하는 남자의 버림을 받은
한 처녀가 사랑에 빠진 그 여인의 드높은 모범에서
자기도 그처럼 되었으면 하는 바람을 느끼는 것을?
언젠가 이처럼 가장 오래된 고통들이 우리에게
열매로 맺지 않을까? 지금은 우리가 사랑하며
연인에게서 벗어나, 벗어남을 떨며 견딜 때가 아닌가?
발사의 순간에 온 힘을 모아 자신보다 더 큰 존재가 되기 위해
화살이 시위를 견디듯이. 머무름은 어디에도 없으니까.

일상의 사랑은 사랑의 파트너로 인하여 자유를 맛보지 못한다. 진정한 사랑이 아니라 소유로 제한을 받는 사랑이다. 사랑을 잃고도, 아니 사랑하는 사람으로부터 버림을 받고도 사랑의 대상을 향한 사랑의 감정을 오히려 강화하여 사랑의 대상을 넘어선 사랑을 구현하는 것을 '소유하지 않는 사랑'이라고 한다. 이것을 제대로 실현한 인물로 릴케는 16세기 이탈리아의 여류시인 가스파라 스탐파를 들고 있다. 보통의 사랑은 인간의 태생적 사고의 한계를 잠시 눈앞에서 가려 줄 뿐이다. 잠시 조화로운 세계 속에 사는 것 같을 뿐이다. 파트너의 존재는 오히려 열린 세계를 향한 눈길을 막는다. "생물"들은 오히려 "열린 세계"를 바라본다(「제8비가」). 차라리 천사처럼 완벽하게 정신적으로 순수하며 완전한 존재이든가, 아니면 일반 생물처럼 순수하게 육체적 존재이면 좋으련만 이 두 가지가 묘하게 뒤섞인 인간은 중간자로서 어디에도 제대로 속하지 않아 반쪽 존재일 뿐이다. 반쪽의 상황은 인간에게 결핍의 존재상황을 낳는다.

이제 그 어려서 죽은 자들이 너를 향해 소곤댄다.
네가 어디로 발을 옮기든, 로마와 나폴리의 교회에서
그들의 운명은 조용히 네게 말을 건네지 않았던가?
아니면 얼마 전의 산타 마리아 포르모자의 비문처럼
비문 하나가 네게 엄숙히 그것을 명하지 않았던가?
그들은 내게 무엇을 바라는가? 내 그들의 영혼의
순수한 움직임에 때때로 조금이라도 방해가 되는
옳지 못한 감정을 조용히 버려야 하리라.

일찍 죽은 자들, 즉 세상을 일찍 뜬 어린 소년들이라고 해서 그들에게 너무 일찍 죽었으니 값어치 없는 죽음을 죽었다고 말할 수 없다. 그것을 「제1비가」는 설파하고 있다. 시적 화자는 시인으로서 그들의 죽음을 헛되이 하지 않게 노래할 사명을 부여받는다. 소년들의 죽음 속에는 "이미 생 앞의 완전한 죽음"(마그다 폰 하팅베르크에게 보낸 1914년 2월 16일 자 편지)이 들어 있다. 살아 있는 자들이 맛보지 못한 달콤함을 앞서서 맛본 존재로 그리는 것이다. 이들은 비록 짧지만 삶의 과일을 깨물어 그 깊은 달콤함을 맛본 것이다. 산타 마리아 포르모자는 베네치아에 있는 교회 이름이다. 릴케는 1911년 4월 3일에 탁시스 후작 부인과 함께 그곳을 방문한 바 있다.

죽음을 삶과 화해시키는 것, 그것이 릴케의 의도이다. 죽음을 삶의 절반으로서, 아니 더 큰 부분으로서 받아들여 "온전한 세계"(훌레비치에게 쓴 1925년 11월 13일 자 편지)를 만드는 것이다. 기독교에서 저승으로 보낸 죽음을 다시 이승으로 받아들이는 것이 시인 릴케가 할 일이다. 삶과 죽음의 경계를 확실하게 그어 놓는 것에 대해 릴케는 반대한다. 사람들이 의식적으로 나쁜 것으로 여겨 쫓아 버린 삶의 요소들을 다시 구제하여 우리 것으로 만들려는 자세를 견지한다. 단순한 말의 차원이 아니라 인식의 변화를 요구하는 것이다. 존재의 완전성은 삶과 죽음을 하나로 보는 데서 창출된다. 1923년 1월 6일 자 그래핀 지초에게 보낸 편지에서처럼 죽음을 "달의 뒷면처럼 우리에게 늘 등을 지고 있는 쪽"으로 보는 것이다. 죽음은 삶의 절반이 아니라 삶과 함께 존재의 총체를 이룬다. 아니, 그렇게 해서 삶이 완전해지는 것이다. 근대적 인간이 의식적으로 갈라놓은 것을 합쳐 놓음으로써 인간은 본래의 삶대로 온전한 존재를 누릴 수 있다. 「제8비가」의 "열린 세계"를 바라보는 "생물"처럼. 삶의 절반이 아니라 오히려 죽음 자체를 삶과 합쳐서 삶의 온전한 전체를 이루는 것으로 볼 때 릴케의 지상주의적 사고가 완성된다. 그리고 릴케는 시인의 사명을 노래한다. 지상의 삶은 한 번뿐이다. 여기서 시적 변용의 중요성이 나온다.

> 대지여, 그대가 원하는 것은 이것이 아닌가? 우리의 마음에서
> 보이지 않게 다시 한번 살아나는 것. 언젠가 눈에 보이지
> 않게 되는, 그것이 그대의 꿈이 아니던가? 대지여! 보이지 않음이여!
> 변용이 아니라면, 무엇이 너의 절박한 사명이랴?

릴케는 암시하는 말투로 말한다. "대지"는 이 지상의 모든 사물을 대변하는 표현이다. 보이는, 즉 무상한 사물을 '보이지 않는 것'으로 정신화하는 것, 그것이 시적 변용의 사명이다. "보이지 않게"의 본격적인 의미는 원문에 제대로 드러나 있지 않다. 그러나 "세계는, 사랑하는 이여, 우리의 마음속 말고는 어디에도 없다"는 「제7비가」의 말에 비추어 보면 변용은 시인의 마음속에서 벌어지는 것임이 분명해진다. 감정적으로 체험할 수 있는 것으로서 그것들만이 시적 체험의 대상이 된다는 말이다. 시인의 감정을 통해 마음속에서 정화, 승화된 사물은 지속적인 존재를 누릴 수 있다.

시적 보편성은 소통 가능성과 직결된다. 이때의 소통은 언어적 소통을 넘어서 심미적 소통까지 포함한다. 이것을 위해서는 예술적 언어가 필요하다. 그것을 대변하는 말이 『두이노의 비가』에서는 "말하기"이다. "여기는 말할 수 있는 것을 위한 시간, 여기는 그것의 고향이다. 말하고 고백하라"(「제9비가」)고 시인은 읊조린다. 사물들은 천사의 눈길 앞

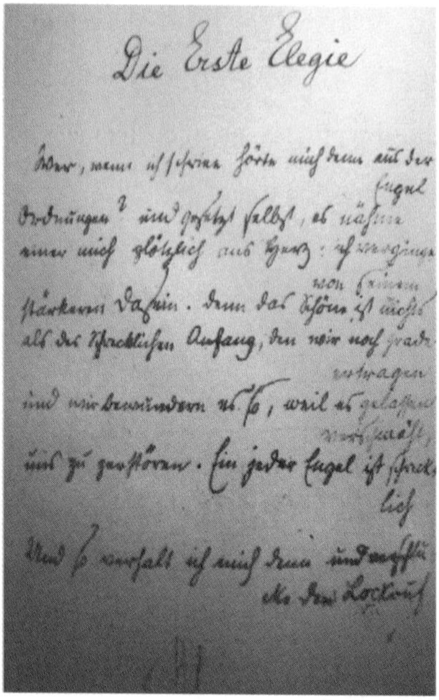

릴케가 정서하여 남긴 『두이노의 비가』의 「제1비가」

에서 구원을 받는다. 시인 자신의 눈길만으로는 불가능하다. 제3자의 보증하는 책임이 필요하다. 천사의 눈길은 삶과 죽음을 넘나드는 초월적인 것이다. 그렇기 때문에 지상의 무상한 사물들은 천사의 눈길 아래에서 구원을 받는다. 어떤 합리적 목적보다 오히려 상징적, 종교적 또는 예술적 가치를 지닌 사물들이 더 값지게 보인다. "집/다리, 우물, 성문, 항아리, 과일나무, 창문", 특히 "기둥"과 "탑"(「제9비가」) 같은 사물들은 세속과 초월의 세계를 이어 주는 중간자 역할을 한다. 나아가 천사는 인류 문명의 큰 업적들을 기억하는 집단적 기억의 상징이 된다. 시간을 초월하여 인간의 존재를 확증해 주는 천사 앞에서 시인의 불안은 극복의 길을 걷게 된다. 결국 천사를 이야기하던 비가는 시인 자신에게로 돌아온다. 천사는 인간으로서의 시인을 돌아보게 만드는 존재인 것이다. 이렇게 해서 릴케는 시인으로서의 자신도 구하고 인간으로서 불안 속에 빠진 자신의 존재도 구하는 것이다.

5.

고통에 가득 찬 인간의 내면을 우리는 세상을 뜨기 직전 자신의 신체적, 심정적 상태를 그린 릴케의 마지막 시에서 본다. 1926년 12월, 몸에 지니고 있던 수첩에 그는 이렇게 적었다.

오라, 너, 내가 알아보는 마지막 존재여,
육체의 조직 속에 깃든 고칠 수 없는 고통아.
정신의 열기로 타올랐듯이, 보라, 나는 타오른다.
네 속에서. 너 넘실거리는 불꽃을
받아들이기를 장작은 오랫동안 거부했다,
그러나 이제 나 너를 키우고, 나는 네 속에서 타오른다.
이승에서의 나의 부드러움은 너의 분노 속에서
여기 것이 아닌 지옥의 분노가 되리라.
아주 순수하게, 미래에 대한 아무런 계획 없이 자유로이
나는 고통의 그 어지러운 장작더미 위로 올라갔다,
속에 든 모든 것이 이미 침묵해 버린 이 심장을 위해
그토록 빤한 어떤 미래의 것도 사지 않기 위함이다.
저기 알아볼 수 없이 타고 있는 것이 아직도 나인가?
불꽃 속으로 추억을 끌어들이지는 않겠다.
오 삶, 삶이여, 저 바깥에 있음이여.

그리고 불꽃 속의 나여, 나를 알아보는 이 아무도 없구나.

릴케의 "고통"은 17세기 독일 바로크의 시인 그리피우스의 세계에서 그려진 것처럼 죽음으로써 극복되고 행복해질 수 있는 것이 아니다. 바로크시대의 고통의 시에서는 인간의 문제를 인간 스스로가 해결하지 않고 신에게 맡겨 두는 형태를 띠고 있다. 릴케는 고통 자체를 인정하고 그 안에서 고통을 감내하며 마음껏 타오르고자 한다. 고통을 고통으로 겪어 내려 하는 것이다. 행복을 보장해 준다는 기독교적 천국의 진통제를 맞으려 하지 않는다. 예전에 삶 속에서 마음으로 느꼈던 고통을 몸으로 직접 겪어 내겠다고 다짐한다. 여기에 바로 고통의 시학이 거주하는 것이다. 고통을 잊기 위해 행복한 저승과 쉽게 화해하지 않는 곳에 고통의 시학의 진정성이 자리한다. 현실의 고통을 그대로 받아들이는 것, 미래도 사지 않으며 추억마저도 끌어들이지 않고, 그저 고통과 마주하는 생명이고자 한다. 꺼져 가면서도 삶 속에 있다. 고통의 묵직함은 시인이 사용하는 수사학적 메타포들에 의해 절실하게 전달된다.

인간의 존재를 쉽게 형이상학적 초월세계로 이송하지 않는 것이 '릴케적'이다. '릴케적'이라는 것은 이승에 모든 것을 두고 저편을 그리워하지 않는 마음을 말한다. 이와 같은 그의 자세는 초기의 『기도시집』에서도 이미 확인된다.

저쪽 세상을 바라지도 넘보지도 않으며,
죽음을 피하려 하지 않는 마음,
이승에서 모습을 새로이 하지 않고

——— 릴케가 생애의 마지막 5년을 보낸, 스위스의 시에르 근교에 자리 잡은 13세기에 지어진 뮈조 성관. 한 쇼윈도에서 이 성관의 사진을 보고서 그곳에 살고 싶은 열망에 사로잡힌 릴케는 마침내 1921년에 이 뮈조 성관에 세를 들어 만년을 그곳에서 보내며 『두이노의 비가』를 완성하게 된다. 그의 후원자였던 베르너 라인하르트는 1922년 5월에 아예 이 성관을 구입하여 릴케에게 마음 놓고 쓰도록 해 주었다. (사진 H. Wyß)

순리에 따르려는 애틋한 마음만이 있습니다.

고통은 그 강도로 말미암아 오래 기억된다. 기억은 상처를 간직하는 그릇의 역할을 한다. 상처가 말을 한다. 고통을 느끼는 것은 육체뿐만 아니라 마음이다. 고통은 마음에 푸르게 새겨지는 문신과 같다. 시인의 경우도 그의 말투와 어조를 가로지르고 또 결정하는 것은 고통의 내용들이다. 기억 속 사건이 인지 과정을 통해 시적 언어로 재구성되는 것이다. 릴케는 생의 마지막을 위해 미리 자신의 묘비명을 죽기 1년 전에 써 놓고 지상의 모습을 영원히 보려는 듯 눈을 뜬 채로 의사의 품에 안겨 숨을 거둔다.

독일 뮌헨 근교에 있는 소도시 부르크하우젠. 위쪽 가운데의 중세에 지은 시 소유의 성탑에는 지금도 민간인들이 세를 들어 살고 있다. 릴케는 1916년 11월에 잘츠아흐강(사진 아래쪽)이 흐르는 이 도시의 중세 성탑에 살고 있던 여류작가 레기나 울만을 방문했다가 그 고풍스러운 분위기에 반해 그런 성탑에서 만년을 보내고 싶다고 탁시스 후작 부인에게 편지를 썼다. (사진 김재혁)

장미여, 오, 순수한 모순이여,

겹겹이 싸인 눈꺼풀들 속

익명의 잠이고 싶어라.

독일 문학 속으로 흐르는 신비주의

1.

독일 문학을 공부하다 보면 여러 가지를 느끼게 된다. 그중에서도 문학작품 곳곳에 나타나는 주된 관조 속의 폭발의 상반된 분위기가 늘 눈길을 끈다. 특히 문예사조 중에서 강렬하게 다가오는 질풍노도라든가 표현주의 같은 것은 그 뿌리가 어디에 있을까, 생각해 보게 된다. 사유보다는 도전과 행동을 앞세운 이런 사조들은 중세 기사문학 중 「니벨룽겐의 노래」를 떠오르게 한다. 두 여주인공의 질투가 낳은 희대의 처절한 복수극은 독일 민족의 내부에 잠재해 있는 여러 심리를 유추케 해준다. 북방 민족의 철저함과 영웅심리 같은 것이 그 일면이다. 괴테의 『파우스트』 또한 같은 맥락 속에 놓여 있다. 「니벨룽겐의 노래」에 담긴 많은 표현들은 우리식의 무협지를 떠올려 주면서도 행동의 영웅성과 철저함은 독일 민족 안에 내포된 심리적 폭발력을 인지케 해준다. 반면 독일 낭만주의에서는 무한함 속으로 침잠하는 자아를 만나게 된다. 독일 낭만주의가 가톨릭 중세에서, 특히 야콥 뵈메(1575-1624) 같은 신비주의자들에게서 자양분을 취하고 있음을 생각하면 독일 낭만주의에서 회자되는 자아의 신성神性이라는 말은 저절로 해명된다. 낭만주의 시인 노발리스는 이런 마법적 신비성의 대표이다. 낭만주의와 신비주의는 밑으로 흐르는 물줄기가 같다고 할 수 있다. 자아를 강조하여 거기서 모든 것을 찾으려 했던 낭만주의자나 신의 모든 것을 인간의 영혼에서 찾으려 했던 신비주의자나 돌렸던 눈길의 방향은 동일하다. 노발리스는 "모든 길은 내면으로 통한다"고 확언한다. 독일 정신사의 흐름에서 이처럼 신비주의는 빼놓을 수가 없는 성찰적 요소이다.

관조를 주된 흐름으로 삼는 독일 문학이 그러면서도 마치 눈 덮인 화산과 같은 존재처럼 느껴지는 배경이다. 독일 문학의 근본적 특징은 무엇일까? 이런 모순과 역설이 독일 문학의 특징이 아닐까 한다.

2.

우리는 보통 근대독일어를 확립하는 데 큰 공을 세운 사람으로 마르틴 루터(1483~1546)를 이야기한다. 루터는 성경을 히브리어, 그리스어, 라틴어에서 독일어로 옮겨 배움을 제대로 거치지 못한 일반 민중도 글을 익힐 수 있는 계기를 마련해 주었다. 저잣거리의 아낙네들이 쓰는 말이나 골목에서 노는 아이들의 말소리에도 귀를 기울여 독일어로 옮겼다는 그의 말은 상당히 감동적이다. 교회에서는 이제 목사들이 독일어로 된 성경을 가지고 설교를 했으며, 일반 신자들은 교회에 갈 때 독일어 성경을 가지고 갔다. 지금도 표준어만 아는 독일 사람이 슈바벤 지방이나 바이에른 지방에 가서 그곳 농부들이 쓰는 사투리를 들으면 전혀 알아듣지 못하지만, 과거 독일처럼 영주국으로 갈라져 있으면서 —이

독일 아이제나흐 바르트부르크성에 있는 마르틴 루터의 방. 이곳에서 그는 영주의 비호 아래 성경을 독일어로 번역했다. 책상과 무쇠난로가 그의 번역 동지였다. 이곳에서 그는 1521년 가을 성경 신약을 불과 11주 만에 독일어로 옮겼다. 그때 그가 원문으로 삼은 책은 에라스무스 폰 로테르담의 그리스어 신약이었다. 이 책과 함께 자신이 라틴어로 옮겼던 신약 판본과 불가타 판본도 이용했다. ⓒ wikipedia

것이 독일에서 분데스리가 축구가 각광을 받는 배경이기도 하다— 지방색이 강하던 나라에서는 표준어를 확립하기가 힘들었다. 하지만 요하네스 구텐베르크(1398경-1468)의 활판 인쇄술의 발명에 이은 루터의 성경 번역으로 전국의 많은 교회에서 동일한 독일어 성경을 쓰고 그 말을 익힌 아버지, 어머니들이 가정에서 아이들에게 말을 가르침으로써 표준어가 빠르게 정착되기에 이른 것이다.

그러나 이런 루터의 기반이 된 것은 무엇보다 중세의 수사 마이스터 에크하르트(1260경-1327)이다. 그는 독일 신비주의의 창시자로서 철학자 헤겔에 의해서는 사변의 영웅이자 신앙과 지식을 화해시킨 인물로 평가받았으며, 하이데거에게서는 "저술과 삶의 대가"라는 칭호를 받은 바 있다. 에크하르트가 종교적 행위를 하면서 끝까지 밀어붙인 것은 철저한 사유를 위한 맑은 정신 상태의 유지였다. 거의 실존의 범주 안에 드는 그의 이러한 사유방식은 훗날 사회심리학자인 에리히 프롬과 분석심리학자인 칼 융에게서도 발견된다. 심혼의 가난을 바탕으로 한 그의 사상은 중세 후기의 철학과 신학에도 영향을 끼쳤다. 그의 사유방식이 기독교라는 한계를 넘어 학문 일반에까지 영향을 끼쳤음을 보여 주는 사실이다. 릴케뿐만 아니라 헤세도 그의 영향에 대해 직접적으로 고백하고 있다. 헤세는 에크하르트의 설교집을 당연히 자신의 개인적 장서목록에 포함시켰다. 이들은 에크하르트를 자신들의 위대한 스승으로 평가한다. 이런 신비주의는 20세기 전환기를 기점으로 현대화된 방식으로 많은 작가와 시인들의 작품에 존재감을 드러낸다. 그것은 삶의 자세와 관련이 있다. 위기의 시대에 경건성과 겸허에서 해답을 찾으려 했던 노력이 문학에 깃들면서 문학이 구원의 특징을 더욱 갖게 되는 것이다. 신비주의자들의 열정과 신앙은 예술을 추구하는 작가들에게도 하나의 모범이 된 것이다.

무엇보다 에크하르트는 언어 면에서 독일 문학에 기여한 바가 크다. 거의 괴테에게 비견할 정도이다. 그는 민중을 위한 설교를 위하여 순수 독일어를 썼다. 당시 종교적 영성에 힘을 쏟았던 수녀원의 수녀들을 비롯하여 많은 일반 여성들이 그의 설교에 감명을 받았는데, 그것은 그가 당시에 일반에서 통용되던 독일어를 썼기 때문이다. 그로써 민족언어에 영성적 가치가 생길 수 있었다. 그는 또한 철학적 언어의 형성에도 큰 기여를 했다. 그가 독일어로 쓴 글들은 새로운 표현방식의 창출이라는 면에서 특별한 지위를 차지한다. 당시의 학문적 언어이던 라틴어가 아닌 민족어로써 내면의 영성을 그대로 표현 해 냈기 때문이다. 두드러지는 점은 기존에 팽배해 있던 사유에 과감하게 도전하고 관례를 깨는 사유를 지향했다는 것이다. 영성의 훈련을 일상에서 행함으로써 신과 늘 접할 수 있다는 것이 그의 사고의 기본이다. 우리 영혼의 밑바탕 자체가 이미 신적이라서 우리의 영혼에는 늘 신이 상존하고 있다고 그는 본다. 오히려 바깥으로 산책을 나간 것은 우리 자신이라는 것이다. 기존의 관습을 벗어난 그의 이런 사유방식이 만년에 이단으로 몰려 고통을 받는 동기가 되기도 했다. 물론 여기에는 그가 속했던 도미니크 수도회와 그 반대편에 서 있던 프란체스코 수도회의 음모가 끼어 있기도 했지만.

——— 마이스터 에크하르트

3.

독일 문학 속에는 신비주의적 성향이 주제나 문맥 속에 담겨 있다. 작가나 시인과 관련하여서는 신비주의가 실존적 특성을 보인다. 이것은 내면성을 향한 몸짓과 연관이 있다. 예술과 종교성이 하나로 이어져 있는 작가에겐 더욱 그렇다. 릴케 같은 경우 이미 1903년에 중세 신비주의자 마이스터 에크하르트의 저술을 접했던 것으로 보인다. 구스타프 란다우어가 편찬한 『마이스터 에크하르트. 신비주의 글 모음』과 헤르만 뷔트너가 새롭게 현대독일어로 번역한 에크하르트의 저작을 읽었기 때문이다. 편지에서도 릴케는 마이스터 에크하르트의 글에 깊은 감명을 받았다고 고백하고 있다. 루이제 슈베린에게 보낸 1905년 6월 5일자 릴케의 편지를 보자.

> 당신이 마이스터 에크하르트를 이렇게 제게 보여 주었습니다. 내가 발전해 나가면서 여러 면에서 인정과 축복이 필요했던 바로 이 시점에 말입니다. … 친애하는 부인, 당신은 내가 알지도 못하는 사이에 이미 몇 년 전부터 마이스터 에크하르트의 제자요 포고자였음을 어느 날 보게 될 겁니다.

신비주의에서는 현실의 한계를 뛰어넘는 것, 고독, 고요, 경험을 통해 영혼으로 아는 것, 내면적인 경험 등을 주로 이야기한다. 내면의 세계로 들어감으로써 시인에겐 사유의 왕국이 펼쳐진다. 신비주의는 사고의 세계라기보다는 세상을 바라보는 자세와 관련이 있다. 스스로를 닫고 안으로 들어가 사유를 통해 본질적 세계를 향해 가려는 태도이다. 부분이 아니라 하나의 온전한 전체가 되고자 하는 의지이기도 하다. 표피적인 것에 머물지 말고 본질을 찾아 나서고자 하는 자세 역시 신비주의자의 자세와 다르지 않다. 릴케의 『말테의 수기』 중 다음 대목은 이런 자세의 대표적인 예이다.

> 여러 가지 발명과 진보에도 불구하고, 문화와 종교 그리고 세상을 보는 지혜에도 불구하고 삶의 표면에 머물러 있다니 이게 어디 있을 수 있는 일인가? 나름의 의미를 가질 수도 있었을 이 표면에다 멍청하기 짝이 없는 천을 덧씌워 마치 여름 휴가철의 응접실 가구처럼 보이게 만들어 놓다니 어디 이게 있을 수 있는 일인가?

글쓰기와 관련하여 『말테의 수기』에는 신비주의적 요소들이 많이 엿보인다. 릴케를 신비주의와 관련하여 언급할 수 있는 가장 기본적인 동기는 수시로 등장하는 "신"이라는 말 때문이다. 『말테의 수기』 끝부분의 신을 향한 사랑의 작업이 그 대표이다. 이것을 말테는 "신을 향한 기나긴 사랑"이라고 표현한다. 작품 속에서 만나는 말들이 다분히 신비주의적이다. "현자의 돌", "고요" 등이 그것이다. 릴케는 자신에게 가장 중요한 것을 "신"이라는 이름으로 부른다. 그렇기 때문에 그것은 곧 예술이 되기도 하고 사랑이 되기도 한다. 신비주의적인 요소로서 숫자 7을 은근히 강조하는 부분도 그렇다. 삼위일체를 뜻하는 숫자 3도 마찬가지이다. 그러면서도 신이라는 명칭 속에는 초월성이 내재한다. 이쪽이 아니라 저쪽, 피안이 아니라 차안, 구속이 아니라 해방을 상징한다.

릴케는 어떤 내용과 이미지 그리고 개념들을 에크하르트에게서 차용했나? 바로 내면에 대한 것, 보는 법 배우기 등이 신비주의적 개념들이다. 릴케는 성찰과 사유의 방식에 대한 영향을 에크하르트의 설교집에서 받고 있다.

> 인간은 모든 감각을 버리고 자신의 모든 힘을 다해 내면을 향해야 하며 모든 것들 그리고 자신마저도 망각하는 것에 이르러야 한다. … 그렇게 그[바울]는 그의 이성이 닿을 수 없는 깊은 밑바닥에 이르렀다. 바닥은 가려져 있었기 때문에 그는 그리로 쫓아가야 했다. 마침내 외부가 아닌 내면에서 거기에 이르렀다. 그야말로 내면이었다. 외부가 아니라 오로지 내면이었다. 이것을 정확히 알고 있었기에 그는 이렇게 말했다. '죽음도, 아니 그 어떤 고난도 내가 내 안에서 본 것으로부터 나를 갈라놓지 못할 것임을 나는 확신한다.'

스스로를 텅 비워 낸 상태에서 내면을 바라보는 것은 에크하르트의 글의 초두에서부터 이미 나타난다.

> 그러므로 이런 탄생이 일어나는 공간인 영혼은 아주 순수하게 유지해야 하며, 아주 고상한 삶을 살도록 해야 하고 늘 내면적으로 집중해야 한다. 오관에 의해 다양한 피조물들의 세계로 빠지지 말고 오히려 오로지 내면에 있어야 하고 스스로 하나가 되어야 한다.

내면의 바닥을 향해 돌파한 후 영혼은 신과 하나라는 신비주의적 합일을 경험한다. 신과 내가 하나라는 것은 고독과 침잠 속에서 확인된다. 이것이 그가 말하는 "탄생"이다. 내면에 품은 죽음에 대한 사고도 에크하르트에게서 유래한다. 차분하게 세상을 살아가는 것이 좋다는 교훈도 에크하르트는 전한다. 신에게는 아무것도 죽는 것이 없다. 신의 영원성은 예술의 영원성에 투사된다. 에크하르트에게서 죽음은 피조물이 모든 속성을 버리고 일체 속에서 진정한 생명에 이르는 것을 의미한다. 이것이 릴케의 경우엔 "진정으로 사는 것"이다. 신과 영혼의 문제를 다루는 것이 신비주의의 기본 틀이다. 무와 영생의 관계를 다루는 것 또한 신비주의이다.

에크하르트의 글 중 「하느님의 나라에 대하여」는 신비주의의 총체로 평가받는다.

> 인간은 만물에서 신을 보아야 한다. 인간의 마음은 늘 신을 이곳에 계신 분으로 마음속에 갖는 일에 익숙해져야 한다. 투쟁을 하거나 사랑을 하거나 늘 그래야 한다. 교회나 기도실에 앉아 있을 때, 당신이 얼마나 신

을 향하고 있는지 눈여겨보라. 늘 이와 같은 마음 상태가 지속되도록 하라. 또한 이 마음을 군중 속으로, 불안정 속으로, 그리고 고르지 못한 날들 속으로 언제나 가져가라.

마이스터 에크하르트의 이 말은 인간이 살아가면서 겪는 여러 가지에 해당될 수 있다. 『젊은 시인에게 보내는 편지』에서, 하찮은 한순간마저도 시를 생각해야 한다고 했던 릴케의 말을 여기에 대입하면 시인이 얼마나 종교적 열성과 치열함에 근거해야 하는지 드러난다. 기도로써 예술을 이루어 내려 했던 그의 자세는 마이스터 에크하르트가 추구했던 개인적 영성의 세계와 그리 다르지 않다. 진정성이 감동을 준다. 에크하르트의 이 말이 감동을 주는 것도 관습적, 전래적인 종교적 태도를 거부하고 그때그때 새롭게 태어나는 마음의 상태에 무게중심을 둔 까닭이다. 불안정한 삶에 무게중심을 주는 것은 존재에 깊이 근거한, 온통 그 빛으로 물든 믿음이다.

4.

신비주의의 대표적인 개념은 무엇보다 신과의 합일 즉 '우니오 뮈스티카Unio Mystika'이다. 이것은 예술가에게는 영감의 또 다른 이름이 된다. 헤르만 헤세도 이런 신비주의적 합일에 대해 작품 「게르투르트」(1910)에서 이렇게 말한다.

이런 순간들을 창조적 순간이라고 부를 수 있다. 이 순간들이 신과의 합일의 느낌을 전해 주기 때문이며 이 순간들 속에서는 우연한 것까지도 마치 의도된 것처럼 느껴지기 때문이다. 이것은 신비주의자들이 신비주의적 합일이라고 부르는 것과 동일한 것이다.

작가들이 신비주의를 추구한 데에는 이처럼 예술가가 느끼는 체험과 신비주의자들이 느끼는 체험의 동일성이 바탕이 된 것으로 보인다. 릴케가 쓴 『기도시집』도 같은 맥락에서 바라볼 수 있다. 릴케가 1899년 가을에 베를린 근교의 슈마르겐도르프에서 쓴 『기도시집』의 다음 시는 신비주의적 합일을 향한 열망을 잘 드러낸다.

단 한 번만이라도 아주 조용해진다면.
우연한 것, 하찮은 것
그리고 이웃의 웃음소리가 침묵한다면,
나의 감각이 만들어 내는 소음이
나의 각성覺醒을 방해하지 않는다면

나 수천 번의 사색思索으로
당신의 자락에 이르기까지 당신을 생각하고
(미소 짓는 순간만큼만이라도) 당신을 소유할 수 있으련만.
감사의 표시처럼
당신을 모든 생명에 선사할 수 있도록.

여기의 "당신"은 신이다. 시의 화자는 신비주의적 합일을 지향한다. 한순간의 지고한 고요 속에서 화자는 유일자와 하나가 되고 싶어 한다. 정적은 극기를 요구하는 종교적, 예술적 태도의 조건이다. 그는 한순간에 우주의 모든 것을 느끼고 싶다. 그 지복의 순간이 세속적 열망과 웃음소리로 인해 자꾸만 깨지는 것을 화자는 한탄한다. 우연한 것, 웃음소리 등은 본질적인 것의 반대적 요소이다. 예술가의 열정은 고요함 속에 꽃필 수 있다. 여러 가지 신비주의적 표현들이 나오는데 사실 이 표현들은 동경 또는 열망이라는 개념 하나로 수렴된다. 이 열망의 중심에는 고독과 고요가 자리한다. 그것을 위해서는 자신의 감각마저도 침묵해야 한다. 순수한 영혼만이 홀로 남아 신을 영접할 수 있어야 한다. "모든 생명에 신을 선사하겠다는 말"처럼 예술적 창조를 위해서는 "낯선 것", "우연한 것"으로부터 완전한 은둔의 세계 속으로 몰입하여 순수하게 자신을 지켜야 하는 것이다. 생명을 선사하는 것은 신이 하는 일이면서 동시에 예술가가 하는 일이다. 이런 무한한 존재와의 신비주의적 합일은 자연과의 합일로도 나타난다. 괴테의 『젊은 베르테르의 슬픔』에서 베르테르가 번민의 도시를 떠나와 5월의 평화로운 자연 속에서 느끼는 감정이 바로 그것이다.

> 풀 줄기들 사이에서 우글거리는 작은 세계와 온갖 땅벌레와 날벌레들의 형언할 수 없는 무수한 모습들을 내 가슴에 더욱 가까이 느끼노라면 자신의 모습에 따라 우리를 창조하신 전지전능하신 분의 존재와 우리를 영원한 환희 속에 띄워 주고 감싸 주시는 자애로우신 분의 입김을 느끼게 된다네. 벗이여, 내 눈앞에서 땅거미가 지고 나를 둘러싼 세계와 하늘이 마치 사랑하는 여인의 모습처럼 완전히 내 영혼 속에서 평화롭게 쉴 때면 나는 그리움에 사로잡혀 이렇게 생각하곤 한다네. — 아, 네가 이것을 다시 표현해 낼 수는 없을까. 네 안에 넘치도록 가득 차서 이토록 따스하게 살아 있는 것들을 종이 위에 생생하게 살려 낼 수는 없을까.

베르테르는 자연 속에서 신비주의적 합일의 감정을 느끼며 그것은 곧 행복감으로 이어진다. 더 나아가서 그 느낌을 그는 하나의 예술작품으로 표현하고 싶은 열망까지 느낀다. 자연은 신의 입김이며 무한을 상징한다. 그 속에서 하나의 개체로서 무한한 존재 속으로 녹아드는 것은 바로 신성과의 합일이다. 신성은 위 글에서 풍요로운 삼라만상으로 표현된다. 자애로우신 분의 품속에서 베르테르는 행복감을 느낀다. 합일한다는 것은 대상을 이해하는 것을 뜻한다.

5.

20세기의 많은 독일 작가들의 작품 속에서 신비주의적 분위기나 신비주의적 요소들을 찾는 일은 어렵지 않다. 작가적, 실존적 현상이 신비주의의 사고와 일맥상통하는 면이 있기 때문에 이런 측면이 두드러지는 것으로 보인다. 그것은 체험과 언어의 관계로 설명된다. 『현대의 신비주의』라는 저술에서 마르티나 바그너 에겔하프는 '20세기 독일 문학의 환시적 미학'이라는 관점을 제시하고 그 영향권 아래 있는 작가들에 대해 설명하고 있다. 릴케의 『기도시집』(1905)이나 크리스티안 모르겐슈테른의 『어느 신비주의자의 일기』(1916), 프란츠 카프카의 『죄와 고통과 희망 그리고 진정한 길에 대한 고찰』(1931) 등은 역설적인 관점에서 신비주의적인 진리를 찾아 나서는 내용을 담고 있다. 알프레트 되블린은 『11월의 소설』(1939-1950)에서 신비주의자 요하네스 타울러를 등장시켜 자신의 주인공 베커의 내적 독백의 대화상대자로서 이야기를 끌어가게 하고 있다. 로베르트 무질 역시 신비주의를 논할 때 빼놓을 수 없다. 그의 대표작인 『특성 없는 사나이』(1930-1932)는 이미 제목부터

마이스터 에크하르트의 무특성의 개념을 드러내 보여 주기 때문이다. 또한 시에서는 파울 첼란이 신비주의적 성향을 보이는데, 그것은 무엇보다 그의 시에서 전개되는 무수한 신비주의 메타포들 때문이다. 이를 통해 그의 시에서는 비술秘術적인 분위기가 물씬 풍긴다. 페터 한트케의 글「연필의 역사」역시 신비주의의 세례를 받고 있다.

현대 독일 작가들의 작품에서 신비주의가 수용된 것은 독일 문학 특유의 사유체계와 관련이 있다. 내적 서술을 전개하는 데 있어 신비주의적 사유방식은 이들에게 큰 버팀목이 된다. 이때 미학적 관점이 대두된다. 언어를 매개로 하여 눈에 보이지 않는 실존적 체험을 예술적 언어로 체현하는 것이다. 현대인의 실존적 감정 속에서도 신비주의적 체험이 중요한 요소로 작용한다. 이런 감정을 체험하고 그것을 표현해 내는 방식이 중세의 신비주의자 에크하르트가 해냈던 방식과 유사하고 또 대상을 자신 속으로 받아들여 느끼는 데에서 문학과 종교성이 하나의 쌍을 이룸으로써 독일 문학 속에는 내면적, 성찰적 요소가 하나의 본질로서 자리 잡게 되는 것이다. 거기에는 예술을 위한 예술이 아닌 실존을 위한 예술로서의 독일 문학의 주된 물줄기가 함께한다.

제8부

바이마르 국립극장 앞의 괴테와 실러 동상 (사진 김재혁)

서정시의 미적 기준

1.

한 편의 시를 앞에 두고 독자로서 우리는 고민을 하게 된다. 이 시는 무엇을 뜻할까? 시인은 이 시로써 무엇을 말하고자 하는 걸까? 그런데 이런 고민이 과연 필요할까? 화가 렘브란트는 말한다. "내 그림에 코를 박고 킁킁 냄새를 맡지 말라. 그림물감은 몸에 해로우니까." 굳이 예술작품을 속속들이 뜯어볼 필요가 있을까? 오스트리아의 시인 후고 폰 호프만스탈은 이렇게 말한다. "사람들은 시의 뒤쪽에 무엇이 있을까, 본래적인 어떤 뜻이 있을까 하여 그것을 찾으려 한다. 이것은 마치 원숭이가 손에 들고 있는 거울 뒤에서 자기 모습을 손으로 더듬어 찾으려는 것과 같다." 괴테는 에커만과 나눈 대화에서 미적인 것을 대할 때의 태도에 대해 이렇게 말한다.

우리는 어떤 화가의 붓 자국과 시인의 말 하나하나를 지나치게 정확하고 세심하게 받아들여서는 안 되네. 오히려 우리는 대담하고 자유로운 정

신으로 만들어진 예술작품을 가능하다면 똑같은 정신으로 다시 직관하고
즐겨야 하는 걸세.

시는 무엇의 대용물이 아니라 그 자체로서 하나의 독립적인 존재이다. 특히 언어로 만들어진, 그러나 평상시에 우리가 쓰는 언어와 좀 다른 방식의 언어로 만들어진 예술적 존재이다. 시에서 지나치게 무언가를 찾으려 하면 실망만 남는다. 서정시에는 일상의 소통을 넘어서는 심미적인 설득력을 지닌 뭔가가 있기 때문이다.

미국의 초현실주의 사진작가 만 레이는 어떤 예술작품이 마음에 들지 않는 이유로 다음 두 가지를 들고 있다.

너무 쉽게 이해될 때,
전혀 이해가 안 될 때.

사진에서 빛의 조형에 의한 다다이즘과 초현실주의를 추구하면서도 그는 예술의 외딴 마을에만 머무르지 않고 바깥세계로 나가는 다리를 생각한 것이다. 너무 쉬워서 생각할 거리가 없을 때도 예술작품은 식상하고, 너무나 난해하여 접근 자체가 전혀 불가능할 때도 예술작품은 호소력을 잃는다. 이 말을 서정시에 적용해 보면, 너무 쉽게 이해되는 시는 진부하고, 아무리 읽어도 무슨 소리인지 모르면 보던 시를 옆으로 치우게 된다. 이 말을 뒤집으면, 이해 가능하기도 하고 이해 불가능하기도 한 것, 그것이 매력 있는 시이다. 자폐의 마을에서 바깥세계로 나가는 다리는 그것이 비록 징검다리라도 있어야 한다는 말이다. 자폐를 통한 예술의 독재에 머물지 않고 어렵더라도 매력적인 소통을 지향해

야 한다.

서정시는 본디 주문呪文처럼 일정하게 형식적으로 틀이 갖추어진 언어를 사용한다. 일정한 시적 효과를 내기 위해서 서정시에서 가장 많이 쓰이는 것은 반복이며 그것의 단조로움을 극복하기 위하여 사용되는 요소가 변주變奏이다. 시의 가장 작은 단위는 바로 운韻이라는 것이다. 이 운이 한 편의 시를 묶어 주는 역할을 하며, 이 묶인 언어에서 우리는 시적인 것을 느낀다. 운의 반복뿐만 아니라 동일한 어휘의 반복도 같은 음악적 효과를 낸다. 현대의 서정시에서도 겉으로 보이는 것들 속에서 일정하게 작용하는 섬세한 규칙성을 감지할 수 있다. 울림이 좋은 어떤 서정시의 모음 배열을 바꾸어 보자. 그럴 경우 어떻게 들리겠는가? 시에서 느꼈던 애당초의 감동은 사라지고 말 것이다. 운과 리듬이 살아서 숨을 쉬어야 하는데 그렇지 못할 경우 그 시는 죽은 시가 되고 만다.

그런데 미적 쾌감은 기존의 익숙한 것과 새로운 것 사이의 편차偏差에서 온다. 당연하게 기대했던 것을 깨 버리는 긴장감이 이런 미적 쾌감의 뿌리이다. 정상성과 비정상성 사이의 가파른 기울기에서 오는 긴장감이 미적 쾌감을 산출하므로 시인은 이를 자신의 시에 전략적으로 이용한다. 즉 시에서는 독자가 미리 알고 있는 것을 뒤집는 언어의 운용이 이루어진다. 이를테면 대상을 직접적으로 지칭하지 않고 돌려 말하거나 암시하는 은유를 쓴다. 시에서 넌지시 암시한 뜻을 찾아가는 길이 독자에게는 미적 체험이 된다. 미적 체험은 현대 서정시에서는 의미의 은유적 전이에서 출발한다. 은유를 통해 시적 의미는 본래의 언어가 갖는 것보다 훨씬 확산된다. 사용하는 언어의 종류에 따라서는 신화적 차원까지도 상승할 수 있다. 이렇게 해서 서정시의 표현 가능성은 더욱 확대되는 것이다. 하나의 암시가 일의적인 것으로 치환되지 않고 오히려 의미가 포말처럼 더욱 넓게 퍼질 때 시의 미적 효과는 커진다. 이때의 미적 체험은 논리적이지 않고 직관적이며, 독자는 낯선 것과의 만남을 통해 자신을 돌아보게 된다. 프랑스 상징주의는 이런 의미에서 다층적인 은유를 사용한 시적 흐름이라고 할 수 있다. 한 가지 개념이나 뜻으로 치환되지 않는 이런 상징들은 심지어는 반대되는 의미의 스펙트럼까지 허용한다. 현대의 서정시가 더욱 매력을 갖는 이유이다. 독자가 시를 읽으면서 무언가를 떠올릴 수 있다면 그것이 미적 체험의 실제가 되는 것이다. 이것이 전대 즉 르네상스나 바로크 시절의 시인들이 쓰던 방식대로의, 일의적으로 확연하게 해결되는 우의적 시 쓰기와 근현대의 시 쓰기가 갈리는 지점이다.

서정시의 시적 장치 중 중요한 또 하나의 요소는 응축凝縮이다. 시에서는 시적 감흥의 순간을 열광과 격정을 통해 토로하기도 하지만 간략한 언어 선택으로 응축시켜 그 뒤에 많은 여백을 남기기도 한다. 그렇게 만든 시어의 밀도로 더 높은 단계의 뉘앙스를 이루어 낼 때 그 시는 성공에 가까운 것이 된다. 시 속에 깊은 우물보다 더 깊은 깊이가 있을 때 거기서 우리는 심오한 울림을 듣는다. 우리의 의식에 돌을 던져 놓고서 잠시 후 들려오는 그 소리에 우리의 영혼은 깊은 잠에서 깨어난다. 괴테는 이런 정도의 경지에 오른 시에 대해 다음 같이 말한다.

시는 채색 유리창!

시장에서 교회 안을 들여다보면

모든 것은 어둡고 침침할 뿐이지.

속인의 눈에는 바로 그렇게 보여.

그 사람은 심통이나 부리겠지,

50년 넘게 독일 문단의 황제로 군림했던 괴테가 생전에 쓰던 서재의 모습. 독일 바이마르 소재 괴테 박물관 (사진 김재혁)

평생토록 심통이나 부리겠지.

하지만 한 번만이라도 안으로 들어가 보게!
신성한 예배당을 맞이해 보게나,
모든 게 갑자기 형형색색 훤해 오지,
이야기와 장식이 순식간에 빛나겠지,
한 줄기 고귀한 빛살이 눈에 띄지.
이것이 너희 하느님의 자식들에겐 쓸모 있는 것,
이것이 너희를 교화하고 너희 눈을 즐겁게 하리라!

잘 써진 한 편의 시는 수정처럼 맑으면서도 자체 내에 통일된 다양성을 품고 있다. 이런 다양성은 시의 깊이에서 나온다. 괴테는 "시는 채색 유리창"이라고 말한다. 시는 겉에서 보면 그냥 밍밍하다. 시란 바로 스테인드글라스 유리창과 같다. 오래된 성당의 유리창들을 건물 밖에서 보면 단조롭고 크게 눈에 띄지도 않는다. 그러나 안에 들어가서 햇빛에 반사되어 색색이 펼쳐지는 풍경을 보면 황홀경에 빠진다. 자기 발로 걸어서 건물 안에 들어가 직접 느껴 봐야 그 아름다움을 알 수 있다. 안내하는 사람이 밖에서 아무리 좋은 말을 하고 자세한 설명을 해도 아무 소용이 없다. 오히려 섣불리 설명하려 덤비는 사람은 아름다움을 망칠 뿐이다. 이는 음식을 맛보는 것과 같다. 누가 맛을 말로 설명할 텐가. 서정시의 심미적 설득력은 직접 맛을 봐야 안다. 자신의 영혼의 빛으로 비추어 가면서.

2.

이 세상에 태어남과 동시에 인간의 삶에는 형이상학적 불행이 깃들기 마련이다. 시인에게는 그것의 극복 과정이 시가 가는 길이다. 시인은 지난至難한 고통의 길을 남보다 앞서서 간다. 괴테는 1784년에 쓴 「헌시」에서 말한다. "나 이 길을 왜 이리 간절히 찾아 헤맸던가,/만일 형제들에게 보여 줄 게 아니라면?" 남들에 앞서 본보기처럼 가는 시인의 길, 그 길은 고통을 담고 있다. 남의 아픔까지 대신하는 대속代贖의 그릇 속 거기엔 시적 진실이 담긴다.

그렇다면 괴테가 말하는 진정한 시란 무엇인가? "진정한 시는, 세속적인 복음으로서, 내적인 기쁨을 통해, 외적인 유쾌함을 통해 우리에게 지워져 있는 이승의 짐으로부터 우리를 해방시킨다. 열기구처럼 그것은 우리를 묶어 놓고 있는 바닥의 짐과 함께 우리를 더 높은 곳으로 들어 올려 우리 눈앞에 놓여 있는 지상의 뒤엉킨 미로를 새의 눈으로 바라보게 해 준다." 괴테가 그의 자서전『시와 진실』에서 한 말이다. 진정한 시는 진정한 체험에서 나온다. 진정한 시는 삶의 고통에 찌든 일상을 벗어나 자신을 되돌아보게 해 준다. 괴테의 가치는 그가 공허함으로 빠지지 않고 지상에 자신의 뿌리를 굳건히 박고 있었다는 데 있다. 그렇기 때문에 그가 열기구를 타고 한 시적 여행은 순전한 상상적 모험에만 머물지 않았다. 현실의 유기적 뼈대가 없으면 정신적 고양이나 상승 같은 말은 공허한 미사여구에 지나지 않는다.

괴테는 시에 관하여 어떤 이론적인 글을 쓴 적도 없고 그런 글에 대해 관심도 갖지 않았다. 당시 세기말의 젊은 시인들의 시 쓰기와 관련하여 1797년 7월 실러에게 쓴 편지에서 괴테는 말한다. "이론이란 것은 없어요. 적어도 일반적으로 이해할 만한 어떤 이론이나 모든 장르를 대변할 만한 결정적인 모범은 없습니다. 결국 각자 자신의 애정을 가지고 관심 분야에 대한 훈련의 양을 늘려 가는 수밖에 없어요." 실제 괴테에겐 느낌과 체험의 공간이 모든 것이었다. 그에겐 삶과 언어가 처음부터 하나의 통일체를 이루고 있는 것 같았다. 그만큼 체험이 곧바로 시로 변용되었기 때문이다. 그의 시에서는 체험이 하나의 시적 상징과 엮이는 과정을 확인할 수 있다. 만년의 작품 중「1828년 9월, 도른부르크에서」라는 시를 보자.

이른 새벽, 계곡과 산과 정원이
안개의 베일을 훌훌 벗고,
절실한 기다림에 응하여

꽃받침들이 색색으로 차오르면,

창공은 구름을 나르며
맑은 한낮과 다투고,
동풍은 구름을 몰아대며
태양의 푸른 길을 마련하면,

그대가 그 광경을 보고 즐기면서
숭고한 자연의 순수한 가슴에 감사하면,
태양은 새빨간 모습으로 떠나면서
지평선을 황금빛으로 물들이리라.

괴테는 이 시절 높은 곳에 위치한 도른부르크성에서 고양된 기분으로 잘레탈 계곡에 피어나던 아침안개를 관찰하곤 했다. 시의 첫 부분에는 새벽의 풍경이, 후반부에는 다가올 저녁의 모습이 그려지고 있다. 새벽은 시적 화자에게 새로운 기운을 넣어 주고, 대낮을 지나 다가올 저녁은 또 다른 세계를 열어 준다. 여기서 괴테가 만년에 기록한 시적 자서전 『시와 진실』에서 자신의 청년기를 두고 한 다음 말을 상기할 필요가 있다.

> 내게 세계를 파악하게 해 준 기관은 무엇보다도 눈이었다. 나는 어려서부터 화가들 틈에서 생활했고 그들처럼 어떤 대상을 예술과 연관하여 보는 것에 익숙해 있었다.

Blick vom Schlosse. Feder- und Tuschzeichnung von Goethe
Goethe-Nationalmuseum, Weimar

괴테의 펜묵화. 도른부르크성에서 본 마을 전경. 바이마르 괴테 박물관 소장

외부의 사물을 눈을 통해 예술과 관련시켜 보는 괴테의 시적 감각능력으로 보아 위 시는 외면상 보이는 대로 자연을 다룬 시로만 볼 수는 없다. 외적으로 드러난 자연의 모티프들과 점차 고양되어 가는 영혼의 모티프가 긴밀하게 결합되어 있기 때문이다. 괴테에게 있어 모든 상징적인 것은 현실적인 것에 기반을 두고 있다. 이런 상징성은 그의 『색채론』에서 확인된다. 괴테에 따르면, 아무런 색깔이 없는 순수한 빛은 창조력으로서 불투명한 매질과 마주치면서 이 매질로부터 색채를 만들어 낸다. 무채색의 '빛'은 매질에 따라 다양하게 파랑에서 빨강을 비롯한 여러 색깔로 바뀐다. 자연의 빛이 다른 것, 위 시에서는 "안개"와 엮이면서 색채를 만들어 내는 것에서 괴테는 무한한 창조력의 놀라움을 묘사하고 있다. 자연을 바라보는 시인의 눈앞에 안개가 걷히고 꽃들이 피어나고, 동풍이 구름을 몰아내면서 해 돋는 아침이 열린다. 그러는

사이에 시인의 가슴에 기대감이 슬며시 부풀어 오른다. 태양이 뜨면서 '빛'은 찾아온다. 빛은 와서 만물에 색깔을 해 입힌다. 그러다 안개를 거치고 구름을 거친 빛살이 저녁이 되면 황금빛으로 붉게 타오를 것임을 시인은 예견한다. 시인은 '빛'을 보고 느끼면서 스스로 강해지는 것을 감지하기 때문에 "숭고한" 자연의 "순수한 가슴"을 향해 감사의 마음을 보낸다. '빛'은 창조의 근원이며 시인에게 역시 모든 것을 가능케 해 주는 뿌리로 작용한다. 시인은 무엇보다 지상을 사랑하고 거기서 펼쳐지는 모든 것을 긍정적인 시선으로 바라본다. 그는 이 시를 통해 자연이 갖는 영원한 창조력을 노래하면서, 자연의 빛에서 시인 자신의 무한한 창조력과 변용능력을 보는 것이다. "태양"의 빛은 창조력이고 나아가 신의 입김이다. 빛은 시인 자신의 잠재된 힘을 표현하는 상징이 된다.

3.

시에서의 미학의 깊이는 언어가 좌우한다. 시인은 남들이 쓰고 버린 쓰레기 더미를 뒤져 다시 너절한 노래를 부르는 것이 아니라 새로운 것, 닮지 않은 것을 창조해야 한다. 하인리히 하이네 같은 시인이 시를 쓰기 시작했을 때 그의 앞에 남아 있던 것은 낭만주의의 유산이었다. 낭만주의의 유산은 그 자체로 정치성향상 보수의 냄새를 풍겨 하이네의 자유주의적 사고에 맞지 않았다. 그는 그것을 비꼬는 아이러니 방식의 새로운 언어를 개발하여 시적 새로움을 창출해 냈다. 이것은 하이네 이전에 젊은 괴테가 시를 쓰기 시작했을 때 로코코풍의 달콤한 어법이 득세했던 것과 마찬가지이다. 괴테는 이런 로코코풍의 관습적 의상을 과감히 벗어 던지고 체험에 바탕을 둔 새로운 어법으로 시의 새로움을 꾀했다. 사랑할 때만 연애시를 썼다는 그의 고백이 그것을 말해 준다. 하이네는 대상을 고르는 시적 사고도 탁월했지만 일상에서 사용하는 언어까지 시에 도입하는 과단성을 보였다. 정해진 시적 표현방식과 관습에서 벗어나려는 정신이 새로운 시를 만들어 주는 것이다. 베르톨트 브레히트는 현실 정치상황을 시에 도입했고, 간결하면서도 명쾌한 시적 어법으로 독자의 감동을 자아냈다. 시적 근대성의 혁명을 이루어 낸 프랑스의 보들레르 이후 현대에 들어서는 젊은 시인들이 과거에는 서정시에서 철저하게 배제되었던 속어나 은어를 사용함으로써 표현의 가능성을 확대하기도 했다. 그러나 이 젊은 시인들이 쓰는 키치류의 시에서 진정한 감동을 찾기는 힘들다. 이런 종류의 시에는 시적 아우라와 마법이 결여되어 있기 때문이다. 누구나 인정할 수 있는 보편적이면서도 새로운 시적 언어를 찾아내지 못하는 한, 단지 종래의 전통을 거부하는 것만으로는 새로운 시적 성취에 이를 수 없다. 독자의 기대치에 부응할 만한 감동의 구조를 심미적으로 마련하지 못하는 한 서정시는 자체의 존재의 향방을 가늠하기 힘들다. 한두 번 읽고 나면 그것으로 끝인 시는 서정시로서 태생적인 한계를 보일 수밖에 없다.

이런 면에서 릴케는 시적인 새로움을 위해 여러 가지 시도를 한 시인이다. 괴테의 시적 업적도 그렇지만 릴케의 공적은 새로운 어법을 숱하게 시도했다는 데 있다. 친구들과 동료 시인들, 지인들을 위해 남긴 수백 편의 '헌시獻詩'들은 그가 얼마나 언어 연마에 노력을 기울였는지를 보여 주는 명확한 증거물들이다. 릴케는 '사물시'로 새롭게 시도하여 쓴 시 「공」에 대해 직접 다음 같이 자신 있게 말하고 있다. "이 시에서 나는 다름 아닌 순수한 운동이라는, 거의 말로 표현할 수 없는 것을 말로 표현해 보려 했습니다. 그렇기 때문에 이 시는 내가 쓴 시 중에서 가장 훌륭한 시라고 생각합니다." 루 살로메에게 쓴 편지에서 밝혔듯 릴케는 이로써 "조형 사물이 아니라 글로 된 사물을 만들어 보려 했다." 사물의 본질과 그것의 언어적 형상화의 갈림길에서 시인은 숱한 고민을 거듭한다. 이 "공"의 형상 속으로 시인은 자신의 존재와 시 쓰기의 과정을 짜 넣고 있다. "공"의 상승과 하강 사이에서 인간 존재의 부침浮沈을 읽고, 상승과 하강 사이의 변곡점에서 시 창작 과정에서 일어나는 변용을 읽는 것이다.

독일에서 시를 사랑하는 독자들에게 사화집에서 빠져서는 안 될 시를 한 편 들라고 하면 거의 대부분의 독자가 꼽는 시가 릴케의 「표범」이다. 그만큼 시인의 시적 연마와 거기서 비롯하는 감동이 독자들을 설득하기 때문이다.

표범

— 파리 식물원에서

그의 눈길은 스치는 창살에 지쳐
이젠 아무것도 붙잡을 수가 없다.
그에겐 마치 수천의 창살만이 있고
그 뒤엔 아무런 세계도 없는 듯하다.

아주 조그만 원을 만들며 움직이는,
사뿐한 듯 힘찬 발걸음의 부드러운 행보는
커다란 의지가 마비되어 서 있는
중심을 따라 도는 힘의 무도舞蹈와 같다.

가끔씩 눈동자의 장막帳幕이 소리 없이
걷히면 형상 하나 그리로 들어가,
사지四肢의 긴장된 고요를 뚫고 들어가
심장에 가서는 존재하기를 그친다.

Der Panther

Im Jardin des Plantes, Paris

Sein Blick ist vom Vorübergehn der Stäbe
so müd geworden, dass er nichts mehr hält.
Ihm ist, als ob es tausend Stäbe gäbe
und hinter tausend Stäben keine Welt.

Der weiche Gang geschmeidig starker Schritte,
der sich im allerkleinsten Kreise dreht,
ist wie ein Tanz von Kraft um eine Mitte,
in der betäubt ein großer Wille steht.

Nur manchmal schiebt der Vorhang der Pupille
sich lautlos auf –. Dann geht ein Bild hinein,
geht durch der Glieder angespannte Stille –
und hört im Herzen auf zu sein.

철창으로 된 우리 안에서 표범이 어쩔 수 없이 빙빙 도는 모습을 시인은 정확하고 실감 나게 묘사하고 있다. 독일어로 낭송하는 것을 들으면 언어 자체에서 우리 안을 빙빙 도는 표범의 모습을 연상할 수 있다. 이 시는 시인이 종래 유지해 오던 서정시의 감정적 차원을 버리고 시가 지향할 수 있는 하나의 방향을 새롭게 찾아낸, 실체가 있는 작품이다. 시인 개인의 실존적 관점에서 보면, 감정의 허비를 막고 안정된 존재를 확보하기 위해서는 사물시 같은 탄탄한 발판이 필요했다. 우리에서 관찰한 표범의 모습을 되살리기 위해 시인은 시어 하나하나, 시의 리듬, 흐름상의 휴지休止까지 세세하게 고려하고 있다. 신중한 고려를 거쳐 모든 것이 조화를 이루어 한 편의 시작품 속으로 투입되고 있다. 이 시의 묘미는 시인이 우리 안에 갇힌 표범의 특징을 마치 붓으로 그리듯 몇 가지 요소로 환원하고 있다는 것이다. 우리에 갇힌 표범은 단조롭게 빙빙 돌며 자신의 야생적 힘을 안으로 감추고 있다. 릴케는 이 점에 착안하여 시를 전개하고 있다. 이를 위해 아무것도 붙잡지 못하는 눈, 사뿐한 발걸음, 단조로운 원, 사지의 긴장된 고요, 마비된 심장 등의 시어가 동원되고 있다. 릴케가 스물일곱 살에 이 시를 썼을 때 그것은 독일 시 문학사에서 누구도 발을 들여놓지 못했던 새로운 시의 숲속 빈터를 개척한 것이었다. 그것은 시적 언어의 개성 있는 업그레이드였다.

4.

지금까지의 논의를 바탕으로 좋은 시의 조건을 몇 가지로 정리해 보자. 여기서 말하는 좋은 시는 현대적 의미의 서정시를 말한다. 이른바 전통의 굴레, 즉 서정시라고 하면 이러이러해야 한다는 형식들, 이를테면 테마, 길이, 연의 형식, 운율, 양식 그리고 특징들에 얽매이지 않는 시를 의미한다. 진정한 서정시는 이런 틀을 깨는 데서 독창성을 발휘할 수 있다. 새로움은 과거의 것을 의문시하는 데서 싹튼다. 의문은 새로운 감동을 지향한다. 집단적 제의祭儀에 바탕을 두었던 과거의 시적 표현방식은 근대적 자아의 싹틈과 더불어 개성적인 표현의 발현 쪽으로 나아갔다. 현대에서 우리가 대하는 것은 공동체적 민요가 아니라 독창성을 표출하는 개인의 자유로운 노래이다.

첫째, 시는 새로움을 향한 도전이어야 한다. 그것은 언어를 가지고 하는 모험이다. 그렇기 때문에 가벼운 말장난이나 식상한 언어로 하는 하나마나한 말의 나열은 좋은 시가 될 수 없다. 자극적인 말로 일상적 도발을 꾀하려 한다면, 특히 그것이 이미 다른 사람들이 써먹은 말이라면, 절대 의도하는 효과에 이르지 못하고 천하고 지저분한 느낌만 줄 뿐이다. 성공한 시는 거듭 읽어도 줄지 않는 언어의 기쁨을 제공한다. 릴케가 이별을 꽃에 비유한 시가 있다.

이 세상 어디선가 이별의 꽃은 피어나
우리를 향해 끝없이 꽃가루를 뿌리고
우리는 그 꽃가루를 마시며 산다.
가장 먼저 불어오는 바람결에서도
이별을 호흡하는 우리.

이 시를 읽으면 젊은이에겐 연인과의 이별이 떠오르겠다. 노인에겐 삶과의 이별이 떠오를 것이고, 꽃 파는 사람에겐 단가가 센 장례식장의 조화弔花가 떠오를 것이다. 이별의 꽃은 빨리도 자라서 꽃가루를 뿌려대고, 우리는 그 이별의 꽃가루를 먹고 이별을 잉태하여 다시 울긋불긋한 이별을 세상에 분만한다. 우주는 이별의 꽃으로 가득하다. 지금 가장 가까운 곳의 인연 속에도 이별의 꽃가루는 들어 있다. 추상적인 개념인 이별이 신선하게 꽃으로 감각화되어 깊은 감동을 준다. 장소와의 이별, 시간과의 이별 속에 사는 우리 인간 자체가 이별의 꽃이다.

둘째, 이른바 독자를 가르치려 드는 시는 좋은 시가 아니다. 이는 계몽주의시대의 문학이 작품 끝에 가서 글에서 얻을 수 있는 교훈에 대해 설교하는 것과 다를 것이 없다. 일의적인 뜻을 가르치려고 할 것이 아니라 시인은 '열린' 사고로 '열린' 아름다움을 지향해야 한다. 이런 관점에서 괴테는 "문학작품이란 불가해하면 할수록 그리고 이성으로 파악하기 어려우면 어려울수록 더욱더 좋다"고 말한다.

셋째, 독자를 놀라게 하고 새로운 연상을 자극할 언어 이미지를 제공해야 한다. 언어를 고도로 응축하여 아름다운 이미지를 만들어 낸다면 그 시는 한 편의 시로서 성공한 것이라 할 수 있다. 파울 첼란의 시 「실타래태양Fadensonnen」이 그 같은 경우이다.

실타래태양
잿빛 황무지 위에.
나무만큼
큰 생각 하나가
빛의 소리를 움켜쥔다.
부를 노래들 아직 있다
인간들 저편에.

각각의 이미지들이 독자의 뇌리에 번지면서 독특한 의미의 향연을 벌이도록 전개되고 있다. 현실의 이미지와 언어 이미지가 높은 수준에서 직조되어 있다. "잿빛 황무지"와 "큰 생각", "빛의 소리", "부를 노래", "아직 있다", "인간들 저편에" 등의 시어는 나치의 만행을 겪은 첼란의 체험 속에 녹아 많은 연상을 불러일으킨다. 어떻게 보면 시인은 독자에게 해독할 문자와 이미지만을 주는 것이다. 큰 틀 속의 의미는 독자가 채워 넣어야 한다. 원문의 어둠을 밝히는 것은 독자의 불빛이다. 과거와 달리 현대 시는 리듬과 멜로디가 아닌 낱말들이 각각 모여 이미지를 구성하여 그것으로 시를 끌어간다. 현대의 서정시는 듣는 귀를 위한 것이 아니라 생각하는 독자를 위한 것이다.

넷째, 현실의 사건을 그대로 기록하거나 보여 주지만 말고 현실에 대한 전망을 제시해 주는 것이 좋다. 베르톨트 브레히트의 「후손들에게」는 이에 대한 좋은 예이다.

얘들아, 우리를 휩쓸어 간 홍수를 딛고
우뚝 솟아오를 너희는 말이다,
생각해다오,
너희가 우리의 나약함을 말할 때면
너희가 피해 간
이 캄캄한 시절을 생각해다오.

그래도 우리는 걸었다, 신발보다 나라를 더 자주 바꾸어 가며,
계급들끼리의 전쟁터를 누볐다, 불의만
있고 분노가 없을 땐 절망하면서도 말이다.
그래도 우리는 깨달은 게 있다,

천박함에 대한 증오도
표정을 일그러뜨린다는 것을.
불의에 대한 분노도
목소리를 쉬게 만든다는 것을. 아, 우리는 말이다,
우리는 친절의 터전을 만들고 싶었지만,
정작 우리 스스로는 친절하지 못했다.

그래도 너희는 말이다, 언젠가
인간이 인간에게 도움을 주는 때가 되면
제발 생각해다오, 우리를 말이다,
관대한 마음으로.

다섯째, 서정시로서 그 자체의 형식적 틀을 갖추면서도 내용상으로 하나의 스토리텔링의 구조를 갖는다면 더 좋다. 시로서 세심한 음률을 구비하면서도 전체 구도에서 하나의 스토리를 갖는 시가 좋다는 뜻이다. 우리에게 잘 알려진 하인리히 하이네의 「로렐라이」를 떠올려 보면 쉽게 이해가 될 것이다. 라인강이 발밑으로 흐르는 언덕 위에서 저녁햇살을 맞으며 금발을 빗어 내리며 노래하는 로렐라이에게 반한 뱃사공은 현실감각을 잃고 결국 난파하여 파멸에 이를 수밖에 없다.

마지막으로, 시를 쓴다는 것은 수많은 전래된 전통 속에서 자신의 고유함을 찾는 일이다. 그렇기 때문에 이미 알려진 신화적 소재나 성경의 모티프를 가지고 변주하여 자신의 생각을 표현할 수도 있다. 신화의 오르페우스나 성경의 탕아 모티프를 여러 시인들이 자신의 생각을 전개하기 위해 나름대로 사용한 것을 생각해 볼 수 있다. 기존에 알려진 유명 신화나 전설을 변주하여 그 편차에서 오는 새로움으로 해석의 감동을 불러일으키는 것이다. 릴케는 『오르페우스에게 바치는 소네트』를 통해 예술과 삶과 죽음에 대해 시적으로 사유하고 있다.

5.

시인은 시로써 무엇을 하려 하는가? 우리가 시에서 처음 만나는 것은 아름답게 건축된 언어의 궁전이지만 끝에 가서 마주치게 되는 것은 고뇌의 흔적이다. 시의 근본에는 시인의 고백이 깔려 있다. 괴테도 고백했고 횔덜린도 고백했으며 첼란도 고백했다. 괴테는 인생의 밝음 속에서 자신을 고백하여 피라미드를 쌓듯 드높은 곳에 이르고자 했고, 횔덜린은 시인의 사명을 설파하며 더 나은 세상을 꿈꾸었고, 첼란은 실존의 어둠 속에서 자신을 고백하여 침묵의 심연에 이르렀다.

전통적으로 서정시는 산문과 달리 운을 맞추고 시의 행을 나눈다. 그런데 바로 이 시의 행에서 수많은 긴장과 시인의 의도에 의한 형식적 메시지가 전달된다. 독일 시에서 시행이 철저하게 지켜진 예는 민요조의 시들에서 찾을 수 있다. 그것은 시가 갖는 노래의 성격과 긴밀한 관련이 있다. 행의 배열은 리듬뿐만 아니라 의미의 단위를 내포한다. 하나의 문장부호까지도 이런 역할을 떠맡을 수 있다. 콤마, 세미콜론, 구두점, 말없음표, 사선까지도 나름의 기능을 지닌다. 빈 공간까지도 말을 하는 것이다. 보통은 하나의 리듬 단위가 의미 단위를 형성하지만 이것을 건너뛰며 다음 행으로 이어질 때 이를 '앙장브망'(행걸이)이라고 표현한다. 이런 불규칙성이 오히려 시의 묘미를 자아낸다. 하나의 행이 완전히 끝나지 않고 다음 행으로 건너뛸 때 거기서 소용돌이 같은 긴장감이 형성된다. 시어와 시의 자모음들은 시 속에서 시인이 정해 놓은 질서에 따라 자신의 역할을 한다.

그러나 현대 서정시에서 중요한 것은 언어의 경제, 즉 언어의 밀도密度이다. 언어의 밀도는 독자에게 시적 사유를 유발한다. 간략하고 생략된 표현들은 각각의 시어에 의미의 무게를 달아 주고, 산문과 달리 함축과 어조의 섬세함과 미묘함은 시적인 것의 기본 특성을 이루기 때문이다. 시는 기본적으로 낱말로 구성된 구문으로 형성되기 때문에 시를 잘 읽기 위해서는 과거의 문헌학자처럼 시에 쓰인 낱말과 구문의 특성을 잘 읽어 내야 한다. 그리고 시에서 말하는 사람 즉 시적 화자의 태도까지 감안해서 읽을 때 시와의 직접적인 소통이 가능하게 된다. 이런 소통을 위해서는 읽는 사람의 직관에 바탕을 둔 상상력과 감수성이 필요하다. 시 특유의 말의 쓰임새는 어떤 시가 갖는 불확정성을 지시한다. 불확정성은 시 해석의 다양성과 연결된다. 이것이 독자가 적극 개입하여 시를 자기 것으로 만드는 계기이다.

철학자 칸트는 미학적 체험은 취향의 문제로 사뭇 '주관적'이라고 말한다. 감성적 인식의 대상으로서 예술에 어떤 확정된 평가의 잣대가 있는 것은 아니다. 또한 시대의 요구에 따라 미적 평가의 잣대는 변하기 마련이다. 예술은 시대 속에서, 그 시대의 영향 속에서 태어나기 때문이다. 이를테면 자연이 멀어지고 도시가 가까워지면 그 속의 새로운 인간 존재양상이 시에 포착된다. 극단적으로 말하자면 시는 각각 나름의 잣대를 갖는다. 그리고 시를 쓰는 사람이나 읽는 사람은 시의 고유성에 따른 평가의 잣대를 갖고 있어야 보편성에 다가가는 작품을 만들고 또 그에 대한 이해를 만들어 낼 수 있다.

예술은 모든 것을 말하지 않는다. 여백을 통한 감동의 공간이 필요하기 때문이다. 이 감동의 공간은 해석의 공간이며 잠재적인 인식의 공간이다. 직접적으로 모든 것을 다 털어놓듯 말하는 순간, 그곳은 예술의 무덤이 된다. 예술작품은 구체적으로는 감각과 정신이 교류하는 장이다. 그러나 우선시되는 것은 감각이다. 훌륭한 예술작품은 감각에 도전장을 내밀고, 좋은 시는 독자를 향해 끊임없이 도발한다. 감각이 정신을 낳고 정신의 해석을 요구하기 때문이다. 감각은 과일의 꽃과 같은 것이다. 자신의 속에 과일의 꽃과 같은 향기로운 그 무언가를 품은 진정한 시는 자유를 꿈꾼다. 흐르는 시간의 시험을 견디어 내기 위하여. 시적인 자유는 끝없는 새로움을 요구한다.

【맺는말】

독일 문학 하면 늘 유일한 태양처럼 떠오르는 작가 괴테는 80 평생을 살면서 50년이 넘도록 예술의 교황으로 독일의 문단뿐만 아니라 지성계에 군림했다. 현실적 체험과 눈의 작업에 중심을 두었던 그에겐 예뻐하는 작가들과 그렇지 않은 작가들이 뚜렷이 구별되어 있었다. 괴테 하면 엄청난 용량의 슈퍼컴퓨터와 같아 모든 사람을 포용하고 끌어안아 주었을 것 같지만 실제로는 그렇지 않았다. 자기만의 세계가 그에게 굴레를 씌우고 입에는 재갈을 물렸다. 젊은 시인들은 그에게 인정을 받고 싶어 했지만 그는 그렇게 해 주지 않았다. 노발리스, 아이헨도르프, E. T. A. 호프만 등등 이름을 다 열거하자면 수두룩하게 나오는 훌륭한 낭만주의자들이 그의 사랑을 받지 못했다. 프리드리히 횔덜린 같은 독일 시문학사상 독특한 위치의 시인도 예외가 아니었다. 모든 것을 개인적 체험에 바탕을 둔 그는 "사랑할 때만 사랑시를 썼다"는 말로 자신의 문학의 진실성을 강조했다. 그러니 새로운 물결을 탄 문학, 새로운 언어의 문학, 환상주의적인 낭만주의 문학은 그에겐 병들고 비정상적인 것으

독일 바이마르 괴테 박물관의 괴테 서재. 괴테가 생전에 보던 책들이 소장되어 있다. (사진 김재혁)

로 비칠 수밖에 없었다. 프란츠 슈베르트가 작곡한 「겨울 나그네」로 유명한 빌헬름 뮐러의 시를 보고 "야전병원의 시"라고 평한 것만 봐도 괴테가 얼마나 건강한 것, 정상적인 것 위주로 지향했는지 잘 드러난다. 그가 아름다움을 볼 때는 그러므로 이런 시각을 가지고 보았다. 낭만주의는 그에겐 비정상적인 것의 총체 개념이었다. 괴테가 생각하는 아름다움은 자연의 유기체적 아름다움에 기반을 둔 것이었다. 따라서 몽상적인 것의 방일은 그에겐 아름다움의 축에 들지 못했다. 그러나 괴테 자신의 말대로 예술은 숫자로 헤아릴 수 있는 것도 아니고 오성으로 접근 가능한 것도 아니다. 그러므로 서정시는 '괴테적'인 것뿐만 아니라 '괴테적'이지 않은 것 즉 지극히 새롭고 도발적인 것도 포괄한다. 철학자 마르틴 하이데거식으로 말하자면, 존재의 대립적인 것 중 한 측면이 덜 중요한 것과 더 가치 없는 것으로 평가절하 되는 순간에 서정시의 정신은 자신의 본질의 궤도로부터 탈선하고 몰락이 결정된다. 진정한 서정시는 이런 대립되는 것들 사이의 긴장을 통하여 언제나 시의 본질을 찾아 나서고 보다 진보적이고 혁신적으로 앞으로 나아가야 한다.

"서정시란 무엇인가?"라는 질문을 던져 놓고 그것을 화두로 해서 답을 찾아가는 도정에서 우리는 서정시에 대해 많은 사유를 하고 과거의 재고들을 한번 훑어보게 된다. 독일에서 지금까지 많은 독자들의 사랑을 받아 온 시인들을 위주로 하여 이 책에 소개하고 그들의 작품세계 속으로 들어가 보았다. 그러나 이 책에는 일반적으로 '서정시'의 개념에 무리 없이 포괄될 수 있는 시들이 있는 반면, 아주 특이하게 우리가 생각하는 '서정시'의 개념에 넣기에는 좀 망설여지는 작품이 하나 들어 있다. 비교적 장시長詩인 그것은 프리드리히 실러의 「종의 노래」이다. 이 시는 19세기 초반 독일에서 고전주의가 무엇을 지향했었는지를 잘 알려 주는 모범과 같은 작품이다. 시민이 지켜야 할 미덕을 실러는 하나의 삶의 규범을 말하듯이 이 시로써 읊조리고 있다. 우리가 현대의 서정시라고 정의하는 것에 대한 대조의 배경으로 쓴다면 오히려 '현대적 서정시'의 개념이 대對사회적인 시詩인 이 「종의 노래」 위에서 더 두드러질 것이라고 생각한다.

프랑스의 상징주의 시인 스테판 말라르메는 한 권의 시집에다 인류, 우주의 모든 것을 담고자 했다지만, 이 책은 그런 뜻을 애초부터 갖지 않았다. 그저 서정시의 일면을, 대표적인 독일 시를 가지고 보여 주고자 했다. 먼저 서정시란 무엇인가, 서정시의 기원과 '서정'의 미래에 대하여 논구해 보고, 독일 근대 서정시의 기점이 되는 괴테로부터 시작하여, 서정시의 현대성을 더욱 부각시킨 횔덜린뿐만 아니라 낭만주의 서정시로 프랑스 상징주의의 터를 마련한 노발리스, 슐레지엔의 자연환경 속에서 낭만주의의 정취적 분위기를 찾아 시적 언어로 옮긴 아이헨도르프, 독일어의 제일가는 언어의 곡예사로서 독일에서 현실적이고 일상적인 서정시를 시작한 하인리히 하이네, 정치적 현실과 소소한 일상 사이에서 현실의 시끄러운 문을 닫고 자기만의 명상의 즐거움을 택한 비더마이어의 시인 에두아르트 뫼리케, 우리나라에는 제대로 소개되지 않았지만 시인이자 번역가로 시의 음악성과 대중성을 괴테가 말한 "세계문학"의 관점에서 함께 생각했던 프리드리히 뤼케르트, 그리고 19세기 중반의 색깔 있는 시인으로서 남다른 테마와 표현의 스케일로 당대의 다른 여류시인들과 뚜렷이 구별되었던 아네테 폰 드로스테 휠스호프, 아울러 독일의 현대 서정시를 완성시켰다는 평가를 받는 라이너 마리아 릴케까지 선을 보였다. 또 독일 문학이 독일 문학답게 개성적으로 흐르는 데 큰 역할을 했던 신비주의에 대해서도 이야기했다. 독일의 서정시 속으로는 이 신비주의가 두꺼운 얼음 밑으로 흐르는 맑은 물처럼 흐르고 있다는 생각 때문이다. 마이스터 에크하르트로 대변되는 이 흐름은 우리가 독일 문학에서 느끼는 그 독특한 관념성의 배경이기도 하다. 그리고 좋은 서정시란 무엇인지, 그 미적 기준 즉 판단의 척도는 과연 있는 것인지, 있다면 그것은 무엇인지, 늘 궁금하기에 그 테마를 다룬 글을 이 책의 맨 끝에다 놓았다. 사실 한 편의 서정시는 한 편의 시 자체로 존재할 뿐이다. 그 자체가 기준점이고 그 자체가 아름다움이다. 그것의 크기와 아름다움을 잴 수 있는 객관적인 척도는 없다. 그럼에도 나는 이 책을 통해 서정시의 미학에 대해, 시를 읽는 방식에 대해 사유하려고 노력해 보았다. 그것이 성공했는지 여부는 독자가 판단할 일이다.

이 책을 쓰기로 기획하고 어느 가을 산책길에서 이런저런 생각 중 시의 본령에 대해 이야기하는 것은 '서정시의 미적 근거'에 대해 말하는 것이라는 생각에서 제목을 "서정시의 미학"으로 잡았던 그 순간으로부터 벌써 많은 시간이 흘렀다. 그동안 작성한 글들을 『현대시』, 『월간중앙』, 『서정시학』, 『월간문학』 등의 지면에 게재하고 또 독자들의 반응을 주시하면서 지금에 이르렀다. 애당초 게재했을 때의 모습과 지금의 모습은 사뭇 달라져 있을 것이다. 왜냐하면 그 사이에 새롭게 깨달은 내용들을 수정하거나 더 좋은 자료를 발견했을 땐 그것을 첨가하여 분석하는 식으로 지속적으로 손질을 가해 왔기 때문이다. 이제 독일의 '서정시'와 '창작' 그리고 '번역', 이 세 가지를 모토로 하여 시작했던 작업을 끝맺어야 할 때가 되었다. 새로운 서정시는 계속 쓰일 것이고 서정시에 대한 사유도 계속될 것이다.

이 책에는 2016년 2월에 독일 프랑크푸르트, 바이마르, 라이프치히, 뮌헨, 튀빙겐, 베를린 등지를 여행하면서 만났던 독일 시인들의 흔적이 사진으로 담겨 있다. 그리고 같은 해 5월의 남프랑스의 프로방스 지방 여행 중에 보았던 고흐와 세잔의 흔적도 함께 들어 있다. 시인의 삶을 이해하고 그의 문학을 감상하는 데 도움이 되리라고 본다. 흔적 남기기로서의 글쓰기를 향한 열망이 이 책을 만들었다고 생각한다.

이 책은 박준구기금의 도움을 받아 탄생했다. 이 자리를 빌려 감사의 마음을 전한다. 지극히 어려운 출판상황 속에서도 흔쾌히 책의 출간을 맡아 준 세창출판사 쪽에도 고마움을 표하지 않을 수 없다.

이 세상 누구보다 책을 낼 때마다 늘 충실한 첫 번째 독자 역할을 해 준 사랑하는 아내에게 이 책을 바친다.

2017년 초겨울 김재혁

참고문헌

괴테, 요한 볼프강 폰(김재혁 옮김), 『젊은 베르테르의 슬픔』, 펭귄클래식코리아, 서울, 2008.

______________(김재혁 옮김), 『파우스트』, 펭귄클래식코리아, 서울, 2012.

길희성, 『마이스터 엑카르트의 영성 사상』, 분도출판사, 왜관, 2003.

노발리스(김재혁 옮김), 『푸른 꽃』, 민음사, 서울, 2003.

니체, 프리드리히(백승영 옮김), 『바그너의 경우·우상의 황혼·안티크리스트·이 사람을 보라·디오니소스 송가·니체 대 바그너(1888~1889)』, 책세상, 서울, 2002.

릴케, 라이너 마리아(김재혁 옮김), 『두이노의 비가 외』, 책세상, 서울, 2000.

______________(김재혁 옮김), 『말테의 수기』, 펭귄클래식코리아, 서울, 2010.

마이스터 에크하르트(이부현 편집 및 옮김), 『연대별로 읽는 마이스터 에크하르트 선집』, 누멘, 서울, 2009.

바이저, 프레더릭(김주휘 옮김), 『낭만주의의 명령, 세계를 낭만화하라: 초기 독일낭만주의 연구』, 그린비, 서울, 2011.

박목월(노승욱 엮음), 『박목월 시선』, 지식을만드는지식, 서울, 2013.

베르만, 앙트완(윤성우·이향 옮김), 『낯선 것으로부터 오는 시련』, 철학과현실사, 서울, 2009.

보들레르, 샤를(이건수 옮김), 『벌거벗은 내 마음』, 문학과지성사, 서울, 2001.

__________(이건수 옮김), 『보들레르의 수첩』, 문학과지성사, 서울, 2011.

에커만, 요한 페터(장희창 옮김), 『괴테와의 대화』, 민음사, 서울, 2008.

엘리엇, T. S.(이창배 옮김), 『T. S. 엘리엇 전집: 시와 시극』, 동국대학교출판부, 서울, 2001.

__________(이창배 옮김), 『T. S. 엘리엇: 인간과 문학』, 동국대학교출판부, 서울, 2001.

잠, 프랑시스(곽광수 옮김), 『새벽의 삼종에서 저녁의 삼종까지』, 민음사, 서울, 1995.

칸트, 임마누엘(백종현 옮김), 『판단력비판』, 아카넷, 서울, 2009.

하이데거, 마르틴(신상희 옮김), 『횔덜린 시의 해명』, 아카넷, 서울, 2009.

헤겔, 프리드리히(두행숙 옮김), 『헤겔 미학 3: 개별 예술들의 변증법적 발전』, 나남, 서울, 1996.

호이징가, 요한(최홍숙 옮김), 『중세의 가을』, 문학과지성사, 서울, 1988.

황지우, 『새들도 세상을 뜨는구나』, 문학과지성사, 서울, 1983.

횔덜린, 프리드리히(김재혁 옮김), 『그리스의 은자 히페리온』, 책세상, 서울, 2015.

Anders, Petra, *Lyrische Texte im Deutschunterricht. Grundlagen, Methoden, multimediale Praxisvorschläge*, Seelze, 2013.

Bordeaux, Ann-Kristin, *Lyrik übersetzen. Eine Untersuchung verschiedener Übersetzungsmethoden am Beispiel ausgewählter Gedichte aus Charles Baudelaires "Les Fleurs de Mal,"* Saarbrücken, 2010.

Büchmann, Georg, *Geflügelte Worte. Der Citatenschatz des deutschen Volkes*, Berlin, 1864.

Carossa, Hans, *Jubiläumsausgabe zum hundertsten Geburtstag von Hans Carossa. 5 Bände*, Frankfurt am Main, 1978.

Celan, Paul, *Gesammelte Werke, Band 1: Gedichte 1 / Band 2: Gedichte 2 / Band 3: Gedichte 3. Prosa, Reden*, Berlin, 1986.

Droste-Hülshoff, Annette von, *Historisch-kritische Ausgabe: Werke, Briefwechsel. Hrsg. von Winfried Woesler; Bearbeiter von Aloys Haverbusch*, Tübingen, 1985.

Eckhart, Meister, *Deutsche Predigten und Traktate. Herausgegeben und übersetzt von Josef Quint. 6. Auflage*, München, 1985.

Eichendorff, Joseph von, *Werke in einem Band*, München und Wien, 1977.

Fallersleben, Hoffmann von, *Gedichte und Lieder. Herausgegeben und kommentiert von Ulrich Völkel*, Weimar, 2014.

Freund, Winfried, *Annette von Droste-Hülshoff*, München, 1998.

Friedrich, Hugo, *Die Struktur der modernen Lyrik. Von der Mitte des neunzehnten bis zur Mitte des zwanzigsten Jahrhunderts. Erweiterte Ausgabe*, Hamburg, 1985.

Gelfert, Hans-Dieter, *Was ist ein gutes Gedicht? Eine Einführung in 33 Schritten*, München, 2016.

________________, *Was ist gute Literatur? Wie man gute Bücher von schlechten unterscheidet*, München, 2004.

Goethe, Johann Wolfgang von, *Werke. Hamburger Ausgabe in 14 Bänden*, München, 1988.

Gottsched, Johann Christoph, *Gedichte*, Berlin, 2013.

Gray, Ronald, *German Poetry. A Guide to Free Appreciation*, Cambridge, 1976.

Grimm, Reinhold (Hrsg.), *Zur Lyrik-Diskussion*, Darmstadt, 1974.

Heine, Heinrich, *Sämtliche Schriften. Bd.1, 2. Aufl.*, München, 1975.

Hesse, Hermann, *Gesammelte Werke, 12 Bde.*, Berlin, 1987.

Hillebrand, Bruno, *Gesang und Abgesang Deutscher Lyrik von Goethe bis Celan*, Göttingen, 2010.

Hinck, Walter, *Magie und Tagtraum. Das Selbstbild des Dichters in der deutschen Lyrik*, Frankfurt am Main und Leipzig, 1994.

Hölderlin, Friedrich, *Sämtliche Werke und Briefe. Herausgegben von Günter Mieth. 5. Auflage*, München, 1989.

Huch, Ricarda, *Die Romantik: Ausbreitung, Blütezeit und Verfall*, Tübingen, 1951.

Klopstock, Friedrich Gottlieb, *Ausgewählte Werke in 2 Bänden*, München und Wien, 1981.

Lukács, Georg, *Werke. Bd. 7. Deutsche Literatur in zwei Jahrhunderten*, München, 1964.

Mann, Thomas, *Der Zauberberg, Herausgegeben und textkritisch durchgesehen von Michael Neumann*, Frankfurt am Main, 2002.

Mayer, Mathias, *Mörike und Peregrina. Geheimnis einer Liebe*, München, 2004.

Mörike, Eduard, *Sämtliche Werke. 5., neu durchgesehene Auflage*, München, 1976.

Nietzsche, Friedrich, *Nietzsche Werke. Kritische Gesamtausgabe*, Berlin und New York,

1971.

Novalis, *Werke in einem Band. Herausgegeben von Hans-Joachim Mähl und Richard Samuel*, München und Wien, 1981.

Petzold, Emil, *Hölderlins Brot und Wein. Ein Exgetischer Versuch. Neudruck Durchgesehen von Friedrich Beissner*, Darmstadt, 1967.

Pott, Sandra, *Poetiken. Poetologische Lyrik, Poetik und Ästhetik von Novalis bis Rilke*, Berlin, 2004.

Rilke, Rainer Maria, *Werke. Kommentierte Ausgabe in vier Bänden. Hrsg. von Manfred Engel, Ulrich Fülleborn, Horst Nalewski und August Stahl*, Frankfurt am Main und Leipzig, 1996.

Rückert, Friedrich, *Gesammelte Werke. Band 1, Band 2*, Altenmünster, 2016.

Schiller, Friedrich, *Sämtliche Werke in 5 Bänden*, München, 1968.

Schimmel, Annemarie, *Friedrich Rückert. Lebensbild und Einführung in sein Werk*, Göttingen, 2015.

Schlaffer, Heinz, *Geistersprache. Zweck und Mittel der Lyrik*, Stuttgart, 2015.

Schlegel, Friedrich, *Dichtungen und Aufsätze*, München und Wien, 1984.

Schlegel, Wilhelm, *August Wilhelm von Schlegel's sämmtliche Werke. Vorlesungen über dramatische Kunst und Literatur, Fünfter Band*, Berlin, 2011.

Schnack, Ingeborg, *Rainer Maria Rilke: Chronik seines Lebens und seines Werkes. 1875-1926. Erweiterte Ausgabe von Renate Scharffenberg*, Frankfurt am Main und Leipzig, 2009.

Schneider-Herrmann, G., *Hölderlins Ode 'Dichterberuf'. Ihre religiöse Prägung*, Zürich 1960.

Schröder, Thomas, *Poetik als Naturgeschichte. Hölderlins fortgesetzte Säkularisation des Schönen*, Lüneburg, 1995.

Segebrecht, Wulf, *Was Schillers Glocke geschlagen hat. Vom Nachklang und Widerhall des meistparodierten deutschen Gedichts*, München und Wien, 2005.

Staiger, Emil, *Grundbegriffe der Poetik. 3. Aufl.*, Zürich, 1956.

Trakl, Georg, *Dichtungen und Briefe. 2. ergänzte Auflage*, Himberg, 1987.

Wagner-Egelhaaf, Martina, *Mystik der Moderne. Die visionäre Ästhetik der deutschen Literatur im 20. Jahrhundert*, Stuttgart, 1989.

Weber, Martina, *Zwischen Handwerk und Inspiration. Lyrik schreiben und veröffentlichen. 2., vollständig überarbeitete Auflage*, München, 2008.

Wittbrodt, Andreas, *Verfahren der Gedichtübersetzung. Definition, Klassifikation, Charakterisierung*, Frankfurt am Main, 1995.

서정시의 미학